野中信二

義将　石田三成

人物文庫

学陽書房

目次

長浜……9
賤ヶ岳……39
二人の上洛……97
九州平定……132
佐和山……158
唐入り……189
秀吉の死……305
関ヶ原……349

参考文献……437

賤ヶ嶽の戦い

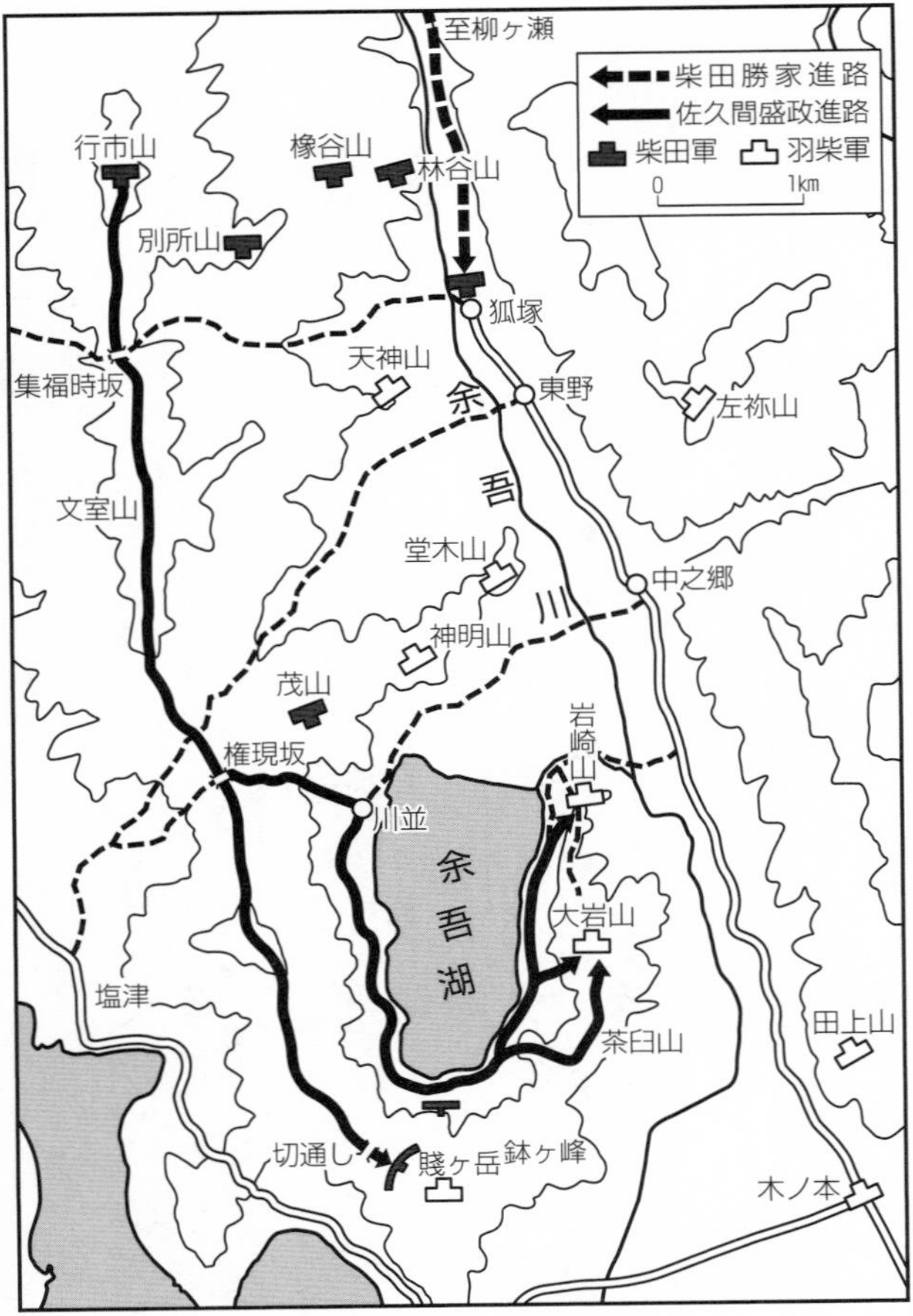
至柳ヶ瀬
柴田勝家進路
佐久間盛政進路
柴田軍
羽柴軍
0
1km
行市山
橡谷山
林谷山
別所山
狐塚
天神山
集福時坂
東野
左祢山
余
吾
川
文室山
堂木山
中之郷
神明山
茂山
岩崎山
権現坂
川並
余吾湖
大岩山
塩津
茶臼山
田上山
切通し
賤ヶ岳
鉢ヶ峰
木ノ本

文禄の役　加藤清正　小西行長の進軍路

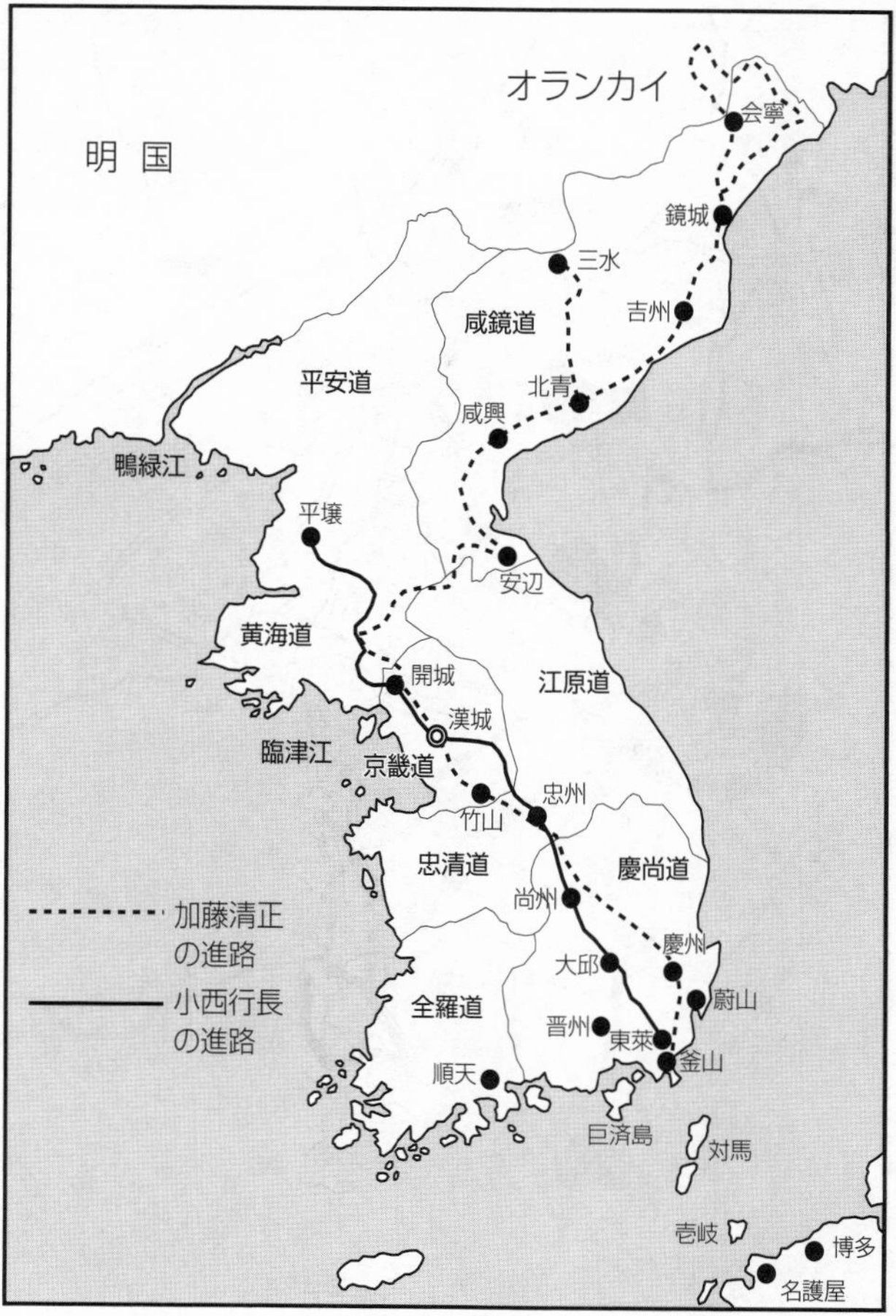

関ヶ原合戦　東西両軍戦況図

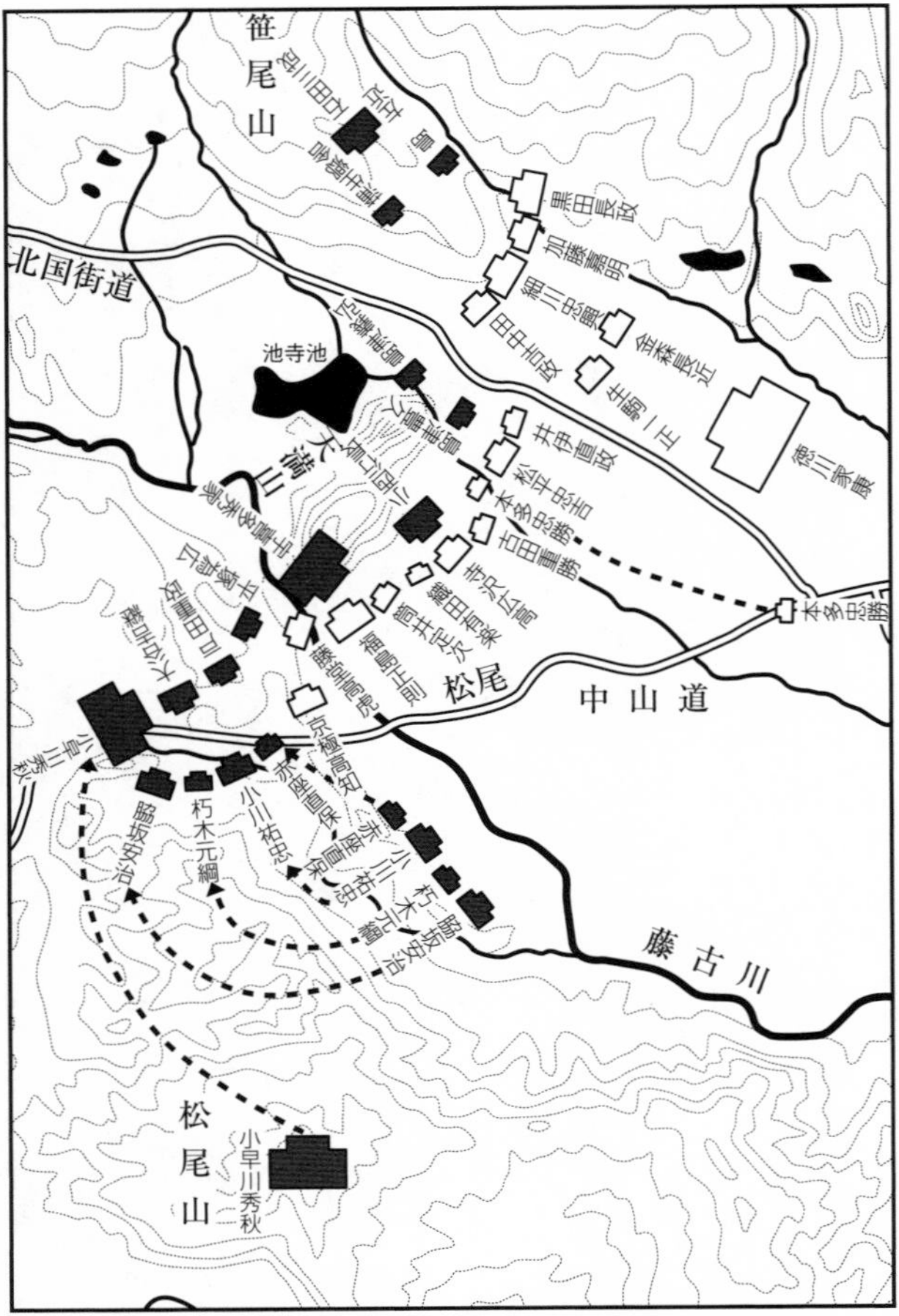

義将　石田三成

長浜

「来たぞ。やつが来たぞ」

千年坊と紀之介（きのすけ）がほうきを片手に食堂（じきどう）に飛び込んできた。

彼らが長浜城の縄張りを見てから一ヶ月も経った若葉が緑に輝く頃だった。

その男は近習（きんじゅう）に刀を持たせて境内の庭石に腰かけていた。

風がなく蒸すので男は禿げ上がった額の汗を頻（しき）りに拭った。

鷹匠（たかじょう）の腕に鷹を載せたまま、「茶を一服所望するぞ。誰かおらぬか」と食堂まで響く大声で喚いた。

驚いた和尚が挨拶に出てゆくと、境内に顔を覗かせた佐吉（さきち）に、「殿にお茶をお持ちせよ」と命じた。

和尚の茶室には秘蔵の天目（てんもく）茶碗が台子（だいす）の上に飾ってある。ついさっきまで和尚が喫していたのか、茶釜にはお湯が湧いていた。

佐吉は天目茶碗に薄茶（うすちゃ）を点（た）て、それを境内にいる男のところへ運ぶと、腰を屈（かが）めながら茶碗を男に差し出した。

「ほお、天目茶碗か」

男は天目茶碗を斜めに掲げたり、正面から眺めたりしながら茶碗に両手を添えて味わうように茶を啜（すす）った。

「旨い茶じゃ」

舌を鳴らし、気持ち良さそうに頷いた。

「もう一杯欲しい」

結局男は三服も茶を喫すると、家臣を急がせて城の方へ馬首（ばしゅ）を向けた。

「孫子の次は十八史略か」

佐吉は紀之介の肩越しに紀之介の書き写している書物を覗き込む。

「これは役に立つ書だ。唐国（からくに）の歴史が簡単に書かれているので、わかり易いぞ」

紀之介は書き写す手を止めた。

「わが国の歴史書と比べてどうだ」

「唐国はわが国と比較にならぬ程広い国土を持つ国なので、統一を保つのは困難なのだ。漢人が国土を統一すれば、異民族がそれを亡ぼして別の統一国家を作る。その興亡の歴史だ。今のわが国は唐国の春秋戦国と呼ばれた時代と良く似ている」

「唐国から学ぶものは多そうだな。わしも万葉集の次は、十八史略を読もう」

二人の傍らでは千年坊が黙々と木を削っている。

「なかなか本堂にある阿弥陀如来像に似てきたではないか」

佐吉の視線を背に受けながら、千年坊は木を削り続ける。

眉の下を小刀で削ると、仏像は憂いに満ちた表情になった。目は閉じ気味で、口元の歪みは優美さよりも苦痛の色を帯びている。

千年坊は膝にこぼれた木片を払いながら、

「どうしても母親の死に顔が頭にこびりついて離れぬ。何回削っても母親の今際の際の顔になってしまうわ」と呟いた。

「幼少期の経験は死ぬまで消えぬものと聞く。わしの父も京極氏を去り、浅井氏と織田氏との戦さで多くの親類の者を失い、今だに主取りせずに村にいるわ。戦いの話を聞く時は辛い顔を見せる」

佐吉の家は横山を西に越えた石田と呼ばれる村にあり、堀と土塁に囲まれた屋敷は以前は京極氏の家臣であったことを物語っていた。

「わしの家も元六角氏の家臣だったが、浅井氏に破れて帰農した。戦いの傷が元で死んだ父親は、戦さの悲惨さをよくわしに語ってくれたものだ」

紀之介は眉を曇らせた。

佐吉も紀之介も元を辿れば佐々木氏の家臣ということになる。

「本当に戦さがない世になれば良いがのう……」

千年坊は仏像を削る手を止めると、ぼそっと呟いた。

「秀吉は立腹して和尚を呼び出したのではないのか。佐吉の茶の作法に何か落度があったのか」

千年坊は母親を殺した織田が憎い。その家臣である秀吉も嫌いだ。

「いや、そんなことはない。旨そうに茶を喫していたではないか。お前たちも見ていた筈だ」

夕方になって酒をご馳走になったのか、和尚は顔を赤らめて戻ってきた。

「佐吉はおるか。いたら茶室へ来なさい」

三人は顔を見合わせた。

「打ち首になるのかも知れぬぞ」

千年坊が冷やかす。

恐る恐る茶室のにじり口に顔を覗かすと、和尚は、「朗報じゃ」と酒臭い息を佐吉に吹きかけた。

「秀吉殿はお前の茶を喫したいと申されてのう」

佐吉は訳がわからずに和尚の顔を眺めていると、「『脇小姓として召し出せ』と仰せられたのじゃ」と顔をほころばせた。

「わたしをですか」

「そうじゃ」

もっと嬉しそうな顔をするだろうと期待していた和尚は、佐吉の意外な反応ぶりに戸惑った。

「あまり喜ばぬな」

「嬉しくないことはございませぬが……」

(佐吉は侍奉公が嫌いなのか。そう言えば父親も百姓の真似事をしておる)

「一度石田村の実家に戻って親と相談して、それから返事したらよい。お前一人では決められぬ事だからのう」

和尚は秀吉に色良い返事を請け負ってきたが、佐吉の態度と佐吉の父親のことを思うと、だんだん心細くなってきた。

佐吉は翌朝和尚に暇をもらって横山の脇道を通り、久しぶりに実家に戻った。

佐吉の家では父・正継（まさつぐ）と兄・正澄（まさずみ）がそろって佐吉の帰りを待っていた。

堀と土塁に囲まれた六百坪ぐらいの敷地に古い武家屋敷が建っている。

敷地に接した東側には、正継が二人の子供を連れて石田家の武運長久を欠かさず祈った八幡神社がある。

屋敷の北にある、石に囲まれた池には悠々と鯉が泳いでいる。

鯉は毎日餌を与えられているのか、丸々と太っていた。

京極の殿様も訪れたことのある書院で、佐吉は二人に帰省の挨拶をした。

「わが家にも秀吉殿より使者があり、お前とわしと正澄にも仕官を勧めてきたのだ」

父は佐吉の来意を知っていた。

正継は観音寺の壇那職（だんなしき）を受けているので和尚と親しく、そんな関係で二男の佐吉を寺に預けたのだ。

「秀長殿は秀吉殿の弟に当たる人で、わしには彼が誠実な苦労人のように思われた」

正継は石田村の村長として、何かと村人の面倒をみており、実直で教養があり気さくな人柄でもあるので、村人から秀吉の噂を耳にしていた。

「信長公は浅井父子を殺すだけでは飽き足らず、その首を箔濃（はくだみ）にして酒の肴とするような残酷な男だが、秀吉という男は庶民から成り上がった者だけに、下の者の心がわかるようじゃ。わしはこの推挙に応じても良いと思うが、お前の意見が聴きたい」

佐吉は意外だった。父はこのまま農民として一生を過ごすと思っていたからだ。

（和尚は案外秀吉のことを出世する稀有な男だと父に吹聴したのかも知れぬ。そう言えば秀吉は横山城に布陣していた頃から和尚とは親しくしていたな）

佐吉は秀吉のことを思い出そうとした。

茶を喫した秀吉からは彼の体内から発散する何か気力とか精力とかというもの、上手く言い表わせないがあの男の持つ馬力というか生命力を感じた。

それだけでなく粗野というより、下積みから這い上がってきた者の持つ野性味、一緒にいると何か途方もないことに出会えそうなものを身につけた男のようだった。

人を見る目が未熟な佐吉にも、秀吉はとても魅力的に映った。

（人を殺し合う侍稼業は嫌いだが、秀吉は天下人を目指す信長公のお気に入りの一人だ。石田家の再興を秀吉に託すのも悪くないかも知れぬ）

佐吉があれこれと思案していると、傍らから正澄が、「これは石田家の家名を再び世に興すまたとない良い機会かも知れませぬぞ」と佐吉の気持ちを代弁した。

「わしもそう思う。出会いも運命じゃ。この地で百姓として一生を終えるのも悪くないが、この機会を逃さず秀吉殿に石田家の運命を賭けてみるのも悪くはあるまい」

珍しく正継の顔が赤らんでいる。

「どうする、佐吉」

佐吉は二人に同意することを示すため、大きく首を頷けた。

「やりましょう。秀吉殿に賭けましょう」

「これで仕官のことは決まったな。後は和尚を通じて秀吉殿へ返事することに致す」

「父上、お願いがあります」

佐吉は朋友の紀之介のことが気になる。

「紀之介のことだな。お前の気に入りの紀之介なら、十分に秀吉殿のお眼鏡に適うだろう。和尚にもそう伝えよう」

正継は時々石田家を訪れる紀之介を随分と買っていた。


長浜城内の家臣たちの屋敷からは、芳しい木の香が漂ってくる。

佐吉たち親子が屋敷に落ちつくと、すぐに紀之介が母と妹を伴って引っ越してきた。

紀之介の顔は喜びに溢れている。

「佐吉の口添えでわしも秀吉様に仕官できた。それにわしだけでなく、母もおね様のところで働けるようになった。お主のお蔭じゃ」

　佐吉は紀之介の幸せそうな表情に思わず頬を緩めた。

「二人して秀吉様を支えてゆこう」

「お互いにな」

　本丸はまだ完成していないが、気の短い秀吉は本丸の脇に自分達一族の屋敷を建てさせ、そこで以前からいた小姓たちと、佐吉と紀之介とを引き合わせた。

「これが今度仕官した佐吉と紀之介じゃ。こいつらは虎之助、その隣りが市松、そしてその横が孫六じゃ。三人はわしが上様に仕えて以来の小姓だ。お互いに仲良く切磋琢磨せよ」

　以前、千年坊と紀之介と三人で長浜城内に入ろうとした時、彼らを阻止しようとした三人組だ。三人の目は自分達が先輩だと物語っている。

「わからぬことがあれば、小六や前野長康に聞け。二人はわしの両腕だ。ここには尾張や美濃衆以外に、近江の者も多い。気遅れせずに何でも遠慮なく問え」

　二人は検地奉行の杉原家次、一柳直次、立木伝助らの仕事を手伝うことになった。

　家次は秀吉の妻・おねの伯父で、秀吉の家老を任されている。

　秀吉が治める湖北三郡は浅井氏との長年にわたる戦いで、田畑も荒れ果てていた。

新領を与えられた秀吉は城下町作りを急がせると同時に、領国の復興と領地の測量に大童（おおわらわ）だ。

小六と長康は城の普請奉行として腕を振るっていたが、長康は秀吉から特に新入り二人の面倒を見るよう命じられていた。

虎之助ら三人組は間竿と間縄を担いで歩いている佐吉と紀之介を、馬鹿にした目付きで眺めた。

四十半端の長康は髭づらの怖そうな外見に似ず、意外と誠実な男だった。

「われらが秀吉殿を知った頃は、気安く『猿』と呼び棄てにしていたが、その後秀吉殿は上様に仕官して出世なされた。今ではわれらが『小六』、『前将』と呼び棄てにされている。人生はどこでどう変わるかわからぬものだ」

話し好きの男らしい。

「前野様はどこで殿様と出会われたのですか」

紀之介は秀吉の前身に興味を示す。

「お前たちは上様の側室・吉乃様を知っておるのう。信忠様や信雄様の母親じゃ。殿はその吉乃様の実家の生駒（いこま）屋敷で小者として働いておられたのだ。わしや小六殿は同郷の生駒屋敷をよく訪れておった。その時殿と知り合ったのだ」

話しに夢中になり測量の手を止めている佐吉と紀之介に気づくと、「こらッ。ちゃんと手を動かしながら聞け」と長康は二人を一喝した。

二人が再び手を動かし始めると、「上様は美濃の斎藤龍興（たつおき）を攻めるために、長良川の西岸に洲股（すのまた）城を築くことを命じられた。だが誰もが失敗したことを聞くと、殿はわれらの力を借り、城を築こうと名乗りを上げられたのじゃ。それから殿の出世が始まり、わしらは殿の両腕として今まで奉公してきたという訳じゃ」

「苦労が殿様を磨いたのですね」

佐吉は縄を張る手に力を込めた。

「昔から殿は才智に長（た）け、人を退屈させぬよう気配りをする苦労人であったのう。上様に仕官してあっという間に代々の重臣の柴田殿や丹羽殿をも凌（しの）ぐ実力を持たれた。お前たちも殿を見習ってしっかり働けば、国持ち大名になるのも夢ではないぞ。手を抜かずにしっかりと仕事に励め」

長康が秀吉を大いに買っている姿を見ると、二人は秀吉に仕官した目に狂いはなかったと胸を張った。

長浜八幡宮は城の大手門から真東にある。

石清水八幡宮を勧請して建てられた八幡宮で、その由緒は平安時代まで遡る。浅井との戦さで荒れ果てていたのを秀吉が復興して建物はすべて新しくなり、参道の両側にある石灯籠が拝殿まで続く。

佐吉と紀之介が参道を歩いていると、侍女に傅かれた若い娘が拝殿に佇んでおり、木の香りが二人のところまで漂ってくる。

「おい。どこの娘だろうか」

興味を覚えた紀之介が佐吉の胸を肘でつつく。

娘は拝殿の前で手を合わせると、何を祈願しているのか長い間動こうとはしない。

佐吉と紀之介は娘の後姿を見ながら待っていた。

急に振り返った娘は二人が後ろに立っているのに気づいた。

「これは気が利かぬことをしました。長くお待たせして申し訳ございませぬ」

侍女が謝ると娘も頭を下げた。

娘の目と二人の目とが合った。

驚く程澄んだ光を宿していた。

娘の目は落ちつきを取り戻すと驚きの色を帯びた。

「確かこの間長浜へ来られた石田様と大谷様では……」

二人は思わず顔を見合わせた。

「どうしてわれらの名をご存じなのか」

「『有能な若者が仕官したぞ』と父が申し、お二人のことを頻りに話すのです」と娘はいたずらっぽく微笑した。

「父上は何と申されるお方なのか」

家中にこんな美しい娘がいたかと紀之介は首を傾けた。

「尾藤と申します」

毎日野良を歩き回っている二人に若い娘の声は愛くるしく響く。

「あの尾藤頼忠殿の娘御か。どうりで良く似ておられるわ」

紀之介は頷くとつくづくと娘の顔を眺める。

「ここで父上の武運長久を祈っておられたのか」

今度は佐吉が口を挟む。

「そうです。わが殿は上様のお眼鏡に適った方です。これからも戦さは続きましょう。父には手柄を立てて欲しいし、無事を願うのは家に残された者の務めです」

「そうじゃのう。われらはまだ田の測量ばかりで戦いに出かけたことがないが、出陣の機会がくれば尾藤殿とご一緒できよう」

槍もまともに扱えない佐吉は、娘の前で思わず大口を叩いてしまった。

脇で紀之介が苦笑した。

「その折は父をよろしくお願いします」

娘は立ち去ろうとした。

「まだそなたの名を伺っておらなかったわ」

佐吉は頭を掻き赤面した。

「皎と申しまする」

「美しい名じゃ。またお目にかかるやも知れぬ。父上の武運長久を祈っておるぞ」

二人は娘が参道から姿を消すまで立ち尽くしていた。

「えらくご執心のようだな」

紀之介が冷やかす。

「いや、そんなことはないが、美しい娘だったな。皎とは珍しい名じゃ」

佐吉は紀之介の言うことを上の空で聞いた。


長浜城下と城とは整備が進み、二人が検地の仕事に慣れてきた頃、秀吉は信長の命令で戦場を飛び回り、天正三（一五七五）年に長篠で武田勝頼を破ると、その足で越前、加賀の一向一揆を攻めた。

　天正五（一五七七）年には秀吉は中国方面軍総司令官に抜擢され、播磨（はりま）の三木城・因幡（いなば）の鳥取城を開城させると、備前・美作（みまさか）の宇喜多直家を調略して備中高松城を水攻めで孤立させた。

　救援の毛利勢が迫る中、開城の条件で秀吉と毛利は揉めていた。領土問題よりも、城を死守しようとする城主・清水宗治（むねはる）の切腹を毛利方は渋り、秀吉は勝利の証しとして宗治の首を要求した。

　そんな中、秀吉は毛利の外交僧の安国寺恵瓊（えけい）を自らの陣営に呼びつけた。

「城兵を救うことで宗治に花を持たせてやれ」

　秀吉は恵瓊が宗治を説き伏せ、宗治が腹を切っても毛利が決戦を挑むつもりはあるまいと読んでいた。

　水に浮かぶ小舟に乗り込んだ恵瓊は、水浸しになった廊下に佇む城兵の姿を見て、これまでの織田方との交渉を宗治に伝えようとした。

　宗治は恵瓊からこの城を巡って和睦が揉めていることを聞くと、彼の目には驚きの光が宿ったが、やがてその目は決意を込めた落ちつきを取り戻した。

「それがしの生死のことで毛利家が和睦を拒まれているのか。身に余る光栄だ。武士の面目これに過ぎるものはない」

長い籠城で伸び放題になった宗治の顎髭から涙が伝わり落ちた。

「毛利のためなら喜んで腹を切り、それで後世に名を残せるなら武士として本望でござるわ」

宗治の毛利を思う心情と武士としての潔さに恵瓊は思わず頭を垂れた。

切腹は六月四日の朝に行われることになった。

秀吉の本陣に長谷川法眼宗仁からの密書がもたらされたのはその前日、三日の夜十時頃であった。

訝し気な表情で密書を読み進める秀吉のその持つ手が震えてくると、身悶えし、倒れるように体を屈め、額を地面に擦りつけ両手で顔を包んで大声で泣き叫び出した。

そこには六月二日朝六時頃、明智光秀が信長のいる本能寺を急襲し、信長を討ち取ったことが記されていた。

傍らにいた佐吉と紀之介はいつも陽気な秀吉を見慣れていたので、こんな姿を見るのは初めてだった。

秀吉が気が狂ったのかと狼狽え、どう声をかけたら良いのかわからず、身内の親類が亡くなったのかと気を回すが、彼の号泣は止まらない。

やがてひとしきり涙を流した秀吉は、途切れ途切れになったしゃくり上げの合い間に、「秀長と長政それに官兵衛と小六とを呼べ」と二人に命じた。

床についていたところを起こされ何事かと本陣を訪れた四人に、秀吉は泣き腫らした顔で密書を手渡した。

四人は順々に密書に目を通すと、さっきの秀吉を真似たように茫然自失となり、しばらく呆けたように押し黙った。

官兵衛は杖を突きながら秀吉の顔に触れんばかりに近寄ると、「殿が上様より受けたご恩の深さを思えば殿のお嘆きがいかばかりかとお察し申し上げます。だが済んだことは元には戻りませぬ。このような時に不遜ですが、それがしは殿が光秀を討ち取り、天下を取る良い機会が巡ってきたと愚考致します。天下人とお成り下され。それが亡き上様への一番の供養となりましょう」と耳元に囁いた。

これを聞くと一瞬驚いた秀吉の眸が大きく見開き、じっと官兵衛を見据えた。

「確かに官兵衛の申す通りじゃ。わしの手で光秀を討たねば、上様も成仏されまい」

佐吉と紀之介は信長が光秀に討たれたことを知った。

（これは恐しいことになった。毛利が上様が亡くなられたことを知れば、一気に攻め寄せてくるぞ。殿はどうなされるつもりなのか）

佐吉の脳裏に長浜にいる両親の顔が浮かんだ。

「よし小六。お前は毛利に通ずる街道を塞ぎ、誰一人として毛利領に入れるな。官兵衛はこれから恵瓊と会い、割譲は備中・美作・伯耆の三ヶ国でよいと申せ。それから宗治の切腹の時刻を早めさせよ。切腹を見届ければただちに姫路へ発つぞ」

二人に命ずる秀吉の顔はいつもの表情に戻っていた。

「佐吉と紀之介には別の用を言いつけるのでここに残れ」

秀吉は二人に背を向け文机の前に座ると、何通かの書状を認め始めた。

「お前たち二人はこれから堺へ行ってこの書状を津田宗及と今井宗久に届けよ。この二人は光秀とも親しい。光秀も二人に武器と兵糧を頼むに違いない。堺の宗及と宗久を味方につけた者がこの戦さに勝つということを忘れるな。弥九郎の船でゆけ。やつは堺では顔が利く」

二人は降って湧いてきた大役に驚愕した。

「本当は秀長か小六を遣りたいところだが、重臣たちは毛利との対応で手一杯だ。重い役目だが、わしはお前たちの手腕を信じておる。武器・兵糧の荷上げ先は追って連絡する。すぐに発て」

三人は馬を駆って東へ向かい、岡山城下を流れる旭川沿いを南へ下った。

河口には大船が停泊しており、風にはためく帆には黒い十字架が描かれていた。

（弥九郎はキリシタンか）

堺の町にも信長横死の噂は広がっていたが、町はいつもの平静を保っているように映った。

宗及は三人を出迎えると、「信長公の無念を思うと……」と言葉を詰まらせた。

「徳川殿も上様横死を知られ堺を発たれましたが、無事逃げられたかどうか……」

家康は安土城で信長の接待を受けた後、堺見物で六月一日に宗及の茶会に招かれていたのだ。

佐吉は商人が儲けのため二股をかけるのは当たり前であることを知ってはいるが、老獪な宗及の態度からは彼の真意は読み取れない。

彼は手渡された秀吉の書状に目を通すと、

「毛利攻めで長陣と聞きましたが、和睦は成ったのですか。弔い合戦のための武器・兵糧はいか程要りましょうか。これは忙しくなりそうで……」と宗及は目を細めた。

「『武器・兵糧は手に入る限り集めて欲しい』と申されておる」

佐吉は宗及の顔色を窺う。

「明智殿は京を固められ、組下の細川様や筒井様に与力を求めておられるようですが、まだ色良い返事がないそうで……」

宗及ら堺衆の情報能力は迅速で正確を極めた。情報の中で生きている者にとって、情報収集は欠かせない。

（こいつは光秀を見限ったな）

佐吉は宗及のふと漏らした一言から彼が秀吉に賭けたと確信した。

一方、今井宗久は全力を挙げて支えてきた信長を失った失意を隠せなかった。

「この上は羽柴様に明智殿を討っていただきたく存じます。いくらでも鉄砲と弾薬は準備致しましょう。ぜひ勝ってもらわねば……」

武器・兵糧集めが進んでいると、信長の軍監として備中の戦陣にいた堀秀政が堺へやってきた。

「お前たち三人が心細くしておろうと、秀吉殿はわしを遣わされたのじゃ。どうじゃ、堺衆の動きは」

「宗及・宗久の二人ともわれらに手を貸し、武器・兵糧は集まってきております」

三人は秀政の姿を見て肩の荷を降ろしたように、ほっとため息を吐いた。

この秀政は美濃の生まれで、信長の小姓として仕えたがしだいに武将として頭角を現わすと、荒木村重討伐や越前一向宗徒との戦いで大いに力を発揮し、本能寺の変の直前には家康の接待役を外された光秀の穴埋めを丹羽長秀と二人で務めた程、信長に重宝がられた男だ。

「毛利との和睦はいかがなりましたか。それで殿は今どこにおられますするか」

紀之介は毛利の動きが気になる。

「和睦は成ったぞ。秀吉殿は四日の朝、清水宗治殿の切腹を見届けると、『上様の死はやがて毛利にも知れる』と申されて五日の朝、上様の死を隠さずに毛利方に知らされたのじゃ」

三人は敢(あ)えて信長の死を毛利へ知らせた秀吉の胆力に驚いたが、「それで後詰めがないと知った毛利はどう動いたので」と今度は弥九郎が身を乗り出した。

「上様の死を知った吉川元春は、『秀吉にだまされた』と叫び出撃しようとしたらしいが、弟の小早川隆景(たかかげ)が父・元就の遺言を持ち出して兄を説得したようだ」

「毛利は天下を狙わずですか」

弥九郎は宇喜多家臣だったので、毛利一族の考えがわかる。

「元就を持ち出されると元春は弱い。それでも元春が迷っていると、隆景の陣から乱舞を舞う笛や太鼓の音が響いてきたので、さすがの元春も興ざめたのか出陣することを諦めたらしい」

「それで殿は……」

紀之介は先を急がせた。

「毛利が兵を退くのを見届け、堤を切ってから六日の午後二時頃に備中高松を引き払った。わしらは馬で駆けたが、殿は沼城で一泊し七日の大雨疾風をついて片上津から船で赤穂岬まで参られて、七日の夜半には無事姫路に着かれた。後続の兵たちは二十里の道のりを一日半から二日半かけて駆け戻ってきたのだ」

三人はその早さに目を剥く。

「武器は船で姫路まで運び、兵たちは褌一丁で駆けたのじゃ。そなたの父・隆佐殿が船団を指揮されてのう」

弥久郎の父、隆佐は堺商人で納屋衆の一人である。

「秀吉殿は今頃明石から尼崎に向かわれている筈だ。武器・兵糧は尼崎で受け取ることになっておる」

「有岡城の池田恒興殿はわれらに味方しましょうか」

佐吉は船を池田の勢力下にある尼崎に着けても安全かを危惧する。

「小六殿と長康殿が早くも尼崎に到着して、恒興殿の家老・伊木清兵衛と話をつけておる。彼らと清兵衛とは木曽川に暮らした旧知の仲だ。恒興殿が、『中川清秀と高山右近は味方につける』と約束してくれたのだ。それに四国攻めで大坂におられる信孝様と丹羽長秀殿は弔い合戦のため、尼崎までこられることになっておる。安心したかのう」

三人は今更ながら秀吉の迅速で緻密な作戦ぶりに驚く。

大量の武器・兵糧を積んだ船団が尼崎の港に着くと、秀吉軍はもう到着していた。

二万近くの兵を率いて尼崎入りした秀吉は、小姓を連れて港に近い禅寺の境内に入った。

摂津の茨木城と高槻城からは中川清秀と高山右近が約五千人の兵を、有岡城の池田恒興は五千を、さらに大坂から信孝と丹羽長秀が七千の兵を連れてきていた。

軍議の主役は最大兵力を有する秀吉だ。

見ると中川清秀は八歳程の息女を、高山右近は同年ぐらいの子息を伴っている。

「これは何の真似じゃ。清秀」

「恒興殿の指図で人質としてお前に預かってもらうつもりで連れてきたのだ」

清秀と秀吉とは信長の家臣として上下関係はないので、口の利き方も尊大だ。

「水臭いことをするな。お前の上様への忠義の心はわしが一番知っておるわ。人質など要らぬわ」

清秀は納得したが、「わしと右近とは敵地に接しておる。この辺の地形は知悉している。先鋒はわしと右近だ。きっと光秀の首を取るつもりだ」と一番槍を狙う。

これを聞くと恒興が怒った。

「秀吉、わしは上様とは乳兄弟じゃ。この度は上様の弔い合戦だ。わしが先鋒を受け持つのは当然ではないか」

目を怒らせて抗議する。

「いや敵地に近い者が先鋒を務めるのは当たり前だ」

清秀も右近も負けてはいない。

信孝と長秀は彼らの口論を黙って聞いている。

「ここはいかに恒興殿が乳兄弟であられても、上様在世中の陣定を変更できぬわ」

秀吉は最前線に近い二人を立てて恒興を抑えた。

「一陣は右近、二陣を清秀が、三陣を恒興殿にお願い致す」

信長の名を持ち出されては、さすがの恒興もしぶしぶ従うよりしかたがなかった。

傍らでこの様子を見ていた岸和田城主・蜂屋頼隆は、信孝の補佐役としてこの軍議に加わっている。

「信孝様は上様の御子。丹羽殿は当家一、二の家老で、池田殿も上様の乳兄弟だ。いずれも当家にて歴々の者たちだが、秀吉が尼崎に着いたと聞けば秀吉を呼びつけて軍議するべきなのに、信孝様も丹羽殿も軽々しく秀吉に参謁して、やつの大軍に気を呑まれやつの指図に従うとは、もはや秀吉は天下を取ったと思っておるのか。光秀を討ち取れば、天下はやつの手に落ちようわ」

　頼隆はまるで秀吉の家臣のように振る舞う連中を嘲笑った。

「四陣は丹羽殿が、五陣は信孝様、六陣はこの秀吉が受け持つこととする。光秀は勝竜寺（しょうりゅうじ）城を本陣として、左翼は淀城を、右翼は天王山の麓まで横に長い陣を敷き、われらの進入を阻もうとしている。わが方は総勢三万六千。光秀方はせいぜい一万五千程だ。敗れることはよもやあるまい。皆の衆励んで下され」

　秀吉が兵を鼓舞すると寺院の境内がどよめいた。

　軍議が済むと秀吉は養子の秀勝、堀秀政と佐吉、紀之介、弥九郎を呼び、無事に尼崎の港で武器と弾薬を受け取ったことを知らせた。

　削げた頬に無精髭が伸びたままで、備中から着たままの陣羽織からは異臭が漂う。

「わしもそなたらも備中高松で上様の横死を知ってから、もう幾日も風呂も入らず精進潔斎をして参った。敵も目前に迫っており、もう精進落としをしても良かろう。年寄りのわしは腹の力が落ちてきた。戦さ前に腹ごしらえをやらねば槍も振り回せぬわ。お前たちもわしにつき合え」

秀吉は台所衆を呼び、「魚と鳥を料理してくれ」と命じた。

料理がくると秀吉は次々と皿を空にした。腹が満たされると彼は行水を行い髪を下ろし、それを紙で包ませ仏前に納めると、彼の全身からは精力が溢れてきた。

「光秀はどこを本陣としているか」

「勝竜寺城から出撃し、円明寺(えんみょうじ)川の東の御坊塚辺りまで出張ってきておるようです」

と物見の者は決戦の緊張からか声を震わせた。

「光秀めはまだ天王山と山崎には入っておらぬようだのう。先に山崎と天王山を押さえねば……」

秀吉はこの辺りの地形を詳しく調べている。

西国街道は天王山と淀川に挟まれた山崎の町中を走っており、狭いところでは二百メートルもない程だ。

大軍が移動できるのはこの街道だけなので、ここを押さえられれば秀吉は苦しい戦いを強いられる。

「もしわしがやつの立場なら、まず山崎に本陣を構え、天王山と淀川沿いに兵を展開させる。街道の括(くび)れた山崎は大軍を防げる唯一の要だ。これは急がねばならぬわ」

秀吉軍は慌しく尼崎を発ち中川清秀の本拠地・茨木を抜け、富田村を通過すると、右近の城がある高槻村に入った。

「まだ山崎は敵に占領されておらず、明智軍は円明寺川沿いに布陣している模様」

先鋒をゆく高山隊から伝令がきた。

（山崎を抜け出たところを叩こうという腹か）

物見の動きが慌しくなる。

三万六千に膨れ上がった大軍が西国街道を進むので、本隊にいる佐吉には先鋒の高山・中川隊や後方の信孝・丹羽らの部隊が延々と続く蟻の行列のように映った。

「よし、われらは天王山の山麓を本陣とし、秀長は山頂から明智軍の右翼を突け。やつらの左翼の淀川沿いはわしと恒興殿の軍が崩そう。中央突破は清秀と右近に頼もう」

秀吉からの伝令に、「われらが一番槍だ。光秀の首は必ずわれらが討ち取るわ」と清秀と右近は勇み立った。

逸（はや）る清秀は秀吉の命令を待たず、その日の内に天王山を占領してしまった。

両軍の睨み合いが続く中、三番隊の池田隊が山崎村に入ろうとすると、南門が閉じられている。

「清秀と右近めが。やつらは一番槍をつけるつもりでわれらを足止めする気か」

池田隊は木戸を押し破って山崎の町に入った。

「われらは淀川の川縁を進む」

池田隊が縦に長く伸び切った格好で川縁を行くと、その後方を秀吉本隊が続く。

十二日の夜は両軍に目立った動きはなく、闇夜に無数の松明の火が揺れ動く。

翌朝は昨晩からの雨が降り続き、両軍は睨み合ったままだ。

戦さは天王山を取られた明智軍の右翼・松田政近、並河易家ら丹波衆が天王山の山麓の中川隊に襲いかかってきたのが切っ掛けで、夕刻が迫る頃だった。

山頂からこれを目にした秀長隊が一気に山を駆け降り丹波衆を押し始めると、それを見た池田恒興、加藤光泰、木村重茲、中村一氏らが明智軍の左翼の斉藤利三の隊へ押し寄せ、左右から明智軍を包み込む格好となった。

明智軍の両翼が混乱した隙間を中央から高山・堀秀政隊が突っ込んだので、明智軍はさらに混乱を極めた。この機会を逃さず、秀吉は総攻撃を命じた。

山麓から淀川に向けて回り込んだ秀長隊は明智軍の中央を支える伊勢貞興、諏訪盛直、御牧兼顕らを側面から襲い、そこに秀吉軍の新手が加わった。

数に劣る明智軍は秀吉軍に左右から包囲され、中央から崩され混乱に拍車がかかり波が引くように後方に退いてゆく。

支えきれぬと見た光秀は本陣の御坊塚を放棄して勝竜寺城へ逃げた。
従う兵たちは七百人程に減っていた。
光秀は湿田の中を這うように勝竜寺城にたどり着いた。

城の堀へ馬を乗り入れ堤を乗り越せぬ程疲れていた光秀を、家臣は馬から降ろし馬を堀から引き上げ、光秀を抱くようにして城内に運び込んだ。

すでに辺りは薄暗くなり、城を取り囲む敵兵の松明の数は増すばかりで、城内へ撃ちかかる鉄砲音が耳をつんざくように響く。
（斉藤利三の忠告に従って坂本城に籠って戦っていたならば、もっとましな戦いができたかも知れぬ。左馬助（娘婿）を安土城に残してきたことは誤りであったわ）

あれこれと悔やみ事を繰り返す光秀は、暗闇に紛れて逃げ出す兵を押し止めようとする明智勝兵衛の怒鳴り声を虚ろに聞いていた。

一方秀吉は部隊長の労（ねぎら）いに忙しい。
「本日の手柄の一番は斉藤勢を打ち破った清兵衛だ。清兵衛、今日は骨折りご苦労じゃった」

秀吉の乗った輿は池田隊の方へ向かう。
「ちぇッ。何が、『骨折りご苦労』じゃ。筑前めはもう天下を取った気でいやがる」

清秀はぺっと唾を吐いた。

翌日秀吉は坂本城を目指して逃げた光秀を追い、三井寺に着いた。

その時、村井貞勝の家臣が血に汚れた首を届けにきた。

まさかと思い首を洗ってみると、光秀によく似ている。

そこへ小栗栖の百姓が首のない死体を境内に運んできた。

「こんな太刀を差しておりました」

百姓が差し出す太刀を調べると、甲冑威桔梗の家紋が入っている。

「これは岩切だ。光秀秘蔵の名刀じゃ。これは光秀の首に違いないわ」

光秀の首が見つかったと聞き、他の武将たちも続々と集まってくる。

「こやつの首を皆の前へ引き出せ」

何をするのか一同が秀吉を凝視していると、彼は杖を取り上げ、「上様を討った極悪人め」と何度も三方の上に置かれた首を叩きつけた。

打ちすえるごとに閉じた口からどす黒い固まりを吐く。

目を怒らせ、気が狂ったかのように意志のない光秀の頭を打ち続ける秀吉の姿に、武将たちは生前の信長の姿を重ね合わせた。

賤ヶ岳

光秀を討ちとった秀吉の目的はまず自分が主導権を握ることで、その大舞台が織田家後継者選びであった。

柴田勝家が信孝を奉じて織田家をまとめようとすることは明らかだった。この機会を逸すると自分が織田家にとって代わることはできない。信長のために馬車馬のように走り続けた秀吉には、もうこれ以上織田家には恩義はない。もう十分に尽くしたがあくまで織田家に尽くす姿勢をとらないと私欲を見透かされる。

有力者四人が清洲城に集まった。

(猿めは自分が養子にした秀勝を後目に押すだろう)

山崎の合戦に後れをとった勝家は、清洲へ向かいながらそう思った。

(やはり信孝様だ。二男の信雄様は凡庸で上様も期待されていなかったが、三男の信孝様には四国攻めの総大将となされる程の心入れだった)

清洲城の大広間には信孝・信雄をはじめ主立つ三人が早くも顔をそろえていた。

勝家は秀吉の脇に丹羽と池田の姿を認めたが、滝川一益(かずます)の顔はなかった。

一益は信長に信頼された宿老の一人だったが、信長横死が世間に知れると武蔵神流(かんな)川(がわ)の戦いで北条氏に敗れ、領有していた上野、信濃の佐久・小県(ちいさがた)の領地を失い、旧領の伊勢に逃げ戻る途中であった。

長秀はそのずんぐりとした体を傾けると、いつもの温厚な口調で、「長旅ご苦労に存ず」と勝家に久闊(きゅうかつ)を叙した。

丹羽長秀は筆頭家老・佐久間信盛が失脚した後、柴田と並ぶ宿老の一人であり、若狭一国を信長から与えられていた。

(やつはまるで猿の家臣になったようではないか)

織田家一筋に思う勝家はさしたる武功もない丹羽を睨みつけ、不機嫌そうに頷くと、秀吉に気を配る丹羽にこれまでにもない憎悪を覚えた。

片腹には神妙な顔をした恒興が控えている。

(やつなど上様の乳兄弟だというだけなのに、一益を押しのけていばりくさって)

勝家には小太りで愛想のない恒興までもが憎たらしく思われた。

「さあさあ勝家殿、ここにお座り下され」

秀吉は勝家が姿を見せるまで腰かけていた床几から降りると、上座の席に勝家を促した。

秀吉の低身ぶりを見慣れていた勝家は、彼の口のきき方や態度から光秀を討ちとった自信が溢れているのを感じた。

「上様の最期は御愁傷様のことだが、そう悲しんでばかりはおれまい。上杉や毛利といった敵もこの機会を狙っておろう。そこでさっそく本題に入ろうと思う。上様の跡目のことだが……」

そこまで言うと、秀吉は信孝と信雄の方をちらっと眺めた。

「わしは他家へ養子として出られた方は後継者として外すべきだと思う」

秀勝を押し立てて織田家を簒奪しようとする腹だと勘ぐっていた勝家は、思わず秀吉の真意を汲もうと身構えた。

当然自分達が後継者だと思っていた信孝と信雄も肩透かしを食らわされた格好で、秀吉の次の言葉を待った。

「されば筑前は誰を押すのか」

「信忠様には三法師様という忘れ形見が生きておられまする」

彼らは唖然とした。

「まだ三歳にも満たぬお子なのだぞ」

勝家は声を荒げた。

「われらが補佐すれば良いことじゃ」

勝家は目を瞬(しばた)かせて他の宿老の方を振り返った。

「長秀はどう思うか」

丹羽は、「拙者は筑前の申し様はもっともと聞いた。他家に出た者はこの際除くべきかと存ず」と平然としている。

思わぬ返答に勝家は首を恒興の方へ向けた。

勝家の顔は興奮で朱に染まっている。

「丹羽殿の申される通りと存ず」

恒興の返答も筋書き通りのものだった。

(猿の口車に乗りおって……。こやつらはおのれの領土のことしか考えておらぬ。上様が亡くなって間もないというのに、早くも上様の恩を忘れたのか)

真剣に織田家の行く末を案じる勝家はぐっと口唇を噛みしめた。

勝家は声を張り上げて信孝の擁立を主張したが、三対一では勝家の意見は通らなかった。

結局三法師が後継者と決まり、安土城で堀秀政が守役で、信孝・信雄が後見役となり、柴田・秀吉・丹羽・池田の四人が彼らを補佐することで決着した。

信長の遺領の分配では二男・信雄は従来の伊勢に加え尾張を、三男・信孝は美濃を、丹羽は以前からの若狭に近江の高島と滋賀の二郡を得て、光秀の本城であった坂本城に移る。

丹羽がいた佐和山は堀秀政が譲りうけ、池田は従来の摂津池田・有岡の他に大坂・尼崎・兵庫を支配することが決められた。

柴田が得た領土は秀吉から譲られた長浜と北近江三郡十二万石だけで、一番得をしたのは光秀を討った秀吉であった。

播磨・山崎・河内それに光秀領であった丹波を手に入れたのだ。

滝川一益は旧領伊勢を保持したのみで宿老の座から滑り落ち、代わりに池田が宿老の地位を得るという秀吉の思い通りの結果となった。

唯一秀吉の思い通りにならなかったのは、以前より思慕していた信長の妹・お市の方を勝家に奪われたことであった。

岐阜城の信孝は秀吉が織田家を乗っ取ることを危惧し、叔母のお市を勝家と結婚させることで絆を強めようと考えたのだ。

勝家とお市は十月に祝言を上げた。

北之庄へ戻ろうとする勝家に信孝はもう少し長く留まることを願うが、「何分長らく領国を空けているので上杉の動きが心配でござる」と帰国を急ぐ。

「勝家の北之庄城への帰国を秀吉が近江辺りで待ち構えて討ちとろうとしている」という噂が岐阜まで聞こえてきた。

長浜は勝家の甥・勝豊に譲られることになっていたがまだ城に移っておらず、近郊の佐和山には秀吉の意を受けた堀秀政がおり、彼らの動向が気になるが、「何の筑前ごとき、わしの敵ではござらぬわ。木之本(きのもと)までは家臣たちが迎えにきてくれることになっておりますので」と勝家は平然としていた。

それに勝家は秀吉とは肌が合わなかったが、彼が暗殺などという姑息な手段をとる男ではないと踏んでいた。

その内、「秀勝を木之本まで人質に出すので安心して帰国なされよ」と秀吉から言ってきた。

（いずれは筑前めとは決着をつけねばならぬが、やつはわしに度量が広い男であることを示そうとしておるだけよ）

四挺の輿を連ねた勝家一行が岐阜城から関ヶ原にさしかかる頃、西から砂塵を舞い上げながら近づいてくる一行があった。

「約束を守るとは筑前も意外と健気者だな」

百名の武装兵が馬上の秀勝を守っている。一行の中には佐吉と紀之介それに虎之助、市松もいた。

お互いに顔がわかる距離まで近寄ると、秀勝は馬から降りて勝家に挨拶した。

「おう、立派な若者にお成りだ。上様と良く似ておいでじゃ」

勝家は秀勝を見ると目を細めた。

「輿には叔母上と姫たちが乗っておられる。お市に会われるのは久方ぶりであろう。お目通りなされよ」

佐吉には髭に白いものが混じる勝家がそう腹黒い男には見えない。

黒漆に金箔が塗られた輿が降ろされ屋根が開かれると、美々しい小袖を身につけた女が黒髪を掻き上げて輿から姿を現わした。

小姓たちの好奇に満ちた目が彼女に注がれるが、三人の娘を持つ三十過ぎの女にはとても見えない。

（美しいお方だ。殿が懸想なされるのも当然だな）

小姓たちは瞬きも忘れて彼女と勝家とを交互に眺めた。

次々と輿が降ろされると、明るい小袖を着た背の高い長女らしい姫をはじめ幼い二人の姫が現われた。

秀勝は美しい叔母と彼女の姫たちを目にすると思わず微笑を漏らした。

彼らは木陰に用意された床几に腰を下ろし時が立つのも忘れて歓談した。

(殿と柴田殿との一戦は避けられぬものか。血を分けた肉親が敵味方に分かれて殺し合わねばならぬとは……)

佐吉は血の繋がった者たちの楽しそうな語らいを眺めながらため息をついた。

「さあ、もうそろそろ発ちませぬと日暮れに木之本までは参れませぬ」

佐吉の思いは勝家の野太い声で掻き消された。

関ヶ原からは北国街道脇往還になる。春照(ずいじょう)を越えると右手に優美な伊吹山の姿が現われ、小谷(おだに)城下はすぐ近くだ。

(お市様は小谷城へ輿入れされてからずっとこの地に住まわれていたので、懐かしいと同時に思い出したくない筈だ)

佐吉はお市の心境をあれこれと推し量る。

やがて左手の琵琶湖の湖面には金色に輝く竹生島(ちくぶしま)が現われた。街道の百姓たちは誰の行列か訝し気に眺めている。

一行がさらに北へ進むとなだらかな山容をした小谷山が見えてきた。

山の尾根筋にあった城郭はなく、山中からは蝉の声がかしがましく響いてくる。

「これからお市様のご要望で小谷山の麓にある清水谷（きよみずだに）の徳勝寺へ参る」

徳勝寺は浅井氏の菩提寺で、お市らが住んだ屋敷の近くにあったところだ。

輿が清水谷に入ると、寺院の境内には背丈程の夏草が生い繁っており、織田との戦さで焼け落ちた跡地には黒く変色した礎石が見え隠れして、その奥に三つの小ぶりの宝篋印塔（ほうきょういんとう）がひっそりと建っていた。

お市らは雑草を掻き分けて宝篋印塔に近づくと、手を合わし何かを呟いているように映った。

（長政殿に婚儀を報告し、お別れをされているのだろう）

遠い雪国へ去ってゆくお市のことを思うと佐吉の目は潤んだ。

勝家が岐阜から北之庄へ去るのを見届けると、秀吉のいる京都の本圀寺へ丹波の細川父子や大和の筒井順慶が駆けつけてきた。

「京は攻めるには容易で守るには困難なところだ。姫路では遠すぎるし、もっと京に近くなければ勝家や一益それに岐阜の信孝の動きに遅れをとる」

秀吉は光秀を破った山崎の地に城を築くことを思い立った。

秀吉は佐吉ら小姓たちを伴い天王山の中腹を目指す。

ここには宝寺（たからでら）という真言宗の古い寺院があり、麓から登り始めると、金剛力士像が両側に立つ山門に出くわす。山頂へと一直線に伸びる参道をさらに登ってゆくと、左手に待宵の鐘と呼ばれる鐘撞堂があり、さらに進むと本瓦葺きの堂々とした本堂が姿を現わした。

「何故宝寺と呼ばれているのか誰か知っておるか」

秀吉は小姓たちの知識を試すと、佐吉が、

「『打出』と『小槌』を祀っているからでしょう」と脇から答えた。

「そうじゃ。この宝寺は聖武天皇の勅願によって行基が建立した由緒ある寺だ」

秀吉は小姓たちに寺の古い創建を物語る。

本堂左横には佐吉が言った小槌宮があり、宮内には聖武天皇が夢で竜神から授けられたという打出と小槌とが神体として祀られている。その奥の片隅に九重の石塔が建っている。

秀吉らはそこからさらに続く山道を汗を拭いながら登り切ると、やっと山頂が見えてきた。

山頂からの眺めはすばらしかった。

淀川を挟んで南には石清水八幡宮のある男山が指呼の距離に迫り、東を望めば京都を貫通する桂川が陽光を浴びて金色の帯のように映る。

天王山の南麓に広がる山崎村で大和から流れてくる宇治川と木津川の三川がこの地で合流し、淀川の太い大河を形成し、大坂の方へ蛇行している。

「天王山は京・大坂とを結ぶ要の地じゃ。わしはこの地に城を築くぞ」

秀吉は満足そうに額から流れ落ちる汗を手で拭いながら、飽かずに雄大な風景に見入っていた。

自らの構想を実現するために、秀吉は傘下に入った武将たちに手伝わせて、二ヶ月後の九月には天王山の山頂に天守閣を持つ堂々とした城郭を誕生させた。この城の完成は畿内は元より岐阜の信孝、越前の柴田、伊勢の滝川らに対する大きな圧力となった。

秀吉と小姓たちは宝寺を宿舎とした。

丹羽は自領の坂本城の普請を後回しにして、三法師を迎える安土城の普請を急ぐ。

(殿の実力は他の武将の認めるところだが、あくまで三法師を掌中の玉として織田家を支える姿勢を崩さず、織田家を簒奪しようとなされている)

佐吉は秀吉の一挙手一投足を見逃すまいと気を配っていた。

領地が隣合う信孝と信雄は仲が悪く、「木曽川を境界にするかどうかで揉めている」という噂が伝わり、それを秀吉がどう裁くかと見守っていると、「お市の方が京の花園の妙心寺で信長様の追善法要を行った」と秀吉が悔しそうに喚いた。

九月も中旬のことであった。

（勝家殿はお市の方を使って自分が上様の後継者であることを誇示したいのか）

佐吉の脳裏に小谷の清水谷で先夫・浅井長政の宝篋印塔の前に佇むお市の方の後ろ姿が浮かんだ。

その内岐阜の信孝を通じて、「三法師が上洛して信長の葬儀を行う」という廻状が回ってきた。

（どうしても信孝様は勝家殿を盾として三法師様を安土に戻す気はなさそうだ。いつ武力に訴えてでも殿は岐阜におられる三法師様をとり戻そうとされるのだろう）

佐吉の目には、山崎城近くの待庵（たいあん）に出かける秀吉が利休を相手に狭い茶室で次の戦略を錬っているように映る。

「わしが大徳寺で上様の葬儀を行う。寺院によると十月十五日が吉日らしい」

秀吉は宣言した。

（やはり殿は天下に自分が上様の後継者であることを大々的に誇示されるのだ）

佐吉は秀吉の鮮やかな演出ぶりに大きく頷いた。

その日のための準備で宝寺周辺は喧騒に包まれた。

十五日になると蓮台野には火葬場や供養塔が作られ、周囲は竹垣で結い合わされた。この日の秀吉の出で立ちを一目見ようと京はもちろん畿内から数万人の民衆が集まり、大徳寺から蓮台野までは秀長が率いる弓・槍・鉄砲を手にした三万の兵たちが秀吉一行の警護にあたった。

棺は金紗金襴で包まれ、輿は軒の瓔珞（ようらく）や欄干の擬宝珠（ぎぼし）に金銀をちりばめ、八角の柱や八面の間は彩色を施した立派なもので、棺の中には沈香の木像が入っていた。

棺の長柄（ながえ）の先端は池田恒興の二男・輝政が、後ろは秀吉の養子・秀勝が担いだ。

秀吉はその後ろから付け髭のいかめしい姿で信長愛用の不動国行（くにゆき）の太刀を捧げ、その後ろを高山右近、筒井順慶らが烏帽子藤衣姿で、丹羽長秀、池田恒興、細川父子、中川清秀ら武将たちが後列を守り、彼らの家臣たち三千人が二列に並んで進んだ。

各宗派の寺院から集められた千人を超す僧侶が、信長の葬儀を行った。

秀吉は朝廷に働きかけ信長に従一位、太政大臣の官位を送らせ、位牌には、「総見院殿贈大相国一品泰巖大居士」と長い院号が与えられた。

さらに大徳寺内に総見院を建立し、総見院には卵塔（らんとう）の作事料として銀子千百枚と、銭一万貫、米五百石とを与え寺領五十石を寄進した。

これで秀吉は世間に信長の後継者としての実力を示したのだ。

「佐吉と紀之介、お前たちは長浜へゆけ。新城主となった柴田勝豊の様子と、木之本まで足を伸ばして勝家の動きを探ってこい」

(殿は越前の勝家が雪で救援できぬ頃に勝豊を攻めようという腹に違いない)

湖北出身の紀之介は、雪に閉じ込められた山深い越前の生活がいかに不自由なものか知悉している。

久しぶりに訪れた長浜の城下町は活気に満ちていたが、町の人たちの話からは勝豊の評判は良くないし、最近病がちで城内にいることが多いようだ。

「観音寺の千年坊にも手伝ってもらおう」

長浜から石田村を通ると村人たちは百姓姿の二人を怪訝そうに眺めたが、観音寺にいた佐吉と紀之介だとわかると腰を屈めてお辞儀した。

横山城跡は長浜を見張るためか、兵たちが山麓を走る街道の警戒に当たっていた。

見咎められた二人が問答をしていると陣所から大将らしい男が近づいてきた。

「やあ、佐吉と紀之介ではないか。そんな格好をしてどこへゆくのか」

近江言葉丸出しの胴間声の主は脇坂だった。

「殿もいよいよ長浜を取り戻し、勝家と一戦しようと決心されたようだな。勝家を倒せばわれらの殿は織田随一の武将だ。上様のように天下人となられるのも夢ではないわ。わしも一国一城の主となるかも知れぬ」

脇坂は自分が秀吉になったかのように頷いた。

観音寺の境内は紅葉に包まれ、千年坊は二人が寝起きした食堂の文机に座って木彫りの仏像に向かっていた。

「仏像の表情が慈悲深く映っておるわ。お主の苦悩もようやく薄れてきたようだな」

背後からの紀之介の声に振り返った千年坊は百姓姿の二人を不審そうに眺めていたが、すぐに佐吉と紀之介だと知ると微笑した。

「久しぶりだのう。元気そうで何よりだ。もう十年も経とうか」

千年坊の目に昔を懐かしむ光が宿る。痩せ気味だった体にも肉がつき、眼光の鋭かった顔立ちが穏やかさに包まれていた。

「随分と人間も丸くなったようだな」

佐吉が冷やかすと、「お主たちと違い、静かに仏典に向かっていると人間の内面が鍛えられるからなあ。ところでここへは何をしにきたのだ。秀吉の小姓ならわしの顔を見にくる程暇ではあるまい」と来訪の訳を知りたがった。

「実はお主の力を借りにきたのだ」

佐吉が秀吉の意図を漏らすと、「長浜のことは任しておけ。わしも坊主との繋がりは広いので、侍にはわからぬことも耳に入るやも知れぬ。木之本まで一緒に行くぞ」と千年坊は乗り気になった。

三人は長浜城下に近い長沢の福田寺（ふくでんじ）を訪れ、それから城下の大通寺（だいつうじ）にも立ち寄った。どちらも一向宗の寺院で浅井氏と共に織田軍と戦った寺院だが、秀吉が長浜城主になってからは優遇されていた。

「やはり、勝豊の病は本当らしい。それに佐和山の堀秀政がやつを脅しているみたいだ。また勝豊は勝家の養子だが勝家は甥の佐々間盛政を重用するので二人はいがみ合っておるようだ。柴田家も一枚岩ではないらしい」

千年坊は貴重な情報をもたらした。

「雪が降り始まるまで勝家は大人しくして欲しいものだ。雪が降れば勝家の肩を持つ伊勢の一益を攻められるに違いない。ただ美濃の信孝様は上様の子供だけに扱いに迷われるだろうが……」

紀之介の読みは佐吉の考えと一致している。

「北之庄の勝家が出陣してくるとすれば府中から栃ノ木峠を経て椿坂峠を抜けてくるか、敦賀から刀根坂を通るか、また塩津街道を通って木之本に出るかだ。どの道を通っても木之本に出てくる筈だ。すぐに木之本から北の柳ヶ瀬村まで調べよう」

千年坊は平凡な日常と異なる偵察の仕事に興じている。

長浜から北国街道を北上し木之本に入ると、町並みが見えてきた。

町は敦賀からきた商人が魚貝類を売る声や旅籠の呼び込みの声が響き渡る。

「懐かしい。わしの生家はもう少し北へ行った大谷村というところだ。そこから北は山に囲まれた谷筋で、少し開けたところが柳ヶ瀬村だ。柳ヶ瀬村から二つの道に分かれ北へゆくと険阻な北国街道が続き、左手に折れると刀根街道へ出る。勝家殿が出てくるとすれば柳ヶ瀬であろう。そこから南の大谷村までは山が迫り、さらに南にゆくと山が遠のき街道は徐々に広がってゆく」

大谷村から南下してくる柴田軍を想像したのか、紀之介は顔を引き締めた。

「あの左手前方に余呉湖があり、それを包むように山が連なり、余呉湖を過ぎると中之郷という村があり、その北は東野村だ。この辺りから山並みが低くなって後退し盆地が広がってくる。大軍を展開できるのはこの盆地だけだ。ここを突破されると長浜まで遮るものは何もない。多分この地が戦場となろう」

紀之介の推理に頷いた千年坊は、「二人を選ぶとはさすがに秀吉は慧眼をお持ちのようだ。地の利を得た人選だ。おまけに紀之介の戦さを見透す力は大したものだ」と紀之介を大いに持ち上げた。

「千年坊もしばらく見ぬ間に口が上手くなったものだ」

紀之介もやり返す。

「急ごう。日没までには柳ヶ瀬に着きたい」

佐吉は先を急がす。

柳ヶ瀬村に入った頃はもう夕暮れ近かった。

街道沿いには藁屋根の民家が連なり、街道の中央を細い小川が流れている。

「これが余呉湖に流れ込むのだ」

紀之介は何度も訪れた柳ヶ瀬村を眺めると、夕陽に霞む北の山を指差した。

「あの山が内中尾山だ。わしが勝家殿ならあそこに本陣を構える。この山を挟んで東を北国街道が、西を刀根街道が走る交通の要所だ」

その日は柳ヶ瀬に泊まり、今度は長浜まで戻る途中、どこに砦を築き柴田軍を食い止めるか、三人は南下しながら左右に目を配り孤塚村へ着く。

「兵力に劣る柴田軍は山に籠もって長陣を張ろうとするに違いない。なぜならその間に美濃の信孝様、それに伊勢の一益らがわが方を突く。われらがその方面に軍を分散すれば、そこを柴田軍が襲うという戦い方をするだろう」

「紀之介の眼力は殿が褒めるだけのことはある。お主は一流の軍師だ」

佐吉は唸る。

「紀之介ならどこにわが軍の砦を築くつもりだ」

千年坊が促す。

「弧塚から南へゆけば盆地が開けてくる。ここが柴田軍の最前線だ。本陣は内中尾だろう。われらは弧塚から突出せぬよう北国街道沿いに守らねばならぬ。東に山麓を伸ばしている天神山が最前線で次いで南に下がった堂木山が第二の砦だ。要はこの盆地を狭めている二つの山麓を利用するのだ」

紀之介は西の山並みを指差す。

「この盆地は南下すると再び余呉湖を包む岩崎、大岩山が東に張り出し、北国街道は狭められ、木之本でまた広くなるという地形だ」

感心している佐吉は、「それでは天神山と堂木山と岩崎、大岩山に砦を築き、木之本が殿の本陣となるのだな」と念を押す。

「そうだ。だが街道の西の押さえはそれで良いが、敵が東から迂回せぬよう街道の東にも砦があっても良い。いざという時敵の側面を突くためにな」

紀之介はつけ加えた。

「あの山か」

三成が東野山を指差した。

頷いた紀之介は、「まだ柴田軍は北之庄から出陣しておらぬようだ。来春にはやってこよう。それまでに長浜城を取り返し、岐阜と伊勢を押さえねば……」と呟く。

「まるでお主が秀吉になったようだな」

二人の哄笑に紀之介は苦笑した。

十一月になると思わぬ訪問者が越前からやってきた。勝家の使者として山崎にきたのは前田利家、不破勝光それに金森長近の三人だった。

「これは又左か。久しぶりだのう」

利家と秀吉は信長が清洲城に居城している頃から、屋敷も隣合わせという長いつき合いで、子供のない秀吉が頼み込んで豪姫を養女としてもらい受けた仲だ。

佐吉は客人に茶を運ぶ役目だが、槍の又左と言われた武骨者の利家からは温厚そうな印象を受けた。

利家は勝家からの書状を懐から取り出す。

「信長公が亡くなられてから間もないのに、仲間内で戦うのは不本意だ。この際和睦して若君を盛り立てて上様のご恩に報いたい」

手紙には雪に閉じ込められる勝家の苦悩が滲んでいた。

秀吉は恭しく受けとり眼を通すと、「この頃上様の恨めしそうな顔が毎晩夢枕に立つ。きっと上様がわれらの不仲を嘆かれておられるのよ。今は仲間同志の戦いをしておる時ではないわ。力を合わせて上杉や毛利といった敵に当たらねば、亡き上様に申し訳が立たぬ」と目に涙を浮かべた。

それを見ると三人は神妙に頷く。

「そうだ。上様が眠られる総見院で柴田殿との結束を誓おう。それが良いわ。佐吉も供をせよ」

さも良いことを思いついた様子で秀吉は口元を緩めた。

大徳寺は紫野にある臨済宗大徳寺派の大本山で境内には二十寺を越える塔頭が建ち並ぶ広大な規模の寺院だ。

二層から成る山門を潜ると城を思わすような仏殿、法堂に圧倒される。その境内の一隅に土塀に囲まれた寺院が総見院だ。

「この寺院は千利休の師である古渓宗陳に建てさせたものだ」

秀吉は畏(かしこ)まる三人を本堂に導く。本堂に入った三人は奥に祀られた信長の位牌を前に神妙に手を合わせた。

それが終わると秀吉は三人を境内にある茶室に順番に呼んで茶を振る舞い、小言で何かを呟いた。

三人の訪問で勝家のすぐの出陣のないことを知った秀吉の、その後の行動は迅速を極めた。

佐和山の堀秀政から勝豊の調略ぶりを聞くと、秀吉は山崎から五万の兵を率いて近江に出陣した。

「城は焼くな。われらの武威を示せばそれで良い」

勝手知ったる長浜城の周辺に付け城を築いて威嚇した。

「木之本から北は蟻一匹入れぬようわが軍が遮った。貴殿が望もうが越前からの援軍は無い。それでも戦おうと申すなら容赦しないが、もし味方して下されば越前一国を進ぜよう」

使者の飴と鞭の口上に病身の勝豊は迷う。

（このまま対陣を続けても勝目はないし、冬になれば養父・勝家からの後詰めはまず望めまい。だが養父を裏切る訳にはゆかぬ……）

勝豊の重臣たちはすでに秀吉側に靡(なび)いていた。彼らの熱心な推めにより勝豊は勝家を裏切る決心をした。

「われらに同心なされた証しを示されるだけで良ろしい。長浜城にお留(とど)まられ、病治療に京から曲直瀬(まなせ)正慶(しょうけい)を呼び寄せよう」

この寛大過ぎる申し出に勝豊は後ろめたさを覚えた。

佐和山に秀長を入れて勝豊を監視させ、信孝と仲の悪い信雄に北伊勢の押さえを頼むと、秀吉軍五万はそのまま岐阜を目指した。

（本気で岐阜城を攻め落とすつもりはあるまい。三法師様を取り戻し安土城へお迎えするために信孝様を脅されるのだ）

佐吉は秀吉の意図に気づいている。

曽根、清水城の稲葉一鉄をはじめ、美濃衆のほとんどは人質を出して秀吉に下っている。

意気消沈する岐阜城を横目に眺めながら、秀吉は各務野(かがみの)・洲股(すのまた)・赤坂に兵を布陣させ、自身は氏家行広の大垣城に本陣を置いた。

この大軍を目の前にして、信孝は柴田や滝川に援軍を請うが越前は雪に阻まれ、北伊勢の一益は尾張の信雄に押さえられて身動きができない。

万策尽きた信孝は信長時代から親しくしていた丹羽を通じてしぶしぶ和睦せざるを得なかった。

「火遊びはほどほどになさいませ。さもなくば大火傷を負いますぞ」

口元に微笑を浮かべているが皺寄った額の下にある鋭い目が信孝を射る。

「一応信雄様の手前上姫一人と母上とを預かりましょうか。男子は家老たちの嫡男で良ろしいかと……」

言葉は柔らかいが要は人質をとるというのだ。秀吉はあくまで信雄の命令という建前でおのれの野望を隠した。

（みごとなものだ）

佐吉はこの駆け引きの鮮やかさに唸る。

「正月は姫路で迎えたいものだわ。のう佐吉」

三法師を受けとって安土城へ向かう秀吉の磊落な大声が響く。

（きっと頭の中は勝家殿が越前から動く前に北伊勢の一益を叩くことを考えられているのだろう）

「久しぶりに嬶（かか）と寝正月じゃ。起きたら旨い魚と餅を腹一杯食いたいのう」

秀吉は馬上で大きな欠伸をした。

（そう言えば光秀を討ってからの殿は休む暇なく駆け回りづめだ）

「もう三日目だぞ。本当に眠っておられるのか。死んでしまわれたのではないか」

虎之助と市松は心配する。

「おね様が申されるには『目が醒めたら餅を食い、腹が膨れるとすぐに布団に潜り込まれ大いびき』だそうだ」

紀之介はおねの元で働いている母親から秀吉の様子を耳にしている。

「殿も早や四十六歳じゃ。若い頃とは違うわ」

長年秀吉と共に働いてきた小六や前将（前野長康）は秀吉より年上なので、自分たちの体力の衰えぶりが良くわかるだけに、正月ぐらいは秀吉に骨休めをさせてやりたい。

三日目に起きてくると、「いくらか休憩したので、気力が戻ってきたわ」と家臣を本丸に集め、彼らの論功行賞を行った後、一同には酒と料理が振る舞われ夜中まで宴が続いた。

翌日から傘下の武将たちや寺社の僧侶たちが城に詰めかけてきて、佐吉たち小姓はその接待に多忙を極めた。

年賀が済むと秀吉は三法師と後見役の信雄への年始の挨拶のために安土を訪れるが、実は北伊勢の滝川攻めの形ばかりの許可を信雄から取りつけるためだ。

「この頃北伊勢の動きが怪しく、亀山城と峯城、関城の守りを固めておるそうでござる。われらと共に出陣して下され」

あくまでも信雄を立てる姿勢を崩さない。

安土の三法師を堀秀政に任すと、出陣前に秀吉は長浜を訪れ、勝豊の重臣・大金藤八郎、山路将監（やまじしょうげん）らに天神山に砦を築かせ、丹羽に頼んで越前から出陣してくるかも知れない勝家に備えさせることを忘れなかった。

北伊勢へは鈴鹿山脈を越えて進む。

関ヶ原から南下して土岐多羅越えをして員弁（いなべ）川沿いを向かう一万五千の左翼の大将は三好秀次、佐和山から東へ進み大君ヶ畑（おおきみがはた）越えで員弁川に沿う中央隊は一万五千の秀吉本隊だ。

安土から南下して鈴鹿山脈を越す安楽（あんらく）越えは七千の右翼の秀長が担う。

安楽越えの秀長は峯城を包囲すると、亀山・国府・関城を攻め始めた。

一方大君ヶ畑越えした中央隊は員弁川沿いに進み、一益の本拠地・長島、桑名の民家を焼き払うが、一益は大軍相手に討って出る訳にもゆかず、貝が蓋を閉じたように桑名城に閉じ込もってしまった。

一益の付け城を落とし、兵を本城の長島に進め、一益を降伏させる気構えで臨んだ秀吉だったが、ついに「越前の勝家が動いた」という知らせが峯城攻めの秀吉の元に届けられると、その早過ぎる出陣に驚いた。

「佐久間盛政二万余が北国街道から押し出し、木之本付近の民家に火を放っておる模様でござる」

「いよいよ勝家めがやってきたか。伊勢の一益は信雄様と蒲生氏郷に任す」

近江の日野城主の氏郷は信長が娘を妻（めあ）わす程、その器量を見込んだ男で、本能寺の変の後より秀吉に従っていた。

信雄・氏郷ら二万人余りを一益の押さえとして伊勢に残し、秀吉は長浜へ急いだ。

（この一戦で勝てば殿が天下人の座を手に入れられるのだ）

その勇姿を想像すると佐吉は思わず叫びたくなった。

「早く勝家殿の布陣ぶりが見たいものだ」

紀之介は敵がどう動くか気になった。

長浜を過ぎ木之本に向かうと、焼け払われた民家から煙が燻（くすぶ）っていた。

秀吉軍の到着を知ると勝家軍は北国街道を狐塚から大谷村へ退いた。

西に連なる行市山から別所山、橡谷山、中谷山それに林谷山の尾根筋には色とりどりの旌旗が望まれた。

（思った通りの布陣だ。やつらは街道を見降ろす山岳に布陣している）

紀之介は満足そうに頷く。

（ここからは見えぬが本陣は柳ヶ瀬からさらに北の内中尾山に違いない）

紀之介は自分の考えが正しかったことを確信した。

（それにしても彼らの砦からはわが軍の天神山は低くて丸見えだ。もう少し後退させて堂木山まで退くべきだ）

紀之介の危惧したことは秀吉も感じていた。

天神山から西の高地である文室山に登って勝家軍の布陣を眺めていた秀吉は、「天神山は敵に近づき過ぎて、いざという時弧軍となってしまう。堂木山まで退け。それに堂木山の東の東野山には堀秀政を布陣させ、秀長はもっと南の田上山に陣を構えよ」と勝家軍に備えさせた。

（堂木山の山麓と東野山の堀秀政の陣が最前線となり、その後方の岩崎山と大岩山の山麓と街道の東に聳える田上山の秀長殿の陣とが第二の防波堤で、本陣は木之本だ）

紀之介は自分の構想通りの布陣になったことに満足した。

数に劣る勝家軍はしばらくの間山に籠って様子を窺っていたが、数日後敵の動きを確かめようとするかのように堂木山の隘路に攻勢をかけてきた。だが東野山からの堀隊と堂木山を占める勝豊の重臣たちから鉄砲の一斉射撃を受けると、再び元の陣地まで退いた。

その後両者は積極的に討って出ることはせず、睨み合いが続いた。

（殿はこちらから手を出せば山に籠る敵が優利になることがわかっているので、相手に攻め込ませ敵を盆地に引きずり出して叩こうとしておられるのだ）

紀之介は昔三木城攻めの折、平井山本陣で竹中半兵衛から聞いた設楽原の合戦のことを思い出した。

（大軍の信長軍は馬防柵内に籠って、突進する武田勝頼の兵を鉄砲で悩ませ、弱ったところへ総攻撃をかけたのだ。先に手を出した方が不利だということは幾多の場数を踏んだ勝家殿なら十分にわかっているだろう。これは長期戦となりそうだな）

紀之介は連動して動く三方の敵を相手に、秀吉がどう戦うのか、秀吉の動きに注視する。

秀吉のいる長浜城に津田宗及がやってきたのは戦線が膠着状態に陥った時だった。

秀吉は本丸で宗及を前に自ら茶を点てた。

「今度の戦さは山崎の時のように光秀だけが相手ではないので長びくやも知れぬ。兵糧と鉄砲玉は北伊勢の滝川攻めでだいぶ減ってきておる。もう半年分は欲しい」

秀吉のお点前を見詰めていた宗及は目を上げると、「柴田様を倒せば殿様が天下人ですわ。いくら投資してもこれから随分と稼がせてもらえます。ご安心下され。すぐに手配しましょう」と大きく頷き秀吉の差し出す天目茶碗を手にした。

「それにしても殿様の茶の湯の腕は一段と上がったようですな」

宗及は秀吉のお点前を褒めた。

「山崎の待庵で利休に絞られてのう。茶の湯に賭けるやつの創意工夫には感心するわ」

「茶道具も自身で工夫して拵えているようですな。数寄屋も書院と離して三畳だけとか。あそこまでいくとわしらの古い頭ではついていけませんわ」

「利休は本業が暇だから茶の湯に没頭できるのだ」と宗及は言おうとしたが、秀吉の気分を損じまいと口を濁した。

千年坊がぶらりと佐吉を訪ねてきた。

「何か変わったことがあったのか」

千年坊はあれ以来一向宗派の僧侶たちから敵の情報を探っていた。

「行市山にいる盛政は勝家の本陣のある内中尾山まで一里程離れた尾根筋の山道を広

げているらしい。また行市山から南の集福寺坂までの山道も整備しているようだ」
「すると北国街道を通らずに西の尾根を迂回する手も有り得るな」
紀之介は大軍の山道の移動は不利だと思い、この方面はそう重要視していなかったのだ。
「だが行市山の兵の動きは堀殿の東野山からよく見える筈だ」
東野山は北国街道の西にある行市山よりもさらに高く、そこからは勝家軍の最前線
にある山々が見降ろされ、兵たちの動きも手にとるようにわかる。
紀之介は秀吉の考えをこう読む。
（もし西を迂回してきたら、盆地に引きずり込むか、それが本隊と別部隊ならそれを
叩けば別部隊を助けようと勝家本隊は内中尾山の本陣から盆地へ降りてこざるを得ま
い。その時が決戦だ。平地での戦さとなれば数に優るわれらが勝つ）
「それと勝家は毛利輝元と四国の長宗我部元親に西から秀吉を突くように要請してい
るらしい」
千年坊は最新情報を告げた。
「彼らはどちらが勝つか様子を見続け、すぐには応じぬだろう」
佐吉は毛利も長宗我部もあくまで織田家の内紛に顔を突っ込まないと判断した。

実は佐吉も秀吉が上杉に越中を突かせ、加賀の一向宗が加賀・越前を荒らすように請う使者を差し向けていることを知っている。

だが彼らは戦さの成りゆきを見守る姿勢を崩してはいない。

勝家軍が堂木山の隘路を突破しようとしてから一週間ぐらい経った頃、堂木山にいた山路将監が自陣に火を放って盛政のいる行市山へ駆け込んだ。

(勝家殿はわが軍を混乱させ、それに乗じようとしている)

紀之介は勝家の焦りを感じた。

山路は元々盛政の家臣であったが、勝豊の補佐役として付けられた男だ。

勝豊が秀吉に降伏をしてから、勝豊の重臣たちは天神山の最前線に立たされたが、盛政らが行市山に布陣してから、半里程南へ下がった天神山と尾根続きの神明山に移された。

いつも最前線に立たされるのは、降人(こうにん)たちで忠誠度を測るために先陣に置かれるのだ。山路はそれに不満を覚え、それが態度に出た。

不信を感じた秀吉の家臣・木村隼人正は山路を神明山からより最前線の尾根続きの堂木山へ移した。

秀吉に疑われていると感づいた時、闇に紛れて盛政から誘いの使者がやってきた。

「われらにお味方して頂ければ、勝家様は勝豊殿の旧領越前丸岡十二万石を下さるとのお言葉でござる」

山路にはこの甘言が地獄に仏のように思われ、今の惨めな待遇から抜け出し十二万石の大身になれるわが身を夢見た。

(行市山は目の前だ。もし決戦となると一番に攻められるのは柴田を寝返ったわしら勝豊衆だ)

山路の脳裏に人質として長浜にいる老母や妻子の顔が過(よぎ)った。

迷ったあげく山路は了承した。

(勝家殿に手土産がいる)

翌日山路は何食わぬ顔をして神明山を監視している木村隼人正を茶の湯に誘った。いつも眉を曇らせた山路の表情が今日はやけに明るい。

(これは怪しい)

木村は病と偽って招待を断った。

(ばれたか)

山路は取るものも取りあえず山道を急ぎ行市山へたどり着いた。

「まだ信孝様は懲りぬらしい。清水城や大垣城の周辺に火を放ち、民家を荒らし回っておるようだ。やつらから救援の矢の催促だ」

長浜城にいる秀吉は使者を下がらせると、何か考え事をするように黙って庭に目をやった。

秀吉は長陣を破る切っ掛けが欲しい。

(清水城や大垣城の稲葉や氏家らの救援にわし自らが岐阜へ行くと、山岳部に籠った柴田軍がその隙を突いて木之本から長浜まで出撃しようとするだろう。だがわしが動かねばやつらも動くまい)

「よし」と声をかけると長浜城本丸に諸将を集めた。

「秀長と堀殿は残って、出撃してくる柴田軍を押さえよ。岐阜の信孝様を捕らえれば、わしはすぐにとって返す」

岐阜への出陣を明らかにしたが、秀長と秀政がこの地に残るので動揺は収まった。

秀吉は二万の兵を率いて四月十六日に大垣城に着いた。

十八日に秀吉は氏家、稲葉に命じて岐阜城下を焼き払わせた。

四月十九日の朝、岐阜へ攻めるため準備をしていると、夜半から豪雨になった。

翌朝、墨を塗ったような黒雲が空一面を覆い、河を流れる水はうねりながら渦巻き、土手に激しくぶつかる。

対岸が見えない程合渡川の川幅が広がり、土手はいつ決壊するかわからない程増水しており、諸将たちが立つ土手に水が当たると地響きがする。

「昨夜用意した舟橋はすべて流されてしまったらしい」

長康は地元の者だけに川の恐ろしさをよく知っている。

稲葉、氏家の兵たちが必死に舟橋を綱で縛って対岸を目指そうとするが、すべて濁流に飲み込まれてしまう。

荒れ狂う大河を眺めていた秀吉のところへ伝令が息を切らせて近づくと、「朝六時頃、盛政が賤ヶ岳へ現われ、大岩山の砦を襲い中川清秀殿は討ち死された由」

集まった諸将に緊張が広がる。

「岩崎山の高山右近はどうした」

「右近殿は秀長様の陣へ逃げられたようで……」

「そうか。それで盛政はまだ大岩山にいるのか」

使者は頷いた。

（西を迂回して大岩山を攻めたか。これは別動隊で、多分勝家本隊は北国街道からやってくるぞ。これでやっと山から引きずり出せるわ）

秀吉の読みが当たった。

(勝家はわしが見せた餌に食いついたのだ。だがもし合渡川を渡ってしまった後に豪雨がきていたら……)

秀吉は冷汗をかいた。

「これから木之本へ向けて出陣する。佐吉ら小姓たちは馬に乗ってすぐここを発て。沿道の百姓たちに要所要所に松明を用意させ、一戸につき米一升ずつ炊かせて炊き出しを命じよ。井戸水をたっぷり汲ませておくことを忘れるな。それと替え馬と馬に与える秣(まぐさ)も準備させておけ。礼は後で十倍にして返すと申すように」

(これはまるで『中国大返し』のようだ)

虎之助と市松は備中高松から山崎まで駆け続けた苦しさを思い出した。

「浄信寺とか申す境内の広い寺院があったな。そこを本陣とするので、長浜から木之本までの百姓に命じてそこで炊き出しをさせよ」

(ざっと十三里か。これから発っても本陣に着くのは夜が暮れてからだ。早く木之本に到着しないと盛政を取り逃がしてしまうぞ)

紀之介の心は逸(はや)った。

「鎧・槍・刀・冑などは大垣から荷車に乗せて運び、長浜からは湖を使う。長浜でへばった者は武器と一緒に船で飯ノ浦まで運ぶぞ。木之本はそこからすぐだ。お前たちは息の続く限り褌一丁で木之本まで走れ」

中国大返しを経験した部隊長たちは家臣たちに大声をかける。

大垣城で軽装となった者たちは、昼頃に握り飯と漬物を頬張ると、準備が整った者から次々と木之本目指して駆け出した。

小姓たちは分担して百姓家に炊き出しを命じてゆく。

佐吉は馬で駆けながら「稲干杭（はさぐい）」のことを並走する紀之介に伝えた。

「それは良い考えだ。長浜に近づいたらさっそく百姓たちに命じよう」

「稲干杭」とは賤ヶ岳の山麓や余呉湖周辺に多くある、刈り取った藁を干すために用いる杭のことだ。

これに笠と蓑をつければ大岩山の山頂からは大軍が押し寄せてきたように映る。

大垣から正面に見える伊吹山に向かって街道は登りになり、関ヶ原を抜けると街道は徐々に下り長浜に着く。ここまでくるとあと五里だ。

頭上を照らしていた日が西に傾き比叡山にかかる頃には、琵琶湖が朱色に染まり始める。

疲れ切った兵たちは街道で百姓の差し出す握り飯を喉を詰まらせるように掻き込む

と、用意された井戸水を喉を鳴らしながら飲み込む。

その場でしゃがみ込んでしまう者もいる。

先回りした佐吉たちは長浜城から応援を頼み、倒れ込んでいる者を介抱させ、走り続けるのが困難な者は長浜城下の船着き場まで運ばせる。武器と兵糧と一緒に船に乗せるのだ。

日が暮れると街道は松明で真昼のように煌々と照らし出された。

替え馬や秣も用意されており、兵たちはやっと領地に帰ってきた安心感で座り込んでしまう。

「もう一息だ。木之本の浄信寺まで走れ」

佐吉や紀之介はそんな者を労りながら励ます。

午後六時を回ると半数以上の者は長浜を走り過ぎ木之本を目指して駆けていった。

だがまだ街道には蟻の行列のような兵の群れが続く。

「ここは長浜城の者に任せて、浄信寺へ急ごう」

紀之介は街道に心配そうに立ち尽くす佐吉を促す。

長浜から木之本までの街道には一段と増した松明の列が続き、地元の百姓や長浜からも手伝いの民衆たちが集まり、炊き出しを行っていた。

　佐吉は馬から降りようとするが脚がつって自由が効かない。紀之介に助けられてやっと降りることができた。

　目が回る程空腹を覚えた二人は、大釜から手渡された炊き出しの粥を口に入れた。五臓六腑に染み渡る。

「こんな旨い粥を食ったのは初めてだ」

　佐吉は口元から溢(こぼ)れた米粒を手で摘(つま)むと口に放り込んだ。

「わしもだ。空っ腹には堪(たま)らぬわ」

　紀之介も喉に流し込むように粥を食う。

「腹一杯食うと眠くなる。ひもじいぐらいで止めておけ」

　木之本の本陣から出張ってきている兵が触れ回る。

　佐吉と紀之介は再び替え馬に乗って浄信寺を目指す。

　浄信寺は北国街道に沿っており、堂々たる本堂の地蔵院をはじめ阿弥陀堂・書院・庫裡が軒を並べた広大な境内を持つ寺院で、佐吉らが駆け入った時には境内のいたる所に大松明が灯され、用意された数百もの大釜からは盛んに湯気が立ち昇っていた。

　空っ腹で動くこともできず座り込んでいる者や炊き出しの粥を頬張っている者や、境内に敷かれた莫蓙(ござ)の上で荒い息を吐きながら横たわっている者やぐったりして死んだように動かない者で、広い境内も混乱する人の群れで足の踏み場もなかった。

狐塚まで前進してきた勝家軍に、前線からの援軍要請がひっきりなしに本陣へ駆け込む。

秀吉は勝家の突出に備え、東野山を降りた秀政を東野村に布陣させ、秀長が田上山から秀政の後を追って狐塚の勝家を二万の軍勢が牽制する。

「大岩山の盛政隊はわれらが引き返してきたことを知ったようだ」

佐吉は大岩山の松明がしきりに揺れ動く様子を眺めている。

(これで勝家殿がどう出るかだ。この混乱に乗じて大岩山の盛政と勝家殿が時を合わせて盆地へ雪崩れ込むのか、それともわれら大軍が大垣から引き返してきたことで作戦を変更して大岩山から引き上げ元の陣地まで戻るのか)

佐吉は勝家の揺れる心を想いながら、大岩山の松明の群れを見上げている。

(狐塚では睨み合いが続いているようだ。殿の早い帰陣によって味方の動揺が収まったので、勝家殿は突破を見合わせ盛政が行市山に戻るのを助ける気なのか)

「大岩山の盛政を追撃するまで仮眠をとって体を休めておけ」

田上山の頂から狐塚の勝家本陣を眺めた秀吉は、大垣から引き返した本隊一万五千にしばらくの休憩を命じた。

部隊長の胴間声が伝わるや否や、境内からは激しいいびきが響き始めた。疲れ切った二人は垂れてくる眸と戦っていたが、やがて眠り込んでしまった。

「大岩山の盛政が退却し始めたぞ」

境内に大声が響き渡ると、仮眠していた佐吉は目を醒ました。

「これからやつを追う。準備を急げ」

境内は喧騒に包まれ、兵たちは重い体に武具をつけ始めた。

黒漆喰（くろしっくい）の闇を雲間から出た月明かりが大岩山を照らす。

見上げると大岩山山頂周辺の松明の群れが徐々に西に向かって消えていく。

（行市山にある本陣に退いているのだ。殿は盛政隊の後尾に食いつき、やつが本陣に戻る前に叩き潰す腹だ）

実際退き陣は戦さの中でもむずかしい。

盛政隊を追う秀吉軍は寺院から街道沿いに北上すると、黒田村を経て大岩山から南の猿ヶ馬場（さるがばんば）の尾根筋まで駆け上がる。

「逃げ足の早い盛政めはもうあの辺まで進んでおるわ」

佐吉は余呉湖西岸を北へ揺れ動く松明の群れを指差した。

月明かりの中の後退なので尾根筋を取らず、進軍し易い湖畔に沿って松明の群れは退いている。

「北へ退くようだ」

五千もの松明が揺れ動くのを目にすると、虎之助ら小姓たちは逸る心を抑えきれない。手に持つ槍を握り直し、じっと秀吉の命令を待つ。

「それ！　一兵たりとも逃がすな」

秀吉の大声が響くと、兵たちは一斉に盛政隊に向かって山を駆け下る。

追撃に気づいた盛政隊の先陣は算を乱すことなく湖畔をゆくが、後軍はまだ尾根筋から湖畔に降りようとしていた。秀吉軍は後軍に追いついたが、思わぬ敵の反撃にあい後退する。

後軍の退き口は巧妙だった。飢えた狼の群れを立ち止まっては押し返し、秀吉軍が退くと悠々と後退する動きを繰り返した。

「さすがは盛政だ。やりよるわ。後陣の将は誰だ」

「暗くてよくわかりませぬが、多分戦さぶりから見て原彦次郎と拝郷（はいごう）五左衛門でござろう」

長康は二人を良く知っていた。

尾根筋で一番高所の賤ヶ岳砦へ移動した秀吉は、感心したように敵の退き口の様子を眺めている。

盛政の襲撃で賤ヶ岳砦を放棄した桑山重晴も大将・丹羽長秀の応援を得て砦に戻ってきた。

秀吉は追撃を命じるが、盛政隊は一糸乱れず後退してゆき、余呉湖の西北端の川並に着いた。ここから山道を登ると行市山と尾根続きの権現坂がすぐ目の前にある。

盛政隊を援けるように側面の山頂から鉄砲の木霊が山々に響く。

そちらに目をやれば賤ヶ岳の西四分の一里程の飯ノ浦の切通しの高みから鉄砲が盛んに撃ち込まれ、秀吉の兵たちが次々と倒されてゆく。

「まだこの地に留まって盛政隊の後退を助けているのは誰だ」

飯ノ浦の切通し付近から戻ってきた偵察の者は、「盛政の末弟の勝政でござる」と吐く息も荒い。

「兵はいか程か」

「三千足らずでござる」

朝日が昇り橙色をした日の光が湖を照らし始めると、湖面は朱色に染まり黒一色だった湖の周囲の山々も色彩を帯び始めた。

この頃には盛政隊は権現坂への撤収に成功しており、湖畔に蠢く秀吉軍に向かって鉄砲の一斉射撃を行う。

　頭上から遮る物もないので秀吉軍からは絶叫が響く。

「さすがは盛政め、家臣にしたい程の鮮やかな退き陣じゃ」

（殿は敵・味方関係なく武勇に富んだ者を欲しがられる癖がある）

　佐吉は一代で成り上がった秀吉の欲の強さに呆れる。

「盛政は弟思いだ。勝政が権現坂へ退く時を襲えば、盛政は必ず弟を助けようと山から降りてくるだろう。そこを狙え」

　秀吉は再び飯ノ浦の切通しの山頂にいる勝政隊に目をやった。盛政が権現坂まで兵を撤収するのを見届けた勝政は、秀吉の予想通り切通しを湖畔の方へ撤退し始めた。

「よし今だ。高名を立てるのはこの時じゃ。小姓どもは勇み立て。敵将を討つ機会到来だ」

　手ぐすねを引いて待っていた虎之助や市松ら小姓たちは、いきり立つ馬が急に手綱を解かれたように一目散に賤ヶ岳の本陣から山道を駆け降り勝政隊に襲いかかった。

　午前十時頃であった。

　佐吉も紀之介も槍を手に駆け出した。

　勝政隊は算を乱さず円陣を組んで退ってゆき、切通しの坂を降りると湖畔に出た。

立ち止まっては鉄砲の一斉射撃を加え、敵が怯む隙に湖畔を北へ進む。権現坂からも援軍が山を駆け降り、追撃する秀吉軍を追っ払う。

ついに勝政隊の先陣は権現坂まで登り、山麓で勝政の後陣に食いついていた秀吉軍に盛政隊が権現坂から襲いかかる。

勝政隊を収容した盛政軍は逆に秀吉軍を押し返し始めた。

(これは逃がしてしまうぞ)

賤ヶ岳から権現坂を眺めていた秀吉は眉をしかめた。

焦った秀吉が手にしていた杖を地面に叩きつけた時、急に盛政と勝政の軍勢に動揺が走ったように映った。

(どうなったのだ)

佐吉や紀之介も今まで押し返していた敵の勢いが急に弱り、兵たちの表情に不安な影が漂い始めたことに気づいた。

(権現坂の後方を大軍が西の方へ移動している。旗印から見て堂木山・神明山を押さえていた前田隊だ。一体どうしたというのか)

佐吉は一瞬立ち尽くし、権現坂を通過する前田隊を目で追った。

「油断するな。戦場では常に左右前後に気を配れ！」

振り返ると紀之介の槍が今にも斬りかかろうとしていた敵兵の胸板を貫いていた。

「済まぬ。少し考え事をしていた」

初陣の気負いはあったが、佐吉は醒めている自分に気がついた。

佐吉を庇（かば）うように紀之介は権現坂を目指す。

今まで一枚岩であった盛政と勝政の兵たちが急に浮き足立った。

「前田が裏切ったぞ」

味方から大声があがる。

（そうか。それで盛政・勝政隊が動揺しているのか）

「怯むな。山麓から駆け上がってくる秀吉の兵たちを討ち取れ！」

原彦次郎や拝郷五左衛門の胴間声が周囲に響くが、前田隊が塩津方面へ逃げる姿を目にした盛政・勝政隊の兵たちの顔には先程までの激しい闘志は消え失せ、ありありと恐怖の表情を浮かべ顔が引き攣（つ）っている。

敵の攻撃が鈍くなると、秀吉の小姓たちは手柄を立てるのはこの時とばかりに敵に立ち向かう。

「虎之助が山路将監を討ちとったぞ！」

虎之助の野太い声が湖面を渡る風に乗って佐吉の耳元まで伝わってくると、虎之助の得意気な顔が目に浮かぶ。

「拝郷五左衛門の首は市松がとったぞ！」

市松の胴間声が戦場に木霊する。

盛政・勝政隊は前田隊の脱走で士気が衰え、重臣たちが押さえようとしても動揺は収まらない。その内秀吉軍が権現坂に集まり始め、前田隊のいた茂山に堂木山・神明山からの敵兵が押し寄せてくるのを目にすると、盛政・勝政隊の兵たちは塩津方面や尾根伝いに行市山の方へ敗走し始めた。

混乱を静められない盛政は、勝家のいる狐塚には向かわず塩津方面へ逃げた。

秀吉軍は逃走する盛政・勝政隊を追って尾根伝いに集福寺坂まで北進し、そこで追撃を止めた。

真昼の陽光が容赦なく兵たちに降り注ぎ、昨日からの大返しに加え日の出前からの激戦とで兵たちは倒れそうになった。

一方狐塚にいる勝家は盛政らが無事に引き上げることを願っていたが、勝家の本陣からは堂木山・神明山の秀吉軍が西の方へ移動する様子が見られた。

（盛政が敗れて秀吉に追われているのか）

前田隊が脱走したことを知らない勝家は堂木山・神明山の兵たちが西へ駆ける慌し

い動きに、盛政が敗走していると思った。

これを目にした狐塚の本陣には動揺が走り、七千人いた勝家隊はいつの間にか三千足らずに減っていた。

堀秀政と秀長の兵一万が正面の東野で、突出してくるかわからない勝家隊を遠巻きにして出方を窺っていた。

集福寺坂からは秀吉本隊が勝家隊の右翼を突こうと身構えていた。

堂木山・神明山砦の兵たちも秀長隊に加わり、秀吉は正面の秀政と秀長隊に攻撃を命じ、自らは集福寺坂の麓で勝家に備えた。

「瓶割り柴田」の異名を持つ勝家は織田家中でも随一の武将だ。

秀政や秀長の兵たちも勝家の馬印の金の御幣が近づいてくると恐怖心で顔が引き攣った。

狐塚から討って出た勝家隊は秀政・秀長隊を蹴散らすと狐塚へ戻った。

突出は一度だけだった。

「金の御幣が林谷山の砦へ向かうぞ」

佐吉と紀之介は狐塚の西の山麓を登っていく馬印を眺めた。

金の御幣は尾根筋に築かれた砦に入ったが、山麓を包囲されると数回山麓に向かって降りたり登ったりしていたが、やがて金の御幣の姿は見えなくなってしまった。

砦周辺の喧騒も収まり、散発する鉄砲音もやがて聞こえなくなった。

「終わったな」

紀之介は食い入るように砦を眺めている佐吉に声をかけた。

「そうだな」

喜びで湧く周囲の小姓たちの浮かれた大声に混じって、佐吉の声は湿っていた。

「毛受庄助が身代りになり、勝家殿は椿坂から栃ノ木峠を経て北之庄へ向かった」

伝令の声に佐吉はほっとため息を吐いた。

集福寺坂から北国街道の狐塚に入った佐吉たちは、街道で蠢く無数の負傷者を目の当たりにして足が進まなくなった。

腕を斬り落とされ袖口から溢れる血を片方の手で押さえている者。鉄砲が胸を貫中して仰向けに倒れている者。主人が討たれ、呆然と遺体に取りすがっている者。

天空からの厳しい日射しが容赦なく彼らに降り注いでいる。

「お前たち、あの者たちのところへ行って被っている笠と蓑をもらってこい」

秀吉は山の上からこの戦さを見物している百姓の群れを指差した。

小姓たちは秀吉の意図を察すると、山へ駆け上がり息せき切って戻ってきた。

彼らがもらってきた笠と蓑とを秀吉は、「元気を出せ。もう少しの辛抱だ」と敵、味方の区別なく一人一人の頭に被して回った。

（この殿に仕えて良かった）

思わず佐吉の両眼に熱いものが溢れてきた。

先発した部隊は昨夜に北之庄城に戻った柴田軍を追って、日が昇るのを待って城下に足を踏み入れた。

北之庄城は勝家が丹精を込めて築いた城で、足羽（あすわ）川と吉野川の合流地点に九層から成る広大なもので、地元足羽山から取れる笏谷石（しゃくだにいし）で葺（ふ）かれた屋根は日の光を浴びて青く輝いていた。

途中の村々に放たれた火は夜明けの明かりを覆い隠し、黒雲が空一面に広がり闇が周囲を包んだ。

その隙を突いて堀隊は竹束、畳、戸板などを盾に堀際まで進んで城を取り囲んだ。

風が吹き始めると霧が晴れたように黒煙が薄れ、びっしりと城の堀際を埋め尽くす堀隊の姿を眺めることができた。

翌日になると府中の前田隊を先鋒に、秀吉軍が北之庄城下に姿を見せた。

その日竹束を用いて城からの鉄砲を防ぎながら本丸の城壁十～十五間のところまで

城に近づくと、翌朝の総攻撃を前にして勝家の助命を請う諸将たちが秀吉の本陣に詰めかけてきた。

　佐吉ら小姓たちは秀吉の心中を推し量った。

（絶対に応じられまい。この一戦で勝家殿を倒すことで、殿は天下人の階(きざはし)を登られるのだ）

　佐吉の読み通り、秀吉は諸将に、「勝家の首を取るまでは城の囲みは解かぬ」と首を縦に振らなかった。

　その内本陣に、「お市の方の三人の姫様を助命したい」という勝家からの申し出が伝えられた。

「三人の姫様はわしの子ではなく浅井長政の姫様であり、上様の姪で主筋に当たられる姫たちだ。よく労って欲しい」

　使者は秀吉が大きく頷くのを目にすると、再び城内に姿を消した。

「今夜は勝家の最期の夜となろう。十分に名残を惜しませてやろう」

　諸将たちは勝家の心中を思い、城を囲む兵たちは篝火に当たり夜明けを待つ。

　攻め手の配慮を知ってか、本丸からは笛、太鼓の音に混じって人々の手拍子や笑い声が漂ってきた。

翌朝は朝靄が城を包み、日が差してくると靄はゆっくりと晴れてきた。

本丸は大石で石垣が高く積まれており、九層の天守は石柱に鉄の扉で精兵二百人がこれを厳重に守っている。

攻め登る秀吉の兵たちは弓や鉄砲に悩まされ、正午頃になっても天守に近寄れない。

「突っ込め。命を惜しむな」

秀吉は躍起となって叫ぶ。

一番槍を狙う力自慢たちは槍や刀を握りしめ、天守に突入しようとするが、階段の上からの槍衾（やりぶすま）に阻まれ柴田勢も徐々に数を減らしてゆく。

「よく戦ってくれた。もうこれぐらいで良かろう」

勝家の胴間声が響くと、天守の梯子が引き上げられ、板戸が大きい音を立てて閉じられた。天守で武具の触れ合う音がしていたが、急に静寂が訪れた。

しばらくすると、その静けさを破るように人々の呻き声やかけ声が伝わってくる。

天守の窓から姿を見せた男が、「勝家の腹の切りようを見て後学とせよ」と叫ぶと、左の脇から刺した刀を胸の下から臍の下まで押し下げ、家臣が彼の介錯をした。

城を取り巻いている兵たちからはため息が漏れた。

天守の板間では次々に勝家を追って殉死する者が続く。

やがて城は大爆音とともに天守の窓からは火が吹き出して天守を包むと、のたうち回る龍が口から火煙を吐くように火は徐々に下の方へと広がり、その内城全体が一つの大きな炎の塊となった。

「勝家殿らしい最期だ」

炎を見詰めている紀之介の頭の中では、勝家の姿が本能寺で横死し信長の姿と一体となった。

（ついに勝家殿も亡くなられてしまわれたか）

佐吉の脳裏にはお市の方と婚儀を済ませ、清水谷の寺院跡で前夫・浅井長政との別れを見守る勝家の温かい眼差しが浮かんできた。

その勝家が死んだ今、佐吉の胸中には戦いに大勝した喜びよりむしろ悲しみが湧いてきた。

伝令が盛政の情報を伝えにきた。

「あの盛政めは北之庄に戻る途中、農民に捕えられたと申すか」

（もう少しわしが大垣から賤ヶ岳に戻るのが遅れていたら……）

盛政の名を耳にすると秀吉の頭の中には一瞬恐怖の思いが過り、徐々にそれは大岩山の奇襲と彼の見事な退き口へと姿を変えた。すると彼を家臣に加えたい思いが押さえがたくなってきた。

「縄を解き、乗り物に乗せ、宇治の槇島まで連れてゆけ。ゆめゆめ粗末に扱うな」

秀吉は勝家の養子・権六は佐和山で首を刎ねさせたが、盛政だけは京都に護送し洛中を引き回した。

「殿は盛政をどうしても家臣にしたい腹だ」

佐吉は本陣で考え事にふけり、黙り込む秀吉を眺め、伊勢の峯城を攻めた時の滝川儀太夫への執心ぶりを思い出した。

「そうだのう。一代で成り上がったお人だけにどうしてもあれだけの武勇の士を家臣にしたいのだろうが……」

紀之介は秀吉の思いがわかる。

自らが槇島へ行って説得しようとする秀吉の熱意を知った小六は、その役を買って出た。

盛政は浅野長政から槇島城に一室を与えられ、文机に向かって写経していた。

長政は北陸からやってきた小六の意図を知ると、とても無理だと言わんばかりに手を横に振った。

「ここに来た当初はわしに悪態をついて怒り狂っていたが今は少しは落ちついてお

る。しかし、殿の武勇者好みにも困ったものだ」と、長政はつけ加えた。

小六が盛政のいる書院を覗くと、「お主がきたのか。それにしても筑前がああも早く大垣から戻ってくるとは思わなかった」と年来の知己の来訪を喜んだ。

「それで筑前はわしにいつ『腹を切れ』と申すのか」

小六はこの頑固者がとても仕官すまいと思ったが、神妙に写経する姿を見てもしやと期待した。

「勝負は時の運じゃ。殿は寛大な方でお主の武勇を惜しまれて、『わしを勝家殿と思って仕えてくれ。必ず九州の一国を与えよう』と申されてわしを遣わされたのだ」

これを聞くとさすがの頑固者の盛政も居住まいを正した。

「お主には悪いが筑前の申し出は断るしかあるまい。筑前の気持ちは有難いが勝家殿を殺したのはこのわしだ。そのわしが筑前に大国をもらってのうのうとしている訳にはゆかぬ。それにもし大国などもらえば、筑前の首が欲しくなろう。勝家殿が自害された以上、もう思い残すことはない」

盛政は澄んだ目を小六に注いだ。

「わしは捕まる前に自害しようと思ったが、自分がどのような目に合うかを恐れて自害したと世間に笑われるのが嫌で自害を思い止まったのだ。今は早くあの世で勝家殿と再会したい気持ちで一杯だ」

（これはどう言っても無理だ）

盛政の意志の強固さを知った小六はすごすごと尾山城へ戻った。

小六の口上を聞いた秀吉は一瞬残念そうに眉をしかめたが、「やつらしい言い様じゃ。天晴れな男よ。やつの申すよう腹を切らせるしか仕方があるまい」と呟くと、小六も黙って頷いた。

「盛政から一つ願い事がござる」

「何じゃ」

秀吉は怪訝そうな顔をした。

「『願わくば車に乗せ、縄をつけられ一条の辻から下京へ引き回してくれ』と申しております。さすれば殿の威光も天下に響き渡るとか……」

「惜しい男だのう」

秀吉は両眼にうっすらと涙を浮かべ、しんみりと呟いた。

「盛政の申す通りにさせてやれ。これを遣わせ」

秀吉は用意していた小袖二重を小六に差し出した。

数日後再び槇島の長政から使者がやってきた。

「盛政が殿の送られた小袖の絞柄、仕立てが地味だと申し、『大絞の紅の物の広袖で裏はもみ紅梅の小袖にしてくれ。これを着て車に乗れば軍陣の時の大指物のように目立ち、わしの面目が立つ』と言い張っておりまする」

「長政も持て余しておるようだのう」

秀吉は声を潤ませた。

注文した小袖を受け取った盛政はそれを身につけ、金箔を張りつけた車に乗った。車は屋根がないので彼の豪華な小袖は群集の目を引いた。

佐吉と紀之介は一足先に京都に入り、見物人に混じってこの一行を眺めた。

「あやつが玄蕃(げんば)か。なるほど恐ろしそうな形相をしておるわ」

「あれが悪柴田の金の御幣の馬印か」

京の人々は車の中の盛政を指差す。

「盛政が堂々として鮮やかな小袖を身につければつける程、殿の株だけが上がるようでやつが哀れに思われるわ。城中で心静かに腹を斬らせたらよいのに……」

佐吉は行列から目を背けた。

「本人が目立って死にたいのだ。武勇者が抱く思いだ」

紀之介は盛政の気持ちを代弁した。

車は京の町を練り歩くと出発した槇島に戻り、二人は宇治川の河原に降り立った盛政の最期を見ようと槇島まで足を運ぶ。

河原には噂を聞きつけた群集が、盛政の処刑を見ようと竹矢来の前に群がっている。

初夏の鋭い日差しが河原に降り注ぎ、滔々と流れる宇治川の水面が鏡のように輝いていた。

盛政の目は懐かしむようにその水面に注がれている。

「腹を斬るなど誰もがやることだ。後ろ手の縄をもっときつく結び直せ」

佐吉と紀之介のところまでこの盛政の大声が響いた。

「これで良い。しばし瞑想したい」

河原に集まった人の群れにも静寂が広がる。

佐吉の目には盛政の口元が微笑したように映った。

盛政の脳裏には勝家を追って巧みに馬を操ってこの宇治川を渡り、槇島城に籠る将軍義昭の兵たちを蹴散らした思い出が蘇ってきた。

(あの頃は親爺殿もわしも若かったなあ)

満足気に頷いた盛政は静かに首を前に差し出した。

二人の上洛

「わしが大勝できたのは丹羽殿のお蔭だ」

秀吉は大事そうに彼の手を握りしめ、「貴殿には旧領若狭の他に越前と加賀の内、能美・江沼の二郡を治めて欲しい」と近江坂本城から北之庄に移るよう勧めた。

また利家には旧領能登以外に加賀の内、石川・河北二郡を与え、「居城を小丸山城から盛政のいた尾山城にするように」と強い、越中の佐々成政に備えさせた。

一方信孝は居城・岐阜城を信雄に取り囲まれ、孤立無援となりしかたなく開城した後、尾張知多半島の内海に移されそこで無念の思いで腹を斬らされた。

また北伊勢の滝川一益は賤ヶ岳で勝家が敗れた後も一ヶ月程籠城していたが、力尽き髪を剃り落として家臣と共に秀吉に降った。領地は信雄に与えられ、信雄は清洲から長島に移り、領地は伊賀・伊勢・尾張それに美濃の大部分を占めるまでに拡大した。

勝家を破って信長を越えたことを世間に知らしめるために秀吉は大坂の上町台地に

城を築くことを思いつき、本願寺の跡地に立った。

「この地の良さはどうだ」

秀吉は後ろにいる小姓たちを振り返った。

北は滔々と淀川が流れ、東を眺めると大和川に向かい河内と大和を境する生駒山が望まれ、南には紀伊山脈の山並みが霞んでいる。

「この地は西に広がる瀬戸内海を通じて堺や博多といった貿易港と結ばれておる。ここに港を造れば南蛮国の珍しい品々まで運ばれてくるだろう」

海上にはちりめんじわのような海面を、南へ向かう船団が帆をはためかせている。

「それに京へは十里、天王寺・住吉は目の前にあり、堺へは三里という近さだ。わしはここに安土城を凌ぐ城を築き町衆を城下に集め、全国津々浦々の品々を商うわが国随一の町を造ろうと思う」

佐吉と紀之介それに虎之助ら小姓たちはこの壮大な構想に声を忘れた。

さっそく秀吉は大坂の池田父子を美濃の大垣と岐阜に移すと、六月二日に京で信長の一周忌を大徳寺で行い、信長の正式の後継者であることを宣言した。

朝廷から従四位下参議に任ぜられた秀吉は黒田官兵衛に縄張りを、普請総奉行には浅野長政を命じて九月から築城を始めた。

本丸の縄張りが終わると巨石が瀬戸内海の島々や周辺の山から集められ、杉や檜の大木を積んだ大船が大坂の海岸に蝟集する。

数万という人の群れが大坂に集まり、城下は喧騒に包まれ慌しく人馬が行き交う。

佐吉と紀之介はどんな城が出来るのか、待ちきれず工事の棟梁・中井正吉を工事小屋に訪れると、図面を見せてくれるよう懇願し、広げられた図面に食い入った。

詳細な寸法まで書かれた図面には、地下一層、地上五層の天守を持つ巨大な城が精密に描かれていた。

外壁は黒漆喰で四層には金箔で虎が目を光らせ、最上層には一双の金箔で飾られた仙鶴が舞い、鯱瓦や飾り瓦、軒丸瓦、軒平瓦にはすべて金箔がふんだんに使われていた。

二人は思わずため息を吐いた。

「上様の安土城を遥かに越えておるわ。この日の本一の城が出来れば、殿はもはや天下人にお成りだ」

紀之介が呟いた。

「まだ九州には島津、四国には長宗我部、それに遠江・駿河には徳川が関東の北条と組んで殿の行く手を阻もうとしておる。天下人と成られるにはまだ倒さねばならぬ敵は多いわ」

佐吉は秀吉が目指す天下人に近づくには、油断大敵とたしなめた。

大坂城築城は次の天下人を期待していた信雄に疑問を投げかけた。

（言葉巧みにわしに取り入っているが、秀吉めは天下を狙っておる）

信雄は秀吉の天下取りを妨げるため、父・信長以来の朋友・家康を頼った。

いずれは雌雄を決しようと目論んでいた家康は信雄の要請に応じた。

家康は信雄と共に小牧・長久手を主戦場として秀吉と戦い、局所戦では池田恒興とその娘婿・森長可を討ち取ったが、秀吉が信雄と和睦すると戦いの大義を失った。

秀吉は家康を孤立させるために、畿内周辺で秀吉に逆らう勢力を一掃しようとした。

天正十三年に入ると十万を越える秀吉の軍勢は雑賀衆の籠る紀州に向かう。

雑賀衆は南から大坂を窺う態度を取ったので、小牧の陣に遅参したことを秀吉は忘れてはいなかったのだ。

根来寺を守るように紀ノ川の北の泉州には千石堀、積善寺、沢の城が立ち塞がり、城内には雑賀衆が立て籠っている。

「どの城が一番攻め難い城じゃ」

岸和田城に入った秀吉は城主・中村一氏に聞く。

中村は絵図面を広げると六千人程が籠る千石堀城を指差した。

「よしまずこの城を攻め、一人残らず皆殺しにせよ」

秀吉は秀次を大将にして堀秀政・筒井定次らの諸将一万五千人をつけた。

「積善寺城は池田輝政・細川忠興に任す。紀之介も参陣せよ」

紀之介は戦いに加われる興奮から武者震いが止まらない。

「沢の城は高山右近・中川秀政が攻めよ。どの城を早く落とせるか競い合え。秀政は父・清秀以上の活躍を期待しておるぞ」

「どんなことがあっても長久手の汚名をそそがねば……」

秀次は馬回り衆まで投入するが、城内の雑賀の精兵は得意の一斉射撃で敵を寄せつけない。

筒井隊に混じった伊賀衆が城内に射込んだ火矢が、たまたま煙硝蔵に飛び火して城が燃え始めた。

「城内に籠る者は女、子供といえども皆殺しにせよ」と秀次は長久手での家康の奇襲を思い出したのか、顔に青筋を立てて叫んだ。

猛攻で千石堀城が落ちる頃、細川・池田隊に混じって紀之介は積善寺城攻めに加わったが、千石堀城が落ちたことを知ってか、大した抵抗もなく城兵は搦手（からめて）門から逃げ去った。その日の内に沢の城も落城し、秀次隊は風吹峠を越えて根来寺まで進んだ。

（紀州攻めは上様の念願だったわ。根来寺は興教大師が開山した由緒正しい寺院なのに、ここの坊主どもは学問もせず武芸などに没頭し石山本願寺を援助した憎いやつらだ。一人として生かすものか）

秀次は小牧・長久手の借りを返そうと気負った。

佐吉を含む先鋒隊が根来寺山門に押し寄せると、一万もいた僧兵たちはすでに逃亡しており寺内には老僧、稚児しか残っていない。

彼らは秀次の大軍を見て驚き、三千もある僧堂の中や境内を逃げ回る。

「皆殺しにせよ」

兵たちは堂塔伽藍に隠れている彼らを引きずり出し、首を刎ねる。

手を合わせて命乞いをする者、諦めて念仏を唱える者、まさに地極絵図だ。

佐吉は僧たちに槍を向けることができなかった。

やがて兵たちは僧堂の蔵に隠された金銀、米や銭に群がって奪い合いを始め、荒れ狂って僧堂に火をかけ回る。

堂塔のあちこちから火が立ち昇り、建物が炎に包まれ始めた。火は次々と隣接する堂塔に燃え移り、三千余りあるほとんどの堂塔伽藍から火の手が上がり、やがて火は這うように走り、山麓が一つの火の塊になり、後方の山腹にいる秀吉の本陣からも天を焦がすような黒煙が望まれた。

（四百四十年もの根来寺も灰となるのか）

寺で育った佐吉には寺内に保管されていた古い書物や絵画や茶道具などが失われることが残念だった。

火は三日三晩燃え続けた。

南蛮冑に身を包み、顔を返り血で染めた高山右近が、秀吉の本陣へやってきた。

クロスの旌旗を靡かせて敵陣に突っ込んでいく彼の部隊の目の醒めるような働きは、諸将たちから畏敬の眼差しを浴びていた。

「あの焼け残った二寺と城門とを伴天連たちに下されませぬか。大坂城下で教会を建てようと思いますので」

右近の目は真っ直ぐに秀吉を見据えている。

「よかろう。お主も伴天連だからな」

（こいつらは仏教徒が相手だと目の色を変えて戦う重宝なやつらだ。寺の一つ二つやっても惜しくはないわ）

「有難いことで、さっそく運びまする」

許しを得た右近は本陣を去ると家臣たちに命じて寺を解体し、紀ノ川を船で下って河口に停泊している弥九郎の大船にそれを積み込ませた。

秀吉はさらに紀ノ川沿いに大軍を進め、太田城へ向かう。

要害の地を守る太田左近は三千人の城兵を鼓舞して紀ノ川を渡河してくる秀吉兵たちを射撃するので、五十三名が撃たれ兵たちは攻めあぐねた。

秀吉は周囲の地形を眺めしばらく考え込んでいたが、「城の北を流れる紀ノ川の水を城の方へ注ぎ込め」と命じた。

小姓たちは壮大な城攻めが始まると目を輝やかせ、秀吉が天下人の階（きざはし）を駆け上がるきっかけとなった備中高松城の水攻めを思い出した。

「堤防は城から三町離して周囲を包み込め」

高さ五メートル、幅三十メートル、長さ六キロメートルの城を取り巻く堤防はわずか六日で完成した。

城方は見守るしか他に方法はなく、川の水が堤防内に注ぎ始め、秀吉の強運も手伝って大雨がやってくると、城は人工湖の中に孤立した。

城兵は袋の中の鼡（ねずみ）になってしまった。

「これから鼡狩りをやるぞ」

秀吉が手を挙げると紀ノ川を遡って数艘もの船団が湖の中に乗り込んできた。

帆には黒い華クロスの旌旗が掲げられている。

「弥九郎の船か」

じっと目を凝らせば鮮やかな赤の南蛮武具姿の弥九郎が甲板に立っている。長身の弥九郎は秀吉に向かって頭を下げた。

城に近づいた船団は船に積み込んでいる大砲の狙いをつけると、城目がけて弾丸を放った。

爆音と共に城の屋根の一部が吹っ飛び、城中からは悲鳴があがる。

「弥九郎も使えるのう」

高台の本陣から城攻めを眺めている秀吉は、大砲が撃ち出される度に手を叩いてはしゃいだ。

「あの男も存外やるな」

「薬屋」と馬鹿にしていた小姓たちも喝采を送った。

船団の出現効果は十分で、「主戦を主張する五十三名の首と引き替えに城内の者を救って欲しい」と開城の意志を伝えてきた。

撃ち取った秀吉の兵五十三人の命を償うことで秀吉の機嫌をとろうとしたのだ。

秀吉は開城の条件を受け入れた。

秀吉側から数艘の船が城に着けられたが、早く脱出したいと焦った城兵が女、子供を押しのけるように船に殺到した。

「ああ船が沈むぞ」秀吉の大声が船に届く前に船は転覆し、多くの者が溺れ死んだ。

太田城を開城させた秀吉は、大坂へ凱旋すると次は四国攻めが始まった。

まず毛利輝元の三万の軍勢が伊予から攻め入り、病気の秀吉に代わって弟・秀長が総大将となり、兵三万を率いて淡路に渡る。

甥の秀次は副将として兵三万と共に明石から淡路の福良（ふくら）で秀長隊と合流して鳴門海峡を渡って土佐泊に上陸した。

宇喜多秀家は蜂須賀小六・家政父子と黒田孝高らと二万の兵で讃岐の屋島から侵攻する。

秀家隊は讃岐の長宗我部の諸城を攻め落とすと、阿波に入り長宗我部元親の弟・香宗我部親泰（こうそかべちかやす）の居城の一宮城に迫った。

圧倒的な大軍を前に元親はよく戦ったが、支城・一宮城を落とされ城将の谷忠兵衛らの説得により、元親の本陣・白地城（はくち）は開城した。

四国入りから二ヶ月後のことであった。

「殿は関白になられるらしいぞ」

紀之介が顔を紅潮させている。

佐吉は完成した五層の大坂城の天守閣を見上げていた。

「侍である殿が公家にお成りになるのか。そもそも関白職は五摂家に限られているのではないのか」

内裏の唐門で牛車（ぎっしゃ）から降りる公家衆を時折目にする佐吉は、近衛・鷹司・九条・二条・一条家の広大な屋敷を思い浮かべた。

「これには近衛と二条公との争いが絡んでいるらしい。殿は、『二家のどちらが関白となっても将来のためにならぬ』と申され自らが関白となられるようだ」

紀之介は京で公家との交渉役の前田玄以と親しいので、公家のことにも詳しい。

「関白といえば天皇の次に偉い人だ。殿は公家衆も羨む地位にお成りになるのか」

佐吉は光秀を討ち取ってからの秀吉の朝廷での官位を指折って数える。

「天正十（一五八二）年には従五位下・左近衛権少将で、十一（一五八三）年には従四位・参議に成られ、十二（一五八四）年には従三位・権大納言を経て今年の春には正二位・内大臣に執かれたのか。階を一足飛びで駆け上がっておられるわ」

秀吉が関白に執くという噂は本当で、七月十一日になると袍（ほう）を身にまとった秀吉は兵杖を手にして牛車に乗り参内する。

数百人の兵たちに守られた牛車の周りを十二人の侍がつき添い御所へと進む。

佐吉と紀之介や市松らもその侍たちの中にいた。

諸大夫となった十二人の者たちは初めて目にする御所内をきょろきょろ見回す。

清涼殿では能楽が始まり笛や太鼓の音が響き、人々の喧騒が広がってきた。

佐吉は能楽の役者のあでやかな衣裳と優雅な舞を縁側の下から羨ましそうに眺めた。

(公家衆は毎日のように能楽を見ながら酒を飲んで過ごしておられるのか)

能楽の半ばに急に雨が降り出し、佐吉らは中座もできず膝を立てたまま庭で待機しなければならなかった。

夕方になると日が庭の植え込みの松の間から差し込み、能楽が果てると酒宴も終わった。

「やっと済んだな。殿上人というのも疲れる役目だな」

佐吉は立ち上がろうとしたが、膝に力が入らずしゃがみ込んだ。

そんな佐吉の姿に紀之介は苦笑した。

「わしが治部少輔三成でお主が大谷刑部吉継か。それに市松が福島左衛門尉正則か。舌を噛みそうな長い名前じゃ」

立ち上がった佐吉の口から思わず感嘆が漏れた。

「無名の石田家から諸大夫が出た。御先祖様もさぞ喜んでおられよう。やはり殿に仕官して良かったのう。このような日が迎えられようとはまるで夢のようじゃ」

紀之介も白い歯を覗かせている。

「今日の殿の晴れ舞台を目にして新しく生まれ変わった気がする。これからはわしは三成、お主は吉継と呼び合おう」

「それは良い。われらも晴れて諸大夫に成ったのだからのう」

二人は顔を見合わすと思わず破顔した。

大坂城に戻った秀吉は書院に小姓たちを集めた。

「大坂城では京に遠くて不便じゃ。わしも関白になったので御所の近くに城を築こうと思う。名前はもう考えてある」

秀吉は三成に紙と筆を持ってこさせると、紙一杯に力を込めて「聚楽第」と踊るような漢字を書き、もう一枚の紙にはひらかなで「じゅらくてい」と紙にはみ出しそうに大きく書いた。

「じゅらくていとは一体どのような意味でござる」

正則は首をひねった。

「紀之介、いや吉継だったな。お前は漢籍に詳しかったのう。この意味がわかるか」

「多分ですが」と前置きすると、吉継は三成の方をちらっと見て、「楽はたのしみを、聚はあつむることを意味し、第はやしきと解すると存じます」と返答した。

「そうじゃ。その通りだ。聚楽第が完成した暁には天皇の行幸（ぎょうこう）をやる。朝廷との政事（まつりごと）は聚楽第で、武将たちの政事はこの大坂城で行うつもりだ」

　秀吉が反り返って宣言した。

（そうか。関白となられた殿は天皇の代行者としてまだ従わぬ徳川や北条といった者たちを押さえようと考えられたのか）

　三成は秀吉の悠大な構想に舌を巻いた。

「来年には必ず上杉景勝を上洛させよ。景勝を上洛させれば家康めも上洛を渋る訳にはゆくまい。まずは直江兼続（かねつぐ）から景勝を説かせよ」

（殿は景勝の弱みをよくご存じだ。兼続を使わぬ手はないわ。謙信が死去した後、養子・景虎を破って上杉家を景勝に継がせたのも兼続の力だと世間は見ている。それに兼続は上杉家の政事を任されておるようだ）

　三成は兼続の人柄を知るために人を遣って彼の日常の暮らしぶりや趣味などを調べさせた。

「大男で、雪国なのに在国中は冬でも綿服で過ごす程質素な生活をしているようで、それに書物に造詣が深く、唐国（からくに）の古典書が書院を埋め尽くしております」

「ほう、書物好きか」

（わしに似ているな）

三成は僧房にいたので、唐国の書物を目にする機会が多かった。

「それと歳も殿と同じく若いようでござる」

臈長（ろうた）けた年配者を想像していた三成は驚いた。

（わしの年齢で上杉家の舵取りをやっておるのか。さすがは謙信のお眼鏡に適っただけのことはある。一度会ってみたいものだ）

三成は兼続という男に興味が湧いてきた。


一方家康上洛の件は難行していた。家康は人質は送ったが、なかなか上洛しようとはしない。

信雄から家康を説かそうとした秀吉は、叔父の織田長益・滝川雄利（かつとし）・土方雄久（かつひさ）を使者として浜松城へ遣わした。

「去年も申し入れたように、小牧・長久手では弓矢に及んだが関白は全く遺恨は持っておられぬ。信雄様が関白と和睦された上は、家康殿も遺恨はござるまい。関白は家康殿と和睦されて、大坂にて対面されることを願っておられまする」

三人は礼を尽くして信雄も和睦を望んでいることを付け加えた。

家康は返答もしないで座を立ってしまった。

不首尾を詫びる三人に、「なかなか強情なやつだのう」と秀吉は意外に明るい声を出した。

島津勢が九州統一をしそうな勢いに、豊後の大友宗麟から秀吉の早期九州入りの要請があり、秀吉としては東方を煩わされず早く九州に攻め入りたかった。

再び長益と雄利とを浜松へ遣ると、家康は吉良での鷹狩りに出張っていた。

せっかくの楽しみの途中に二人が鷹場に入ってきたのを目にすると、家康は臂に鷹を乗せ、数匹の犬を従えたまま、二人を睨みつけた。

「また来たのか。上方には恋しいことは何もないわ。何故上洛し大坂へ参らねばならぬ。於義丸は秀吉の養子として参らせたので、人質として遣わしたのではない。もはやわが子ではないので、秀吉の子に対面する必要はないわ。決して上洛する気はないので、その方たちも二度とくるな」

二人はこのまますごすごと帰る訳にもいかない。

「関白様は昔の筑前ではござらぬぞ。毛利・宇喜多をはじめ西国・北国の諸大名も帰順し、その命令に従わぬ者はない。信雄様をはじめわれらも妻子を人質に出し関白様に逆らう者など誰一人としてござらぬわ」

二人の脅しに家康は大きな目で二人を睨むと怒声を発した。

「その方たちが何をほざく。わしが秀吉の首を取ろうと上方へ出陣すれば、信雄様の領地を荒らすことになるから控えておるだけだ。たとえ三十万の大軍を率いて秀吉がわが地に攻め込んでこようと、こちらは三万もあれば十分だ。今度こそ小牧・長久手の二の舞いにしてやるわ。もうお前たちの顔は二度と見たくない。今度その顔を見せれば命は無いものと思え」

家康は臂に鷹を乗せたまま、肩を怒らせ狩場へと立ち去った。

二人はとぼとぼと大坂へ戻ると秀吉に不首尾を詫びた。

「わしが西国と北国を手に入れたことは申したか」

二人は小さく頷くと秀吉は、「そうか」と呟いた。

「天下の英雄とはまさに家康のことだな。ますますやつを上洛させたくなったわ。今晩は旅の疲れを取ってゆっくり休んでまた明日顔を見せよ」

その夜中、信雄と雄利は秀吉から呼び起こされた。寝ぼけ顔で秀吉の寝室に通された二人に、「今良い策を思いついたのじゃ。今度こそあの家康が上洛することは疑いないぞ」と掻巻姿の秀吉は布団の上に座り直した。

「……」

「わしの妹を家康に嫁がすのだ」

二人は顔を見合わせた。

「御妹様とは一体どなた様のことで……」

「佐治日向守に嫁いでいる朝日じゃ。佐治は心の広い男なので、天下の為にと申せば朝日を帰してくれるだろう」

驚いた二人は四十三歳の姥桜を妻わされる家康の心中を思うと苦笑した。

再び長益、雄利らが浜松を訪れると、「またきたのか」と家康は露骨に嫌な顔をした。

「いや、今日は天下万民の為のお願いでござる。関白様と御縁を結ばれることを勧めに参ったのでござる」

「天下万民の為じゃと」

家康は耳を傾ける姿勢をとった。

雄利が朝日姫のことを持ちだすと、本丸に集まった重臣たちは気色ばんだ。

「小牧・長久手に勝った殿に秀吉が妹を差し出すと申すのか。妹と申しても元は百姓の娘でどうせ姥桜であろう。殿には年若い美々しい側室がたくさんおられるわ」

三河者は主人思いで口が悪い。

宿老の酒井忠次が重臣たちを遮って、「天下万民の為とあらば、拒む必要もありますまい」と迷う家康を大声で促した。

結局婚儀が整い、四月十日には完成した聚楽第から百六十人余りの御女房を引きつれた朝日姫の豪華な輿が、警固の衆に守られて浜松へ向かう。

後は家康の上洛を待つばかりとなった。


三成は家康上洛より先に景勝を上洛させたい。

「ほどなく東国も関白の思い通りになること故、関東の大名らの境界が決定する前に景勝殿の上洛が望ましい。上洛の日程が決まれば越中まで迎えに参るつもりだ」

三成は兼続に手紙を認めた。

天下が秀吉を中心に回り始めたことを肌で感じた兼続は、精兵四千を率いて景勝と共に上洛する決心をした。

三成は兼続から上洛を知らされると、長年の朋友と再会するかのように胸が高鳴った。

(景勝が全幅の信頼を置いている兼続とはどのような男なのか)

北陸へ向かう三成の胸は希望と緊張で震えた。倶利伽羅峠を越えてくる景勝を出迎えるため、加賀の森下まで前田利家と共に馬を進める。

「お前の骨折りを関白は喜んでおられるぞ」

秀吉が三成を買っているのを耳にしている利家は、景勝を動かしたのは三成の取次ぎの力だと褒めた。

「何せ景勝は養父・謙信の薫陶を受けている男だから、その上杉が傘下に入ると、わしの領地への脅威がなくなるのが助かる。上様が存命中、わしや勝家殿は謙信公に手ひどくやられたからのう」

利家は増水していた手取川で多くの溺死した兵を残して逃げ回った苦い敗戦を思い浮かべた。

胡麻粒のような兵たちが次第に近づいてくる。武具を身につけた兵たちはいつ戦闘を始めても良いように隊形を崩さず行軍している。武具に派手さはないが、四千の兵たちが脇目も振らず、黙々と歩く様は謙信の遺風を受け継いで威風堂々としている。

「さすがは謙信公が鍛えた兵たちだ。あの大男が直江兼続か。その後ろが景勝か」

根っから武張った利家は、一糸乱れぬ上杉の精兵の動きに見とれている。

二人に気づいた大男が下馬して近づいてきた。

「これはわざわざのお出迎え辱(かたじけな)い」

長身に瓜実顔から覗く切れ長の両眼は鋭い光を放っている。

(これが兼続か。なかなかの人物だ)

三成は想像以上に堂々とした姿に圧倒された。

改めて武具に包まれた兼続の姿を眺め、兼続の兜の前立てに目を止めた。

長大な鍬形の中に「愛」という文字が金色に輝いている。

三成の視線に気づいた兼続は、「この前立てが珍しく映りましたかな」と口元から爽やかな微笑を漏らした。

「それがしは兼続殿がいつも民や百姓に目をかけておられると耳に致しておったので、『愛』はその民を慈しむ心構えだと理解しましたが……」

「いやいやそれは石田殿の買い被りだ。それがしは身分低い生まれの者で、景勝様にお仕えする前は百姓のようなことをしておったので、百姓の暮らしぶりを知っておるだけだ。この前立ては愛宕(あたご)権現から取ったものでござる」

兼続は三成の問いをさらりと躱した。

「積もる話はわが城に入ってからだ。わしの息子も景勝殿と兼続殿を待ち侘びておるので」

利家は先を急かす。

金沢城は一向宗の尾山御坊の道場の跡地に建てられたもので、一向宗を亡ぼした佐久間盛政が築いた尾山城を利家が改修したものだ。

一行は嫡男・利長と二男・利政たちや重臣らに迎えられた。

本丸の板敷きの間では日本海から取れた珍味と山菜が膳の上に盛られ、加賀特産の酒が用意されていた。

「景勝殿は謙信公の姉・仙桃院様のお子と聞くが、謙信公はどのようなお方だったのか知りたいものだ」

利家は武人の鑑のような謙信の人柄に興味が湧く。

「養父・謙信は何事にも筋目を通す人でござった。頑固で気むずかしい一面はあったが、信玄に国を追われた村上義清ら国人から頼られれば断われぬところがあり、義を重んずる人であられた」

訥々と語る景勝の風貌から謙信の一端が垣間見える思いがした。

「酒も入って人心地つかれたところで、利長が皆様に一差し舞いたいと裏で用意しておりますれば、お目汚しでありましょうが、しばしの間ご辛抱して下され」

あでやかな能衣裳に身を包んだ利長が板敷きの間に現われると、騒いでいた重臣たちは盃を置いた。

「唐衣着つつ馴れにしつましあればはるばる来ぬる旅をしぞ思う」

鼓を打つ利政の朗々とした声が板敷きの間に響く。

能面の表情が舞の動きと共に変わり、杜若（かきつばた）の精の心の内面を鮮やかに写し出し、精の織り成す伊勢物語の世界に、景勝と兼続は盃を手に取るのも忘れて見入った。

舞が終わると板敷きの間は拍手の嵐となり、平装に着替えた利長・利政の二人は景勝と兼続から盃を受けた。

「わしはまだ子には恵まれておらぬので、良い子持ちの利家殿が羨ましい限りだ」

利家と景勝との傍らでは三成と兼続が話し込んでいる。

「謙信公は戦さはするが、民・百姓を苦しめぬためにできるだけ戦いを避けられ、どうしてもの時は民・百姓のことを思いながら戦われたと聴くが本当でござろうか」

三成も謙信に魅かれている一人だ。

「景勝様も謙信公の膝元で育てられたので謙信公の仁義の心を引き継いでおられる。それがしの前立ての『愛』も謙信公のお心を忘れぬために造ったのだ」

「やはりそうでござったか。生前の謙信公にお会いしたかったものだ」

「ところで三成殿の主人・関白様はどのような人でござろう」

兼続は一番気になっていることを口にした。

「それがしが主人に仕えたのは関白様がまだ信長公の家臣であられた時からですが、その後天下人への階を一足飛びに駆け上がられた。一口で言えば気宇壮大で才覚、人情の機微に富んだ方でござろう。関白様は誰よりもこの度の景勝殿の上洛を心待ちにされておられまする」

「浜松の家康殿も近々上洛されると教えて頂いたが……」

「朝日姫が嫁入りされたので、その挨拶かたがたまもなく上洛される予定でござる」

兼続は家康がまだ上洛していないことを知って安堵した。

天下人を称する秀吉に先に恩を売っておいた方がこれからの領国経営にも有利だろうと判断したのだ。

長旅の疲れと酒とで家臣たちが欠伸を噛み締めているのを目にしたのを潮時に、

「そろそろおやすみあれ。明日は早立ちでござれば……」と利家が酒宴をきり上げさせた。

翌朝出発した一行が小松、大聖寺、北之庄、木ノ芽峠、敦賀を通過すると、前方に琵琶湖が見えてきた。

「海のようでござるな」

大男の兼続は窮屈そうに三成の方に振り返った。

「この湖の南がすぐ京でしてな。関白の初めての持ち城が湖畔の長浜城で、それがしが仕えたところでありまする」

（いよいよ京か。秀吉はどのような男であろうか）

さすがの兼続の顔にも緊張が走る。

京に入ったのは日暮れ時で、三成の手配した六条本圀寺に宿舎が用意されていた。

六月十六日、景勝ら一行は新築間もない大坂城の大手門を潜り虎口（こぐち）を抜けると、五層の大天守が目に飛び込んできた。

「これは何と壮大な豪華な城だ。まるで夢を見ているようだ」

田舎の山城しか目にしたことのない一行は思わず立ち尽くした。

兼続も噂には聞いていたが、実際想像を越えた規模を持つ巨大な城に圧倒され、脇にいる三成が急に偉くなったように映った。

「さあさあ、天守閣では関白様がお待ちかねでござろう」

兼続らは長い廊下を歩き、どれぐらい階段を登ったか憶えていない。

最上階では明るい光が窓から差し込む中に道服姿の小男が立っていた。

「景勝殿か。遠路はるばる良くこられたのう。わしが関白じゃ」

秀吉は景勝の手を取らんばかりに近寄り、「まず茶の湯を進ぜ、それから城内を案内しよう」と茶室へ導く。

茶室の中には六十を少し回ったぐらいだろうか、背筋を真っ直ぐに伸ばした男が茶釜の前に座っている。

「これがわしの茶の湯の師匠の利休じゃ。名前ぐらいは聞いておろう」

「この方が千利休様ですか。ご高名はかねがね伺っておりまする」

景勝に代わって兼続が答えた。

「一服喫すれば気も落ちつく。利休の茶などはめったに飲めんぞ。味わって喫せよ」

秀吉は二人が利休のお点前に身を堅くして正座している後姿をじっくりと眺めた。

「有難いお点前で感謝しております。田舎への良い土産話ができましてござる」

兼続は素直に秀吉に礼を言う。

「気分が落ちついたところで、わしが城内を案内致そう」

秀吉は茶室を出ると二人の先に立って再び天守閣に登ると、北の窓から身を乗り出した。

「この城は上町台地と申す小高い台地の北の端に建っており、あの川が淀川でこの城の天然の堀の役目をしておる」

今度は西の窓の方へゆくと、「すぐ海が迫っているが二重の堀で城を守っておる」と指差して東の窓へ移る。

「こちらは大和川と猫間川とが外堀だが、もう一つ内側に空堀を掘ってある。弱点は台地続きの南だ」

二人が南の窓から覗くと、台地上に空堀が出来ている。

「幅は十一間（けん）、深さは七間ぐらいでござる」と三成がつけ加えた。

「完璧な備えですな」

兼続が相槌を打つと、「いやいや、景勝殿の力を借りねばならぬ。徳川殿は上洛してこようが、まだ北条、伊達といった連中が残っておるので気が抜けぬ」と秀吉は鋭い目を景勝に向けた。

「家康が上洛したら九州の島津を懲らしめる予定だ」

秀吉は西の瀬戸内海の彼方に目を遣った。

二人は茶の湯と宴会に明け暮れる日々を過ごした後、六月十八日には三成が先導して石清水八幡宮に参拝し、本圀寺に戻った。

帰国するまでの数日間は京の名所旧跡を案内するのが取次ぎ役の三成の務めだ。

「それがしは大徳寺を訪れたい」

景勝と兼続は大和の法隆寺、東大寺、近江の比叡山、それに京の東寺と並ぶ程有名な大徳寺を一度訪れてみたかった。

紫野に足を運んだ二人は二層から成る山門の壮麗さに驚いた。

（春日山城山麓の林泉（りんせん）寺の山門も立派だがその比ではないわ。それに続く仏殿はさすが京を代表する禅宗の建物だ）

大伽藍に混じって多くの塔所が甍（いらか）を並べている。

「北には上様が眠られる総見院がござれば」

三成は次の天下人は自分だと世間にわかるよう大々的な葬儀を行った秀吉の勇姿を思い浮べながら二人を総見院へ導く。塔所の巨大な表門は土塀に囲まれ、入口から進むと方丈には茶室が見えた。

広大な境内には豪華な伽藍が軒を連ね、胡蝶侘助の侘助椿の鮮やかな緑葉が建物に色を添えている。

本堂に入ると木造の信長坐像が三人を睨むように出迎えた。

（信長とはこのような男だったのか）

高いが狭い鼻梁の上にあるつり上がった細い目が爛々と光っている。

「これは珍しい人がこられたものよ」

振り返ると春屋宗園（しゅんおくそうえん）が立っていた。

宗園は大徳寺の住持で千利休や今井宗久らの茶人とも親しく、三成も大徳寺を訪れた時、彼の元で参禅するのを楽しみにしていたのだ。

「こちらは上杉景勝殿と直江兼続殿でござる。上洛されたのを良い機会とこちらにお邪魔させて頂いておりまする」

「これははるばる越後から参られたのか」

宗園は二人を見て微笑んだ。六十に手が届きそうな老僧だが、武人のように逞しい体と微笑に包まれる鋭い眼差しが年を感じさせない活力を与えている。

「せっかく遠方から見えられたのだ。座禅でもされていかれるかな」

二人は頷いた。

三成ら三人は本堂の廊下から枯山水の庭に向いて結跏趺坐（けっかふざ）の姿勢を保ち、両眼を閉じると口を閉じて深く長く息を吸い腹からゆっくりと息を吐き出す。左右に上体を揺すって重心を安定させると、肩の力を抜き背筋を伸ばす。

眠けが襲ってくると、警策（けいさく）が肩を鳴らす。無心の心境には程遠いが、領国や戦さのことをしばし忘れ、爽やかさが心に満ちてくると、爽快な気分になってくる。

座禅が終わって宗園の点ててくれた茶がいつもより旨く思われた。

上洛は景勝らに関白の権力の巨大さと、中央の情報収集の大切さを教えた。

「良い京見物ができました。関白によろしくお伝え下され」

景勝一行は三成の見送りを受けて本圀寺を出ると、来た時と同じように、整然と春日山を目指して立ち去った。


景勝らが帰国すると、三成は「堺奉行を小西隆佐と共に務めよ」と命じられた。

隆佐の名を聞いた三成は、太田城の船戦さで船団にはためく黒い華クルスの旗旗を思い浮かべた。

(これは大役だ。殿は九州の島津征伐を前にして、戦さに必要な兵器・兵糧などを堺から九州へ運ばれるつもりだ。隆佐殿の起用は九州に多いキリシタン大名や長崎貿易を行っているポルトガル人にも顔が効くと思われてか)

三成は弥九郎を通じて隆佐とも面識があった。隆佐は弥九郎に似て堂々とした体格の男で、ザビエルの京都滞在中の世話をした程熱心なキリスト教信者であった。

(関白の隆佐殿への信頼ぶりは蔵入地や茶の湯の道具を管理させる程で、また彼の妻のマグダレナも政所様の祐筆として働いている程だ。それに弥九郎は塩飽（しわく）、小豆島（しょうど）を領し、室津港に邸宅を構えていると聞く。父の隆佐は堺から弥九郎の船団で瀬戸内海を渡り、九州まで販路を広げている。関白はキリスト教徒の隆佐殿を通じて、長崎のポルトガル人との生糸の貿易を独占しようとなされているらしい）

一家を挙げて関白に賭けている彼らの情熱が三成にもひしひしと伝わってくる。

三成の脳裏に大坂にいる父と兄の顔が浮かんだ。

三成の堺での初仕事は堺の町を取り巻く環濠を埋めることだった。

（関白の考えは、堺の町といえども関白の力には逆らえぬことを世間に知らせることだが、誇り高い町衆が素直に従うか……）

南と北とを隔てる大小路から三筋程北にある堺政所に関白が懇意にしている津田宗及、今井宗久、千利休らを集めて、三成は納屋衆たちに「環濠を埋めよ」という秀吉の命令を告げた。

「関白の命とあればしかたがありませぬな」

隆佐からの根回しが効を奏したのか、天下人に従うことの利益を優先させたのか、納屋衆たちは意外にあっさりと埋め立てに賛同した。

三成は安堵した。

（次の大仕事は島津攻めに伴う兵糧・武器を九州へ運ぶ段取りだ）

大役を無事果たせるよう、三成は堺政所の隅に天白稲荷神社を勧請した。

寄進した石灯籠を眺めていると後ろで声がした。振り返ると日焼けした逞しい男が立っていた。

「いつきたのだ」

男からは潮の香が漂う。

「お主が堺奉行となったことを父から耳にして、矢も盾もたまらず船を走らせてきたのだ。環濠を埋めたことも知ったぞ。それも時代の流れだ。これからは関白の時代がやってくる。堺は天下の台所だ。ここを上手く切り回す者が天下の富を押さえるのだ。かつては信長公がそうであったし、今では関白だ。その代官たる役目は重いがお主なら十分に関白の信頼に応えられよう。

いよいよ家康が上洛するからには翌年には島津攻めが始まろう。親爺も今から弾薬や兵糧の準備に頭を悩ませておるようだ。儲けも莫大なものになるが、失敗は許されぬからな。親爺をよろしく引き回してくれよ」

行長は口元を緩めた。

「それがしの方が隆佐殿の世話になっておる。堺衆に笑われぬようにしなければ……」

行長は苦笑した。

「家康が大坂城で関白と対面するなら、お主もわしも大坂城へ呼ばれよう。信長公も一目置いていたし、小牧・長久手では関白を慌てさせた家康とはどのような男なのか。これは興味津々だな」

「家康は北条にも媚びを売って後盾を作っての上洛らしい。面従腹背(めんじゅうふくはい)の家康を関白がどう料理されるのか、わしはそれが楽しみだ」

二人の目は大坂に向いていた。

十月二十一日、家康がやっと重い腰を上げて岡崎を発ち、二十七日には大坂城に登城することになった。

大坂城本丸には宇喜多、前田、長宗我部といった大名たちが上段で烏帽子直垂(ひたたれ)大紋の袖を連ねて朝廷の官位の順に並び、浅野長政をはじめ三成、吉継、行長、清正、正則といった直参は下段に座る。

小太りの家康は大きな目で一同を見回しながら、上座の秀吉の前に窮屈そうに正座した。

下段には本多忠勝、榊原康政ら屈強の三河武将たちが秀吉を見据えていた。

家康は臆せずに胴間声で遅参を詫び、秀吉の赤地に桐唐草の陣羽織を指差した。

「その陣羽織を拝領したく存ず」

「これはわしの軍用のものじゃ。そちに譲る訳にはいかぬ」

秀吉は大げさに首を振ると家康を見下した。

「家康が上洛したからには殿下には甲冑は着せ申さぬ」

これを聞くと一同からは驚きの声が上がった。

秀吉は機嫌を直し、大きく頷いた。

「皆の者、今の家康殿の申し状良く聞かれたか。良い義弟を持ってわしは果報者だわ。家康殿はわしに『軍の指揮はさせぬ』と申しておるわ」

秀吉は陣羽織を脱ぐと、身軽に下段に控えている家康のところへゆき、肩に陣羽織を載せてやった。

一同はその姿に安堵のため息を吐く。

対面の儀が済むと、諸将たちは本丸から退く。

秀吉は居残った家康のところへゆき、「わしが小勢を連れて清水寺や醍醐に行こうにも、やつらは忍びを許さず二万や三万の人数で警護してくれるので、どこへ行こうと大げさなことだわ」と囁く。

「殿下の御威光が限りない証しでござる」

家康は誠実そうな顔つきで答えた。

三成は慇懃無礼な家康の態度に、何か景勝や兼続にないものを感じた。

三成と吉継と行長は本丸を出ると城下に並ぶ一膳飯屋に入った。

「家康の仕草はわざとらしいのう」

握り飯を頬ばりながら、行長は家康の芝居がかった態度にふてぶてしさを覚えた。

「いや、あれは正しく芝居じゃ」

吉継は、「秀長邸に泊まった家康のところへ殿下が突然押しかけられたのだ」と長康から耳にしたことを話した。

「関白なら家康に芝居を命じるくらい訳もないことだ。家康の恭順した姿を諸将の前に晒すことで、関白は天下人であることを示されたのだ。それに近々家康を参殿させ、正三位を受けさせるらしい」

三成は公家の官位を与え、官位の順列で家康を押さえつけようとする秀吉の考えに気づいている。

「やっと家康が関白の膝下に入ったわ。これから九州入りの準備で忙しくなるぞ」

行長はこの戦さで小西家のより一層の繁栄を願った。

九州平定

天正十四（一五八六）年の十二月十九日、秀吉は太政大臣に任官し、朝廷から豊臣の姓を与えられた。

九州へはすでに軍監・仙谷秀久（せんごくひでひさ）の四国勢が豊後に、黒田官兵衛が軍監を務める中国の毛利勢が豊前へ渡海している。

翌年一月には宇喜多秀家の一万五千が出発し、二月に入ると一万五千の秀長も出陣する予定だ。

三成は兵糧・武器の準備に忙しい。

三十万人の兵糧と二万頭の馬の飼料一年分の調達とそれの運搬だ。

それに小西隆佐をはじめ、今井宗久・津田宗及ら納屋衆らが調達してきた品を現地で保管する蔵が必要となる。

三成は堺の町衆と親しい博多の豪商・島井宗室と神屋宗湛（そうたん）を彼らから紹介してもら

い、九州入りの中継基地を博多にしようとした。

正月三日は秀吉が大坂城で大茶会を開くことが申し渡された。

（まず津田宗及を通じて神屋宗湛を大坂城の茶会で関白と引き合わそう）

宗及は翌日の目通りのため、大坂の三成邸で堺からやってくる宗湛を待った。

剃髭得度の宗湛が三成邸を訪れたのは日が暮れかかってからだった。

宗湛は三十後半ぐらいの中肉中背の鋭い細い目と、福耳をした物腰が柔らかい男だった。

神屋家は代々博多の貿易商人の家で、曾祖父・寿貞が石見銀山を発見し、銀山を掘り、銀塊を博多へ運び巨富を得たという家柄だ。

中国や朝鮮への銀の取り引きだけでなく、金融・酒造業でも稼ぎ、宗湛は博多有数の豪商であった。

「そちが宗湛か。この度は堺からわざわざ大坂まで出向いてくれて礼を申す。宗及から聞いておろうが、島津征伐についてのことだ。三月にはいよいよ関白様も御出馬なされる。われらは三十万人もの兵糧と二万頭の馬の飼料を集めているが、それを保管するところを捜しておる。戦乱で荒れ果てているが博多は九州の中心だ。お主には博多での兵糧・武器の保管とそれを戦地まで運んで欲しいのだ。成し遂げれば莫大な儲けとなろう」

「兵一人五合食うとして三十万人では百五十万合。それが三百六十日として五億四千万合。俵に換算すれば百三十五万俵ですか。これを二百五十石船で運ぶとしたら五千四百艇要りますな。これが人の分だけであとは馬の飼料ですか。まあ船はその倍は必要でしょう。これを入れる蔵と戦地へ運ぶ船を二ヶ月以内に用意すれば良いのですな。わかりました。やらしてもらいましょう。これは一世一代の大仕事だ。何としてもやり遂げてみせましょう」

宗湛は相好を崩した。

笑うと何とも言えない愛嬌のある顔になる。

(こいつは関白好みの男だ)

三成は度胸と決断力のある男を秀吉が気に入ることを知っていた。

「明日は大坂城で関白様が茶の湯の会を開かれる。それがしが関白様に宗湛殿のことを伝えておく由、上手くやられよ」

大きく頷いた宗湛は宗及と連れだって三成邸を後にした。

翌日の一月三日、大茶会のために諸将や重臣たちが続々と城へ押し寄せた。

その中に宗湛と堺の町衆の姿があった。

三成は宗湛を見つけると彼だけを書院に連れてゆき、台子（だいす）に飾られている秀吉愛用の茶の湯道具を見せた。

「関白様がお主を呼ばれるから昨日のように振る舞え。遠慮は要らぬぞ」

宗湛は頷き、堺の町衆と共に大広間で用意してきた虎の皮の進物を広げていると、

「筑紫（つくし）の坊主はどこにおるのか。顔を見せよ」と秀吉が呼ぶ。

「これにござる」

宗及が答えた。

「他の者はのけて、筑紫の坊主だけに見せよ」

宗及ら堺の町衆らは、「上手くやりなされよ」と声をかけて縁側に出ると、秀吉は宗湛を従えて自慢の茶道具を披露する。

「喫する者が多いので、四十石の茶壷の茶だけでは足りぬので、撫子の壺と松花の壺の茶も挽かせて皆に振る舞え」

利休と宗及は大忙しだ。二人は茶壷に茶を取りに行くと、お点前に先立って御膳が運ばれてきた。

「筑紫の坊主に飯を食わせろ」

宗湛は唯一人諸将たちに混じって食事をすることができた。

「多数なので一服の茶を三人ずつ飲め。但し筑紫の坊主には四十石の壺の茶を一服とっくりと飲ましてやれ」

宗湛は利休自らが点てた茶を井戸茶碗で喫する栄誉を得た。

秀吉は宗湛が気に入ったのか、「新田肩衝（にったかたつき）を手に取ってみてもよいぞ」と自慢の茶入れを指差し、「これは大友宗麟（そうりん）から買い取ったもので、あそこにある初花（はつはな）肩衝は家康がわしに贈ってきたものだ」とその由来まで物語った。

大茶会が終わると、宗湛はお礼言上のために三成邸を訪れた。

三成は彼を書院に通すと、「関白様もお主を随分と気に入られた様子で、『博多のことは筑紫の坊主に任せよ』とおっしゃり、島津征伐後の博多の復興のことも口にされたぞ」と昨日の秀吉の上機嫌ぶりを宗湛に伝えた。

「早ければ一月中にも出陣令が出されよう。準備を怠るなよ。兵糧・武器はそちらの用意が整いしだい船で運ぶつもりだ」

「船の手配は小西様で……」

「そうじゃ。隆佐殿と行長が主になって運ぶ」

宗湛は商いの道で隆佐とも親しい。

「これは正月とてゆっくり酒を飲んでおられませぬわ。早々に博多に戻り、博多中の蔵を空にさせ足りなければ大至急造らねばなりませぬ」

宗湛は宗及に連れられて秀次と会い、茶会のお礼に大和郡山城の秀長を訪ねることを忘れなかった。

九州入りした秀吉軍は豊前、豊後、日向に向かう秀長隊と、筑前・筑後から肥後・薩摩へ回る秀吉本隊とに分かれ、怒濤の進撃を続けた。

島津軍は薩摩に追い詰められ、川内川を挟んで抵抗しようとした。

秀吉が八代入りしたことを耳にしたコエリヨは長崎からポルトガル人を同行して八代までやってきた。

彼はポルトガル出身のイエズス会の宣教師で、イエズス会日本支部の準管区長を務めている男だ。

天正十四（一五八六）年に大坂城で秀吉に謁見を許され、日本での布教の正式な許可を得ていた。

秀吉はコエリヨが面会したいことを知ると、彼らを屋敷へ招いた。

「これはこれはコエリヨか。久しぶりだのう。さあこちらへ来られよ」

秀吉は上機嫌で彼らを迎えると、「彼らに干柿を持ってこい」と家臣に命じた。

三成と吉継は彼らと同席することを許された。

（彼らは行長の指図で殿の機嫌をとりにきたな）

「コエリヨの傍らにいるこやつはフロイスと申すイエズス会の者だが、わが国の言葉に堪能で上様に重宝されていた男だ」

秀吉は二人にフロイスを紹介した。

「お前は日本のことを書いて本国のポルトガルに送っているそうだが、わしがこの国で成功したことを忘れず書き留めよ」

秀吉は宣教師のこともよく知っている。

「わしは九州を平らげた後にわが国を平定するつもりだ。それから大量の船舶を建造し、二、三十万の軍勢を率いて唐国に渡り、かの国を征伐するつもりであるが、お前たちはどう思うか」

「殿下の力を持ちましたら、唐国とてとても敵いますまい」

フロイスは独裁者に媚びる。

（あらかた九州を平らげたことで殿は慢心されているのか。まだ北条や伊達といった連中が残っているし、唐国へ攻め込むなど無理をせずにわが国の仕置きの基礎固めをすることの方が先だ）

三成と吉継は秀吉が再三口にする「唐入り」を不安気に聴いた。

「彼らに茶を振る舞ってやれ」

金の茶碗が全員に配られると、「九州にいる司祭や修道士、ポルトガル人たちを一堂に集めて歓待してやりたかったのだが、わしも忙しい身でそれができず残念だ」と秀吉は彼らに絹衣を与えた。

「日本の商人がわれわれポルトガル人と自由に取り引きできるように特許状が欲しいのですが……」

ポルトガル人たちが恐る恐る通訳のフロイスに訴えると、「それは誰もがやらなかったことだ。わしの名も上がろう。よし、わしが援助してやろう」と秀吉は大きく頷いた。


川内川には秀吉の水軍が河口を埋め尽くしている。

「おう。行長の船団があそこにいるぞ」

三成は黒い華クロスの旌旗を見つけた。

「われらも戦いたいものよ」

吉継は兵站（へいたん）の重要性はわかるが心が逸る。

平佐（ひらさ）城は城将・桂忠昉（ただあきら）が兵三百で籠城しており、戦意は高く八千を越える大軍を目の前にしても動揺しない。

焦れた秀吉は水軍に攻撃を命じた。

城の東の隅田平岡に布陣した行長隊と、大手口蘆高山の脇坂安治（やすはる）隊と、城の北方に陣取る九鬼嘉隆（くきよしたか）隊は同時に攻めかかった。

戦さの様子は川内川の対岸にある本陣の泰平寺からよく見える。

「城兵もなかなかやるのう」

近寄る味方は城内からの一斉射撃で次々と倒される。

三成と吉継は八千もの秀吉軍相手に怯まず防戦する城兵たちに驚きの声を上げる。

城兵は突出して攻撃すると、すぐに城内に姿を消す。

夕方が近づいてくると双方とも陣地に引きあげた。

翌日、秀吉のところへ島津家の大守である義久の命を受けて、平佐城から開城の使者がきた。それから間もなくして、剃髪姿の義久が泰平寺へやってきた。

五十を少し越えた小柄な男だが、目が鋭く顎が引き締まり九州を席巻しようとした男の風貌を黒染の衣がやんわりと包んでいた。

袴をつけた小姓一人が刀を差している。

小姓を遠ざけた義久は砂利を敷いた庭に、法衣姿で跪（ひざまず）こうとした。

「切腹の用意をされているのか。気の早いことだ。刀は無用じゃ」

「三成、大守に床几（しょうぎ）を持て」

義久が腰を降ろすのを見届けると、「大軍相手に良く戦われた。さすがは名門の島津じゃ。根白坂（ねじろざか）では義弘殿も粉骨砕身の働きをされたと聞く。これで十分に島津の意地を示せたであろう。ここらで矛を収めるように義久殿から弟たちに取り成して欲しい」と声をかけた。

寛大な申し出に義久は頷くしかなかった。

六月三日、秀吉軍は筥崎宮社内に陣を敷くと、八日には宗及の口添えで唐津から宗湛がやってきた。

秀吉は浜の大鳥居から筥崎宮の本殿を結ぶ一本筋の参道を宗湛と並んで歩くが、本殿、拝殿がかすかに見える程参道は続いている。

「良いところだのう」

近づくと朱塗りの建物の檜皮葺の屋根の拝殿に続いて、本殿の端正な姿が見えてきた。戦乱で何度も燃えたが、消失を憂えた太宰大弐の大内義隆が再建したものだ。

本殿にある「敵國降伏」の亀山上皇の御宸筆を見た秀吉は、蒙古襲来によって炎上した本殿の再興に賭けた上皇の情熱を知った。

二人は本殿の周囲を歩き、境内に建てられた仮の本陣に入ると利休のお点前で茶を喫した。

「わしは博多の復興のために町跡を見て回りたい。博多の町に詳しいそちが同行してくれ」

二日後、宗湛は三成、吉継らと共に、コエリヨのフスタ船に乗って博多浜に着いたが、焼け跡は以前の繁栄ぶりが窺えない程荒廃が激しい。

「博多の町は石堂川と那珂川の河口から土砂が堆積して出来た瓢箪のような形をした町です。瓢箪の先は息浜と呼ばれる浜で、南の博多浜とくびれたところで結ばれています」

宗湛が地形を説明する。

「神社、寺院は幸いなことに焼けてはおらず、元寇の防塁が残る息浜には妙楽寺があり、博多浜には東の石堂川に沿って承天寺と聖福寺が並び、西には大乗寺と櫛田神社が残っております」

赤茶けた地肌をむき出しにしている中に、所々疎開先から戻った町衆の木の香も新しい店が建ち始め、海岸沿いには秀吉の兵站を支えた蔵が並んでいた。

「昔の博多には十万軒の民家が集まって堺に劣らぬ町と聞いていたが……」

秀吉は堺の町の繁栄ぶりを知っているだけに思わず眉をひそめた。

「あれを見よ。博多の町衆らがわれらを出迎えておるわ」

小袖を着た町衆が進物を手にして息浜の元寇防塁の辺りに集まっている。

フスタ船が港に到着すると彼らは銀棒を載せた大きな盆と練酒(ねりざけ)の樽五十と魚や食料品を携えていた。

「貧しい者がこのように復興を願っておる。彼らの気持ちだけでわしは有難いわ」

秀吉は三成と吉継を遣って、形式的に銀子一枚だけをもらって進物を断った。

「ここにおる三成と小西行長に博多の町割りを申しつけたので、この宗湛と島井宗室らを交えて相談してくれ。だいたいの絵図面はわしが描いた」

絵図面には息浜と博多浜とを縦横に結ぶ幅広い道と、道路に面して幅は狭いが奥行きの長い町家の様子が描かれていた。

六月十九日には宗室と宗湛が秀吉の茶の湯に招かれた。

秀吉が建てさせた数寄屋(すきや)は三畳敷きで、露地を通り外の潜りを入って飛石伝えにゆくと、箱松の下に手水鉢(ちょうず)がある。木戸のところまでくると中から障子が開いた。

「入れや」

薄暗い茶室に入ると上座には書が掲げられ、青銅の桃尻花入(ももじりはないれ)に野草のエノコログサが生けてあった。

「茶を飲もうか」

秀吉が自ら茶を点てて両人に振る舞う。

「二人にはこの度の戦さで大変世話になった。お前たちには特に表口十三間、奥行き三十間の一等地を与え、長らく町役を免じよう」

二人は思わず目を見合わせた。

秀吉の博多衆の懐柔が着々と成果を上げていたが、思わぬことが起こった。

その日の夜に筥崎へきたコエリヨに秀吉は、「長崎のイエズス会の領主権を認めない」と告げたのだ。

九州攻めの折、キリシタン大名の結束力と領民たちへの強制改宗や長崎の土地がイエズス会に寄進されている事実を秀吉は目にした。

(これは上様が恐れられた一向宗のようなものだ)

秀吉はイエズス会のやり方に危険を感じた。

「右近を呼べ」

秀吉は右近の陣屋へ使者を走らせた。

夜分急に呼び出された右近は何事が起こったかわからなかった。

「キリスト教を棄教せよ」

秀吉の表情から怒っていることがわかった。

「何故に」

右近は秀吉が突然こんなことを言い出すのか、全く意味がわからなかった。

「今までお前は良く働いてくれたが、九州へやってきてわしはキリシタンが大名や身分のある武士に広がっていることを知って憂えておるのだ。何故ならバテレンどもは口ではさも良いことを言っておるが、やっていることとは違う。お前たちは血を分けた兄弟以上に団結し、神社や寺院を破壊して家臣たちを強制的にキリスト教に入教させておる」

ここまで言うと秀吉は右近を見据えた。

「お前たちはやつらに上手く利用されておるだけだ。わしに逆らった一向宗のやつらと変わらぬ。そんな者がわしに良く仕えることはできまい。キリシタンを棄てるか、領国から去るか、どちらかを選べ。わしはキリスト教を認めぬぞ」

秀吉はキリシタン大名の精神的支柱である右近を棄教させれば、他のキリシタン大名たちも雪崩を打って彼に靡くと計算したのだ。

「それがしは殿を侮辱したことは一度たりともないにもかかわらず、そのように心外な言葉を耳にしようとは思いもしませなんだ。高槻(たかつき)や今の領国の明石(あかし)でも、家臣たちをキリシタンにしたのは誰かに勧められて行ったのではなく、それがしの考えから行ったもので自分の手柄でありまする。たとえ全世界を与えられようともキリスト教を棄教するつもりはござらぬ。それがしの身柄、封禄、領地については殿が気の召すように取り計らわれたい」

鉄のように強い意志が右近の目に宿っている。

「父や妻や子供はどうするのだ。キリスト教を棄てるだけで今の地位を棄てずに済むのだぞ。そのことをよく考えろ」

「自分の心を売ってまで地位に縋(すが)りつこうとは思いませぬ」

(馬鹿なやつだ。今まで築いてきた物を失っても意地を張り通すつもりか)

最下層から這い上がってきた秀吉には右近の考えが理解できなかった。

秀吉の脳裏には「進めば極楽退けば地獄」と唱えながら喜んで死んでいった一向宗徒の顔が蘇ってきた。

(信仰とは恐ろしいものだ。人の一生を台なしにする)

これ以上引き止めると自分の権威が下がることを恐れた秀吉は、「好きにせよ」と右近を部屋から去らせた。

右近が立ち去るのと同時に行長を呼んだ。

室内の異様な雰囲気を察した行長は、緊張した面持ちで秀吉を見詰めた。

「コエリヨに、『寺社仏閣、神官仏僧との融和とキリスト教の宣教は九州だけしか認めぬ』と伝えよ」

興奮している秀吉は早口で告げた。

行長が予想した通り、コエリヨは秀吉の命令をがんとして受け入れず、逆に反発を示した。

それを聞いた秀吉は、日本でのキリスト教布教の禁止と二十日以内に宣教師が日本を立ち去ることを宣言した。

右近の陣営には右近の去就を案ずる三成と吉継をはじめ、蒲生氏郷（がもううじさと）、黒田孝高（よしたか）、行長、中川秀政らが集まってきた。

「この度は酷（ひど）い事になったものだ」

意気消沈した氏郷が右近に呟く。

氏郷も右近から勧められてキリシタンになった一人だ。

「かりそめに棄教した振りをすれば良いだけだが……」

三成は秀吉の本音は棄教そのものを迫っているのではなく、棄教の振りだけすれば見逃そうとしていると思う。

「心中ではキリシタンであっても、せめて外面だけはキリシタンを断念したと言って関白に折れ合うなら、何も領地など放棄する必要はない。それがしが関白に右近殿のことを取り次ごう」

孝高も右近の身の上を案じる。

右近は一同に礼を言い、「皆の気持ちは有難いが、それがしの気持ちは変わらぬ」と固い決意を示した。

(相変わらず一本気なお人だ)

三成は信長の葬儀の時の右近を思い出した。

仏像の前に信長の棺が置かれた時、家臣たちが一人一人香を香炉に投じる中、右近一人はキリシタンとして仏式の葬儀を拒み席を立たずにいたのだ。

(あの時、殿下が領地を取り上げ、死罪にさせられたかも知れぬのに彼はキリシタンであることを貫いた。今度も同じだ)

秀吉に媚び出世を狙う幕閣にあって、右近の姿は人一倍気高く映る。

「わしはこの身に起こったことにはいささかも無念に思うことはない。自分の信仰を貫き、デウスの栄光のために多年望んでいた苦しみを味わえる機会が得られたことを喜んでおる。だが気にかかることはわしに尽くしてくれたお前たちのことだ。わしの領地が剥奪されればお前たちはこれからの人生を、労苦を背負って生きてゆかねばならぬ。信仰を失わず良きキリシタンとして生きて欲しい」

右近の家臣たちは感動を持って主人の言葉を聞いた。

「われらもお供しまする」

一人が髻（もとどり）を切り落とすと、次々に彼に続いた。

右近は慈愛を込めた目で彼らを眺めていたが、「苦しむのはわし一人で良い」と言って彼らに暇を与えた。

（信仰も大事だが、わしには右近殿のように簡単に領地や家臣たちを棄てることはできぬ）

行長の脳裏には父の顔が浮かんだ。

コエリヨはキリシタンの代表者たる右近を失うと、孝高に莫大な銀を献上することで関白に取り成してくれるよう働きかけた。

（この男は何が関白を怒らせているのか全くわかっておらぬ）

現実主義者である孝高は、怒れ狂う秀吉が冷静さを取り戻すまで、コエリヨからの書状を懐に忍ばせただけでコエリヨに近づくことを避けた。

数日後、三成と吉継は行長の苦悩ぶりを危惧して彼の陣営を訪れた。

「わしは右近殿のように信仰に殉ずる程、信仰心の強い男ではない。お主たちが知っているように、関白はわしや父がキリシタンとして教会や九州のキリシタン大名に役立つから重宝されておるのだ。小豆島でのキリシタンの布教活動もしばらくは見合わせねばならぬ」

案外落ち込んでいない行長を見て、二人は安心した。

「それにしても右近殿の追放は世間への見せしめだ。あれだけ有能な男なので関白は右近殿が棄教する振りだけでも見せれば許すつもりであったのに……」

吉継は純粋過ぎる男の去就を残念がった。

「お主が外見だけは棄教の振りをしても、キリシタンたちが右近殿を慕ったように、今度はお主を頼るようになるので、お主の立場は苦しくなるぞ」

三成は不安を露（あらわ）にする。

「わしは一万石の小大名に過ぎぬ。彼らに頼られても何もできぬわ」

行長は苦笑した。

追放令に反発したコエリヨは九州のキリシタン大名・有馬晴信に「資金や武器を提供するので、キリシタンを結集させて秀吉に敵対するよう」要請した。

幸い晴信から連絡を受けた行長が、彼の計画を阻止したので大事に至らなかった。

右近追放の余波を秀吉は心配したが、行長のイエズス会への対応に安堵した。

そこで秀吉は教会と九州のキリシタン大名への取次ぎの上に、対馬の宗氏を通じて朝鮮王朝との交渉を監視する役目を行長に負わせた。

九州の国割りは秀吉の筥崎滞在中に行われ、島津には薩摩と大隅と日向国諸県郡の真幸院が与えられ、島津義久の説得に功のあった伊集院忠棟には肝属一郡が宛てがわれた。

島津領内には秀吉の蔵入地が設けられ、三成がその監視役となった。

九州攻めで働いた小早川隆景には筑前・筑後・肥前の一郡が、黒田孝高には豊前六郡の十二万五千石を、立花宗茂には筑後柳川十三万二千石が与えられた。

それに毛利勝信には豊前小倉を、大友宗麟の嫡男・義統には豊後一国が安堵され、佐々成政には肥後一国が任された。

その年の九月には聚楽第が完成した。

秀吉はさっそく家臣を連れて中を見物する。

「外堀の内には周囲一里を石垣が取り囲み、この楼門は鉄の柱だ。扉には銀が用いられ、軒は金・銀で葺かれておる」

秀吉は得意になって説明する。

「あれに見える天皇を迎える館は檜皮葺で、車寄せを作らせた。あの庭にある建物は能舞台じゃ」

家臣たちは目を輝かせて秀吉の言葉に聴き入っている。

敷地の中央に建つ本丸には天守閣まで備わっている。

三成は諸大夫として御所入りした時見た清涼殿を思い出した。

「天皇の行幸を申し上げているが、公家たちはなかなか日取りを決めることができぬ。公家などという輩は力もないくせに口先ばかりうるさい者じゃ」

翌年になって後陽成天皇が行幸を行う日が四月十四日と決まった。

その日は朝から聚楽第は人の群れで埋まった。十四、十五町離れた御所から聚楽第までは一町ごとに六千人程の兵たちが警護に当たる。

山鳩色の束帯と衣服を身につけた天皇が、御殿から長橋まで布製の敷物の上をお渡りになるのを、秀吉は天皇の裾を持ち上げながら従う。

鈴の奏楽の鳴り響く中を関白である秀吉は、笏（しゃく）を鳴らして天皇のお言葉を皆に伝える大役を担う。剣持ちは中山卿で、草鞋（わらじ）を持つのは万里小路（までのこうじ）卿だ。

鳳輦（ほうれん）を階の下にお寄せして、左右大臣以下の人々が輿の綱を引く。天皇のご生母、女御の輿に始まり、女官の輿が五十余り続く。その後を前関白その他高位の公家、皇族が進む。

この行幸を見ようと遠国から上京してきた人々が竹矢来にひしめき合っている。

天皇の輿が聚楽第の車寄せに着いた時には、関白の輿はようやく宮中から出たところだった。

聚楽第の行幸は三日間の予定だったが、次から次への催しのため五日間の滞在となった。

行幸が何事もなく捗り、秀吉は上機嫌だ。

「殿上人としてこの行幸に列している者はこの事を感謝し、子々孫々に至るまで秀吉と朝廷に忠節を尽くすことを忘れぬよう誓紙を書け」

関白の言葉は絶対である。

家康、秀次、前田利家、秀長、織田信雄、宇喜多秀家ら清家成の大名をはじめ、他の大名たちも遅れじとばかり秀吉と天皇に忠誠を誓った。

その翌月、佐々成政が任された肥後に一揆が起こり、その責任を取る形で成政は切腹し、行長と清正の二人が肥後を治めることになった。

翌年天正十七（一五八九）年の秋、吉継は秀吉に聚楽第に呼び出された。

「お前は蜂屋頼隆を知っておるな」

「最近敦賀城で亡くなられたと耳にしましたが……」

「頼隆は上様の頃からの古い家臣で、岸和田城から敦賀城に移ったがこの九月に亡くなってしまった。五十五歳であったわ。有能な者でも病には勝てぬわ」

秀吉は目を潤ませた。

「お前には清正や行長のように領地を与えてやれず、心苦しく思っていたのだが、なかなか空き国がなくて困っていたのだ」

秀吉はさも済まなかったと言わんばかりの顔をした。

「敦賀は京・大坂に近く、良港に富み北国の物資が集まる地だ。また日本海を隔てて朝鮮とも近く重要なところだ。お前に敦賀を任そう」

（わしは忘れられていなかったのだ）

吉継は自分のことを気づかってくれた秀吉に感謝した。

「喜んで敦賀を預かりましょう。蜂屋殿に劣らぬよう励みまする」

京の三成邸に吉継が招かれた。

書院には三成の父・正継と母それに兄・正澄が彼を迎える準備をしていた。

「よう参られた。観音寺の頃から聡明な方だと思っていたが、いよいよ大名と成られるか。いやめでたいことだ」

正継は紀之介と呼ばれていた幼い頃を思い出していた。

「敦賀は日本海からの幸が京・大坂へ運ばれるところだ。これは預り甲斐のあるところへ移られる。羨しい限りだ」

正澄は堺の三成を助けているので、経済感覚の鋭い秀吉がいかに吉継を買っているかがわかる。

「初めての領国の敦賀はどんなところかわからぬ上に、国を治められるかどうか自信がござらぬ」

「初めての領主では不安だろう。そうじゃ。三成、お前も一緒に敦賀へ参れ。薩摩の関白の蔵入地や堺の町での経験を生かして、気のついたことを教えて差し上げよ」

正継は吉継を家族同様に思っている。

「それは良い。関白の許しを請い、さっそく敦賀へ同行せよ」

正澄も賛成した。

冬の到来の前に吉継は数人の家臣と共に敦賀へ向かう。

もちろん三成も一緒だ。

京都から長浜を経て柳ヶ瀬までくると街道はうっすらと雪を被っている。

「北之庄の勝家殿の動きを探ってここまできたのは随分と昔のような気がするわ」

三成は吉継と千年坊の三人で歩いた道筋を懐かしそうに眺めた。

刀根街道に入ると雪は深くなり、刀根坂に差しかかると踝（くるぶし）まで雪に入り込む。

疋田の集落を越えると山が遠ざかり、町が広がってきて雪は疎（まば）らになった。

「ここが敦賀か。良いところだな」

三成が大きく息を吸い込むと海の香りがした。

町屋の屋根には雪がうっすらと残っており、北を見上げると三層の天守が日の光を受けて白く輝いていた。

先発した家臣たちが吉継一行の到着を知って城下まで出迎えにきた。

「まず天守閣に登り城下を一望なされませ」

家臣たちは海水を引き入れ外堀とした城の守りを吉継に見せたい。

天守閣からは白一色に塗りつぶされた城下が広がり、山が海岸まで迫っているのがわかった。

「あれが金ヶ崎城のあった辺りで、尾根伝いに手筒山まで連なっておりまする」

浅井長政の離反で秀吉が殿（しんがり）を務めた金ヶ崎城跡が指呼の距離に望まれる。

「低い山だが急峻な山容をしているな」

「あれが有名な気比（けひ）神宮でござる」

目を東に移すと朱色の鳥居が目に入り、海に面した北の港には船主たちの倉庫が建ち並んでいる。

「さらに西には気比の松原が眺められますぞ」

笙の川を越えると、広がる白い砂丘に青々とした松原が続いている。

「なる程、殿下が申されたように、この重要な地を吉継に預けられたのはわかるわ」

三成は頷いた。

翌日、二人は連れ立って港近くの気比の松原まで足を伸ばした。

湾内なので高波はなく、白い波が寄せては砂丘を洗う。

「こうして波の音を聞いていると、琵琶湖畔の長浜が恋しくなるわ」

三成は初めて出仕した長浜を思い出した。二人の頭上を数羽のユリカモメが風に乗って空中を舞う。

久しぶりの浜辺の散策は二人に忙しい日々からの解放を満喫させた。

「月並みだが、領主として心しておくことは、良い家臣は高禄をはたいても召し抱えることと、万一に備えて質素倹約に励むことだ。但しこれは殿下の押し売りだがな……」

二人は哄笑した。

佐和山

「吉継を呼べ」

吉継は敦賀での領国の整備と、京、大阪への出仕で忙しい。

「領主の貫禄がついたのう」

秀吉は吉継の早い上洛に目を細めた。

「敦賀は気にいったか。彼の地は海産の豊かな地ゆえ、地元の廻船問屋を手懐（なず）けるのが大切じゃ」

領国経営の鍵は経済と人脈だと忠告した後、「お前に頼みたいことがあるので遠路を出張ってもらった。浜松へ参って欲しい。お前も知っておろうが、わしは北条を攻めることに決めたが……」と歯切れが悪い。

「浜松の家康殿の娘婿である北条氏直との戦さとなれば、家康殿の動きが問題ですな」

「さすがは吉継じゃ。わしの考えがよくわかるわ」

秀吉は相好を崩した。

「お前は直接家康と会い、北条攻めのことを告げよ。その折やつの顔色を窺い、やつがわしに従うかどうかを確かめ、やつから誓書をとりつけてこい」

「これは大役ですな。だが必ず家康殿の真意を探って参りまする」

家康の対応は慇懃を極めた。

一使者にすぎない吉継を、重臣たちが居並ぶ本丸書院に通した。

吉継は上座を与えられ、小太りの家康は大きな目で吉継を見据えると関白と対面するかのようにうやうやしく着座した。

「関白はいよいよ北条を攻められますかな」と吉継の来意を察した。

「ご安心あれ。たとえ北条氏直の岳父とはいえ、関白の命に服さぬ者は許さぬつもりでござる。わが徳川軍が先鋒を務め、小田原城を落とし関白に忠誠をお見せ致しましょう。関白に陣羽織は着せぬとお伝え下され」

重臣一同も頷く。

（慇懃ぶりはさすが五ヶ国の領主だけのことはある。なる程殿下がこやつに気を使われているのはわかるわ）

吉継は時流に逆らってまで家康が北条に肩入れする気がないことを知った。

秀吉は北条攻めを決め、傘下の大名に陣触れをした。

（わが本陣の主力は十七万人。水軍は約一万人。それに前田利家、上杉景勝殿ら北方隊三万五千人。総数二十一万人という途方もない大軍は島津征伐の時を遥かに越えている。対する北条は小田原を中心に、関東に散らばっている兵を合わせても五万ぐらいだ。これでは最初から勝負はついているようなものだ）

吉継は家康と切り離された北条が蟷螂（かまきり）の斧のように思われた。

兵糧奉行は長束（なつか）正家が行い、蔵代官から二十万石の米を受けとり、その米を駿河の江尻・清水へ運んだ。

また黄金一万枚で全国から兵糧を買い集め、船で小田原周辺へ運ぶ用意もした。

秀吉の本陣が動くと、信雄の伊勢・尾張からは一万五千が、甲信駿遠三河の家康の五ヶ国からは二万五千の兵が三月一日に出陣を始めた。

京の聚楽第には毛利輝元が四万の兵で、清洲城は小早川隆景が在城し、三河岡崎城には吉川広家が一万五千を率いて入城した。

後陽成天皇から北条討伐の節刀（せつとう）を受けとった秀吉は、聚楽第を発つ。

付け髭にお歯黒をつけ、馬の鐙（あぶみ）は鶏の毛で、朱の具足、御腰物は六尺にもなる薄のしつきといういかめしい姿だ。

三成も吉継も側近に従い、三成は島津義弘の嫡男・久保（ひさやす）を連れての参陣だ。

本隊が三河を過ぎ家康の本拠地に近づいてくると、三成は心配になってきた。

「家康殿が北条としめし合わせて殿下を討とうとしたらこの駿府城でしょう。ここは駿府城を避けられませ」

「心配は要らぬ。家康は二十万を越すわが本隊を前にしてそこまで馬鹿なことをやらかすような男ではないわ」

「それでも万が一ということが……」

秀吉は首を横に振る。

「良いことを一つ教えてやろう。お前は賢いし知恵もある。だが人生経験が足りぬ」

三成は秀吉がこれから何を言わんとしているかわからず不審な顔つきをしていると、「もしわしが駿府城に寄らずに通り過ぎれば家康はどう思うか」と三成に問う。

「殿下に疑われていると思うでしょう」

「その通りじゃ。それ故わしは駿府城へ立ち寄るのじゃ」

「だがもし家康殿が……」

最後まで言わせなかった。

「そのときは諦めるのだ。人間は何度も賭けねばならぬ時がある。疑ってばかりいては相手との距離は縮まらぬ。懐の中へ飛び込めば相手もそれを受け入れるものだ」

（殿下はそうやって何度も賭けに勝って死地を乗り越えてこられたのだ）

三成は納得した。

秀吉は大軍で小田原城を取り囲むと、城から指呼の距離に石垣山城を築き、長期戦に飽きぬよう、諸大名に茶の湯や歌舞音曲をやるよう勧めた。

効果は抜群で各陣営からは笛や太鼓の音が響き始めると士気が上がり、逆に小田原勢は敵が長陣を覚悟したことを知ると士気は下がった。

小田原城を包囲する本隊とは別に、上杉・前田隊は碓氷峠を通り、上野の松井田・厩橋・箕輪を開城させると武蔵の国に侵攻した。

「三成はおるか」

戦場で鍛えた秀吉の声はよく響く。

「上杉や前田や家康ばかりに手柄を取られてはわしの面目が立たぬ。お前は吉継や長束らを率いて館林から忍城に攻め込め。わしの側近の者たちの力を示せ」

秀吉の意図を知った三成は吉継の陣営を訪れた。

「喜べ。われらに出陣のお許しがでたぞ」

吉継は床几に座り『孫子』を読んでいた。

「どこを攻めるのだ」

「『館林と忍城を攻め落とせ』とのご命令だ」

　書物から目を放した吉継の目が光った。

（やっと戦さで腕を振えるぞ）

「誰が与力だ」

「長束殿と佐竹家ら一万七千の兵を率いることになる」

「われらがその大軍を指揮するのか。これは腕が鳴るわ」

九州では兵站奉行で裏方を務めていた二人に光が当たる時がきたのだ。

「殿もわれらを一角（ひとかど）の武将として扱って下さるのか。有難いことだ」

吉継は三成が持ってきた館林城の絵図面を文机の上に広げるとじっと見入る。

「さすがは氏直の叔父・北条氏規（うじのり）が上野東部を押さえるために整備しただけあって立派な城だ」

　吉継は絵図面の一点を指差して、「ここしか攻め口はないな」と呟いた。

「この城は北と南を渡良瀬川と利根川に挟まれ、南東には大沼が広がり、西の大手口から攻めざるを得ないように仕組んでおるわ」

　吉継の脳裏には敵の鉄砲隊が待ち構えている様子がありありと浮かんでくる。

「籠っている兵は五千程だが、城主・氏規が韮山城に入城しているので城代の南条因幡守は必死で防戦するだろう」

三成はそれを憂えた。

四月二十八日に箱根湯本を出陣した三成らは常陸の佐竹義宣、下野の宇都宮国綱、下総の結城晴朝、常陸国下妻の多賀谷重経らと合流して五月二十七日に館林に着いた。

三成は陣営で絵図面を広げ攻め口を確かめた。

「わしと義宣殿は城の西にある大手口を攻める。吉継は宇都宮・結城殿らと北の加法師口を頼む。長束殿は多賀谷殿と東の下外張口から攻められよ」

予想通り要害の地に籠る城兵の士気は高く、三、四日経っても城兵の抵抗は頑強だ。

「なかなか守りが固いのう」

三成の陣営に諸将たちが集まってきた。

「南東に大沼があるので、やつらは安心してわれらの三方面からの攻撃に力を注ぐことができるのだ。ここは意表を突いて大沼を埋めて南東から攻めたてたらどうか」

「あの巨大な大沼を埋めるには数万もの人夫と大量の土砂が要るぞ。それをどうするつもりだ」

吉継は三成の提案に首を傾げた。

「何も全部埋めずとも兵が通れる浮橋を造れば良いではないか。付近の家を壊して、山から大木や巨木を切り倒してその上に橋をつければ道として使えよう」

「工事が完成するまで攻撃の手を緩めず、敵の注意を三方面に向けるのでござるな」

義宣は二十そこそこの若者だが、佐竹家の版図を広げてきただけに察しが早い。

翌日からさっそく近郷に、「高い賃金を払う」という触れが出ると、一万を越す人夫が集まってきた。

兵士と人夫たちが昼夜を分かたず付近の百姓家を壊し、近くの大袋山から木を伐り出す作業が始まった。

城兵は敵の意図に気づくが、三方面からの攻撃の防戦に手一杯でとても大沼の方へは手が割けない。

味方は竹盾を手に大鉄砲を放って出来た道から城際まで近づく。

数日の内に幅九間の浮橋が出来るとその端が城地に届く。

「今日は夜も更けてきた。総攻撃は明朝早々に行う」

諸将は陣地に引き上げた。

夜半に二、三千の狐火のような明かりが大沼の方で揺れ動き、人が囁くような声が響く。

「城兵たちが最期の酒盛りをしておるのだろう。この世の名残を惜しませてやれ」

諸将たちは眠い目を擦（こす）りながら報告を聞いた。

翌朝、三成は佐竹・宇都宮を先頭にして大沼へ押し寄せた。

「盾を取り、槍をかざして一気に城内へ乗り込むぞ」

馬上の三成は意気揚々と兵たちを振り返った。

大沼のところまでくると、昨日完成した浮橋は泥水の中に消えていた。

恐る恐る浮いている橋の一部に足をかけた兵はそのままずるずると沈んでゆき、恐怖の叫び声をあげた。

慌てた仲間は全身泥だらけになった兵を、岸から綱を投げて引っぱり上げた。

「ここは底なし沼だ」

顔色が蒼白になった男は、冷たさと恐怖とで歯をがちがちと鳴らした。

「昨夜狐火が現われ人の囁き声がしたのは、城内の者たちが浮橋を壊しておったのだ。夜間底なし沼で作業するなどとても人間業とは思えぬわ」

兵たちの引き攣った表情を見た三成は、昨日夜襲をかけなかったことを後悔した。

「昔、赤井但馬守という城主が里人たちが狐の子を捕えて縄をかけているのを目にして、狐を憐れみ里人に銭を渡して野山に放してやったらしい。その夜例の狐が但馬守のところへやってきて、『命を助けてもらった恩返しに城を守護しましょう』と誓いこの館林城に住みついた。但馬守は狐のために城の片隅に稲荷神社を建てさせたという言い伝えがござる」

秀吉に降った北条家の兵たちは狐の恩返しの話を信じているようだ。

「北条氏政殿の手勢がこの城に攻め寄せた時、数に劣る城兵が北条勢に夜討ちをかけた。その時二、三千の松明が真昼のように煌々と輝き、敵兵の姿をはっきりと映し、夜襲は成功して多くの北条勢が討ちとられた。驚いた北条勢は慌てて兵を引き、小田原城へ逃げ帰った。これはかの狐が加勢したのだ」

北条の家臣たちが真しやかに話す「狐の加護」に、兵たちの動揺が広がった。

「狐の加護か」

三成と吉継は顔を見合わせた。

「こうまで狐の噂が兵たちに広がると、こちらとしても攻めづらいわ」

三成は眉をひそめる。

「ここは北条氏勝より城内へ和睦を呼びかけさせるのが良さそうだ」

吉継は玉縄城を開城して、北条の城の無血開城に尽力している氏勝に頼るのが賢明だと判断した。

「小田原は二十万を越す秀吉の大軍にもかかわらずいまだに落ちてはおらぬが、兵糧に困窮している。八州の諸城も秀吉軍に攻められて兵糧に苦しんでおる。わしは北条家の家名を残すため、本領の安堵を認めるという秀吉を信じようと思う。無念だろうが後日の繁栄を願って開城してほしい」

使者が氏勝の手紙を城内に届けると、重臣たちは本丸で協議した。

その結果城代は開城を決意し、三成が館林城を受けとると開城した館林城の城兵たち五千は先手となって忍城へ向かう。


「忍城は唐沢山・金山・厩橋・宇都宮・河越・太田と並んで関東七名城と言われ、城の周辺には深田が広がり、その中に巨大な沼沢（しょうたく）があり、沼地を数条の細道が城へ走っているだけでござる」

この陣に同行している氏勝は忍城の地勢を説く。

「なる程、攻め難い城だわ。城主の成田氏長（うじなが）は小田原に籠っているが、その妻が家老たちに檄を飛ばし士気は高いと聞くが……」

三成は焦っている。

（小田原城の開城までにぜひこの城を降伏させねば、せっかく起用してくれた殿下の顔を潰すことになる）

三成は信頼に満ちた秀吉の顔を思い浮かべた。

「家老は正木丹波・酒巻靱負（さかまきゆきえ）・柴崎和泉・吉田和泉守ら一騎当千の強者で、また氏長の妻というのがこれまた美人で女傑でござる」

氏勝は袖にされた女を思い出したのか顔を歪めた。

「美しい上に女傑とは……」

吉継は思わず膝を乗り出した。

「氏長の妻は太田道灌の曾孫で資正（すけまさ）の娘なれば気の強い女でござるわ」

氏勝は憎々しく言う。

「太田道灌の血筋の者ならばこちらも気を引き締めねばならぬ」

太田道灌と聞くと吉継の血は騒いだ。

利根川を渡り忍城に近づくと、沼田の中に城が見えてきた。

平城だが周囲一面に背丈程の草が生い繁りどこに沼があり、道が走っているのかわからない。

吉継が三成のところに馬を寄せてきた。

「これはやっかいな戦さになりそうだわ」

吉継は敵の神出鬼没の攻撃に悩まされた備中高松城に似ていると思った。

正攻法しかないと判断した三成は、「攻め口を捜せ」と命じた。

北条の降人たちは城に通ずる狭い小道を捜し出したが、いたる所に沼があり先に進むのを躊躇した。

三成と吉継は急いで諸将たちを一堂に集めて軍議を開く。

「敵はどれぐらい籠城しているのだ」

「城兵と城の周辺の百姓たちも城内に籠っており、総勢は二千五百程かと……」

「もっと籠っているように見えるが……」

長束は慎重な男だ。

「旌旗がいたる所に翻っているが、あれは大軍がいるように見せかけているだけだ。鉦や太鼓を用意して急を知らせ、守り口を突破されぬようお互いに助け合っているらしい」

氏勝は調べてきた城へ通ずる五つの細道を絵図面に書き込み、その五口の守将の名を挙げた。

「西の持田口は今村佐渡、南の搦手の下忍口は坂巻靭負、東の長野口は柴崎和泉守、北の北谷口には横田大学が配されているようだ」

「五つの細道を竹盾で身を守りながら近づき、大軍の恐ろしさを教えてやろう」

三成が檄を飛ばす。

（早く落とすことが大切なのだ。多少の犠牲には目をつぶらねば）

「それでは攻め口を言い渡す。長野口は長束殿に任そう。佐間口は吉継が、下忍口はわしが攻める。あとの持田口と北谷口は諸将たちに任そう。但し逃げる者には手を出すな」

攻め口が告げられると、絵図面に注いでいた諸将の目が真剣味を帯びてきた。

三成は持ち場を定めると、自陣近くの小高い丘に目をやった。

「あの小山は何と申すのか。あそこを本陣としよう」

「あれは丸墓山と申し、古墳のようでござる」

登ってみると、山頂は平らで思ったより広く石仏が建ち並んでいた。その広がった沼地の遥か先に忍城が望まれる。

「まるで沼地に浮かぶ城だ」

（これはやっかいだな）

丸墓山から俯瞰するとそのことがよりはっきりした。

六月四日五口から総攻撃を行った。

細道なので兵は一列しか進めず、人を押しのけて脇道を逸れると、深田に足を取られ沼に落ちて溺れる。

一列縦隊は城兵からの格好の餌食となり、鉄砲玉や矢を受けてたちまち算を乱す。この時、草むらに潜んでいた城兵が姿を現わして襲いかかる。逃げ惑う兵たちは深田や沼に落ちて、そこを城兵が槍で突き刺す。

指揮官たちは逃げる兵たちを制しようと、「退く者は斬るぞ」と喚くが、動揺した兵たちは彼らを振り切って自分たちの陣営まで逃げ戻った。

「これでは埒があかぬわ」

翌日は三成自らが攻撃に加わり、沼地に筏を浮かべて城に迫るが、雨あられのような鉄砲の猛射に城壁に取りつくこともできなかった。

そんな時、浅野長政からの使者がやってきて秀吉の命令を伝えた。

「岩槻城が落ちたので、水攻めにすれば籠城兵たちは開城するであろうから、城兵たちの命は助けてやろう」

(殿下は関東や奥州の諸将に上方勢の戦さぶりを見せたいのだ)

三成は水攻めできるかどうか、奉行たちに地形を調べるよう命じた。

奉行たちは竿を手にして馬で駆け出した。

「城の南に半月状の堤防を築き、それを元々あった堤防につなげば可能だろうと思われまする」

三成は奉行と共に現地へゆく。

「利根川まで八里、荒川まではその半分の距離か。利根川と荒川との水を引くとして、堤防の長さは三里半、高さは二、三間であれば、堤敷の厚さは四間は要るな」

(備中高松城はすり鉢の底のような地形だったが、ここは平地が広がっている)

少し不安は残ったが、水に浸かっている城の姿を想い浮かべることができた。

「お前たちは、『昼は米一升と銭六十文、夜は米一升と銭百文与える』と付近の村々に触れ回れ」

効果は抜群で、近郊の村人はおろか、遠方からも万を越す人夫が集まってきた。

「どうも城兵も混じっておるようでござる。やつらに米をやれば城内の兵糧が増え、籠城がますます長引くのでやつらの首を刎ねるべきだ」

奉行たちは騒ぎ始めた。

「構うな。今は一人でも多くの人夫を集め、堤防を仕上げることの方が先決じゃ」

備中高松城の折の喧騒が丸墓山付近でも起こり、土俵や畚(もっこ)を担いだ者たちが堤防を築いていく。

六月九日の夜から起工した工事は十四日には完成した。

城兵は外で何が行われているか知っていたが、出撃を控えた。

「よし、諸隊は堤防から退がれ。利根川の右岸の江原堤を切れ」

利根川の水が堰を切ったように城の方へ流れ出すと、大きな歓声が挙がった。

だが利根川の水位が低いのか、思った程水は貯まらない。

「今度は荒川堤を崩せ」

計画が思い通りいかない三成は苛立った。

石原村で荒川を堰止め水を城の方へ流す。

今度は水位は徐々に上昇し続け、十六日には堤防の中腹まで上がり、城にも浸水し始めた。

十八日の夜十時頃から篠突く大雨が降り続き、怒濤のような水が堤防の腹に突き刺さる。

どんと腹に響く振動と共に堤防の上に立つ足元が震え、堤防が軋むような音がしたかと思うと、積み上げられた土俵の隙間から水が漏れ始めた。二時間もしない内に堀切橋という所で堤防が決壊し、たちまち大水が三成方の陣屋を襲った。

六、七十もの陣屋があっという間に押し流され、付近にいた人馬は大水に飲み込まれてしまった。

三成の丸墓山の本陣には各陣営から悲鳴のような訴えが届くが、夜分なのと水が引かなければ手の施しようもない。

翌日夜が明けると、築いた堤防は虫食いのような残骸を晒し、味方の陣営も惨めな有様だ。

泥田の中に朝日を浴びた忍城が嘲笑しているように映る。

丸墓山に登ってきた吉継は、がっくりと肩を落としている三成に声をかけることを憚った。

三成は備中高松の水攻めとはあまりにも異なる光景に放心していた。

「われらは非凡な殿下とは違う。戦さにも不慣れで殿下のように強運も持ち合わせていない。一度の失敗ぐらいで気落ちしていては、体がいくつあっても足りぬぞ」

後ろを振り返った三成は泣き笑いのような複雑な表情を浮かべた。

忍城の苦戦ぶりを心配した秀吉は、鉢形城にいた浅野長政・真田昌幸ら六千人の援軍を送ったが、水攻めのため城周辺は足場が悪く、攻め倦（あぐ）んだ。

石垣山城にいる秀吉は、忍城攻めのことで家康を呼んだ。

石垣山城は周囲を石垣で囲み天守閣も完成しており、本丸書院は木の香も芳(かぐわ)しい。

「なかなか忍城が落ちぬが、一体どんな城なのか。家康殿ならご存じでござろう」

北条のことに詳しい家康の知恵を借りようとした。

家康は少し考える風で、「忍城は沼や湿田が多いところで大軍を動かしにくいところでござる」と攻城が手間どるのは地形のためだと強調した。

「寄手(よせて)が無理攻めをすれば多くの味方を損ずる。人の損失を少なくして開城させるためには、城主を説くのが手取り早いかと思われまする。幸い城主・成田氏長は小田原城に籠城しているので、誰か懇意な者に降伏を説かせるのが得策かと……」

慇懃な調子で氏長を利用することを勧めた。

（こいつは水攻めが失敗したことを心の底では嘲笑しておるのだろう）

「これは良いことを授かったわ。さっそく氏長に繋(つな)ぎを取ろう」

秀吉は右筆の山中長俊(ながとし)を呼んで、「お前は忍城の成田氏長と親しいようだが、一つ頼まれて欲しい」と忍城開城のことを相談した。

山中長俊は甲賀出身の武将で柴田勝家、丹羽長秀、堀秀政と仕えていたが、今は秀吉の右筆として外交折衝に活躍している四十過ぎの世慣れた男だ。

「わかり申した。氏長殿を説得しましょう。しばらくお待ち下され」

数日すると氏長からの返事を手にした長俊が秀吉を訪れた。

氏長の手紙には長俊への礼と、家臣の松田石見（いわみ）を忍城に遣って開城を説かせることが書かれていた。

北条氏長の動きを知った氏直は怒って氏長の陣所を取り囲んだが、先に小田原城を発った松田が氏長の開城許可を伝えた後だった。

忍城の城代・成田長親は、「大将が降伏した上は誰のために籠城するのか」と百姓たちに開城の決意を告げると、早々に城を立ち去った。

北条を滅ぼした秀吉は、家康の従来の領地を取り上げ、箱根から東の関東へ追いやってしまった。


北条氏を開城させた秀吉はさらに奥州へ歩を進め、会津の黒川城へ入った。

諸将の話題は伊達政宗のことになる。

「政宗への処分が見ものだな」

三成は政宗が厳罰に処せられることを望む。

「あやつは前田殿や浅野殿を進物攻めで味方に引き込み、まるで殺してくれと言わんばかりの死装束で現われ、小田原への遅参を詫びたらしい」

吉継は甲冑の上に白麻の陣羽織を着て、秀吉の本陣に姿を見せた政宗の噂を耳にしている。

「殿下がやつを許されたのは、ふてぶてしさを買われたのか」

三成は若さに似ず腹黒いところのある政宗を警戒する。

「殿下は変わった者を好むところがあるからなあ。死装束もだが、箱根での蟄居中に利休殿を招いて茶の湯の稽古をしたことが、殿下の怒りを解いたようだ」

吉継は自分より八歳も若いが、型破りで派手好みの男に不満を漏らした。

「若いのに胆が座っておるのか、見栄を張っているのかわからぬやつだ」

（わしなら誠心誠意遅参を詫び、怒りが解けねば腹を切るが……）

三成は異質な若者を許した秀吉の心を解しかねた。

「殿下はやつを殺さず奥州征伐の先兵として使おうと思われたのだろう」

奥州のことに精通する政宗を試そうとした秀吉の腹を吉継は読んでいた。

吉継の思惑通り政宗を駒として奥州の仕置きを始めた秀吉は、政宗が蘆名氏から奪った会津六郡と仙道六郡の四十二万石を蒲生氏郷に与え、信用の置ける氏郷を奥州の鎮将とした。

また小田原に参陣しなかった大崎・葛西氏から領地を取り上げ、三十万石を木村吉清・清久父子に与えた。

だが城を預かったことのない木村父子では領国支配は困難で、領地内で大規模な一揆が起こった。

氏郷と政宗に一揆鎮圧が命じられたが、政宗は一揆寄りの姿勢を示した。

氏郷は政宗が一揆勢に遣ったという書状を手に入れ秀吉に訴えたので、政宗は申し開きのために上洛した。

金の十字架を背負って上洛する政宗の姿は諸大名の目を引いた。

三成が肘で吉継の脇をつつく。

「奇抜さで殿下の矛先を躱そうという腹よ」

吉継も政宗の派手な上洛のやり方にはうんざりだ。

例の書状が政宗の前に置かれた。

「お前が書いたものと、一揆方から押収したものと同じではないか。どう申し開くつもりだ」

秀吉が身を乗り出す。

政宗は手に取って二通の書状を比べる。

「相違ござらぬ。同じ筆跡でござる」

周囲の者が騒ぎ始めると、政宗は両手を挙げて制した。

「どちらもわしの筆跡だが、こちらの方は偽物でござる」

政宗は一揆方への書状を差し出した。

「それがしが書いたものにはせきれいの目のところに、必ず針で突いた穴をあけることにしております。この書状には穴がありませぬ。穴の有無を調べて下され」

秀吉は手渡された書状を片手に翳して穴を確かめると、一枚には針で突いた穴がありもう一枚には穴がない。

「お前は見かけによらぬ用心深い男だのう」

秀吉は興ざめた表情になった。

懲らしめようとした筈がかえって恥をかくようなことになったのだ。

（黒幕であることは確かだが、上手く言い逃れたか）

三成は追いつめた大魚を取り逃がしたように舌打ちした。

「殿下、一言よろしいか」

三成はここでこの男を許すと、豊臣政権のためにならぬと判断した。

「なんじゃ」

秀吉は三成の方を向いた。

「せきれいの家紋ですが、公けに出す時は目のところに穴を開け、秘密を要する時は穴を開けずに出すようにしておればどうでしょうか」

「それでは石田殿はわしがわざと嘘をついたと申されるのか」

　政宗は気色ばんだ。

三成にはその落ちついた表情から彼が嘘言を吐いていると確信した。

「さて、どうしたらそれがしの無実を証明できるかのう」

政宗は手におえぬ子供を持て余したように秀吉の方を見た。

「もうよい。三成止めよ。政宗の申す通りこやつは一揆には関係しておらぬ」

秀吉は片手を挙げて三成の発言を遮った。

なおも三成が主張しようとすると、今度は家康が口を挟んだ。

「殿下が困られておられるわ。お控えなされよ」

三成は家康を睨みつけた。

(こいつも同じ穴のむじなだ)

「もうこの辺でお開きとしよう。奥州の仕置きは氏郷と政宗に任そう」

秀吉はそう言うと何事もなかったかのように大広間から出ていった。

家康と政宗が連れ立って立ち去ると、居残った三成と吉継のところへ氏郷がやってきた。

「やつの詭弁を正して頂き辱い。殿下もそれをご承知でこの件を切り上げられたのだ。奥州は広い。『清過ぎる水には魚は住まぬ』と申す。腹は立つが政宗のような者も今の殿下には必要なのであろう。だがよく殿下の前で正論を申されましたな。下手をすれば切腹ものだ」

「この男は正直過ぎるところがあり、それがしもいつも冷や冷やしておりまする」

吉継は苦笑した。

「殿下もそれを承知で石田殿を叱られたので、それがしから見れば殿下はあのように申されたが、心中では石田殿の直言を有難がっておられるのじゃ」

「それがしも同感でござる」

吉継は秀吉の苦笑の中にそれを見た。

「ところで石田殿、『唐入り』は殿下の本心ですかな」

「残念ながら殿下は本気でそのように考えられており、奥州の後は、『唐入り』と常々申されておりまする」

「本心からか。壮大な夢だが……」

氏郷は眉をひそめ、開いた口を閉じた。

結局秀吉はこの事件を不問に付し、氏郷に我慢させる代わりに、伊達氏が長年手塩にかけた仙道五郡の信夫・田村・小野六・塩松・小手を政宗から取り上げ、それを氏郷に与えた。

政宗には仙道五郡の代わりに葛西・大崎十三郡を彼の領地とした。

政宗は辺境の地にやられ、会津を本拠地にした氏郷は百万石近い大大名になった。

「お前もそろそろ嫁をもらえ」

秀吉は女気のない三成を心配する。

「わしなど女は選り取り見取りだったが、観念して今の嬶（かかあ）と一緒になった。嫁をもつと子供もでき、仕事にも張り合いができるものだ」

（えらく話が違うな。嫌がる北政所様を口説き落としたということだが……）

「誰か好きな娘でもおるのか」

三成は首を振る。

「よしわしがお前の好みに合う娘を捜してやろう」

秀吉は何事にも積極的で迅速だ。

一週間後、三成は秀吉から呼び出された。

「明日本丸に娘を登城させる。礼装で参れ。よいな」

翌日本丸に登った三成は秀吉の傍らに低頭している娘に気づいた。

「さあ顔を拝ませてやれ」

秀吉に促されて娘が顔を上げると、「あッ！」と三成は叫んだ。

「尾藤殿の娘御ですか」

「何じゃ、お前たちは知り合いか」

秀吉は急に興ざめたように呟いた。

「いえ、長浜八幡宮で一度出会って声をかけたことがございまして……」

「それから尾藤の屋敷へ入り浸りか」

「いえ、それ以来でございまする」

三成は頭を掻く。

「何と女の扱いを知らぬ男だのう。それでは嫁も捜せぬ筈だわ」

秀吉は大声を出して笑った。

「結納の日は二人で相談して決めよ。三成は末は大名となり、わしの片腕として働く有能な男だ。皎も承知してくれるな」

皎は頷いた。

「お前の在所は佐和山に近い石田村であったな」

「はあ」

三成は物覚えのよい秀吉が、何故こんなことを聞くのか首を傾げた。

「北条も片づいたし、家康も箱根から東へ追いやった。これからはわしは天皇のいる京と大坂を整備するつもりだ。佐和山は京の入り口じゃ。ここをお前に任そうと思うが、異存はないな」

有無を言わせぬ語気に三成への信頼が滲んでいる。

「佐和山は上様の頃は丹羽長秀殿が、それについ最近までは堀秀政殿や堀尾正晴殿が任された重要なところです。身に余る大役ですが、しっかりと守ることをお誓い申し上げまする」

三成は任務の重さに身を引き締めた。

領国を見回るために、三成は京と佐和山とを往復した。

佐和山は小高い山で山頂からは琵琶湖をはじめ、周辺が一望できた。

（大手門は中山道が走る東に造り、家康に備えねばならぬ。北と南の尾根筋には曲輪で山頂の本丸を守り、内湖（うちうみ）が広がる西には港を拵（こしら）え、琵琶湖から京への船の道を確保

しよう。城下町はやはり中山道が走る大手門の東だ）

城造りに没頭し始めると、三成は時の経つのを忘れた。

京の屋敷を朝早く出た三成は、佐和山の山頂に登り、琵琶湖の湖面が朱色に染まる頃になっても動こうとしなかった。

彼の頭の中には天守が聳える城郭があった。家臣たちは飽きもせず、周囲を眺める三成に黙って従うしか他に方法はなかった。

「城造りも結構だが、十九万石に相応しい家臣を揃えねばなるまい。氏郷を蹴った男がいる。その男に一度会ってみるか」

秀吉は三成の家臣団の層が薄いことを危惧していた。

「誰ですか。その男は」

「会えばわかる。聚楽第に呼んである。会って自分の目で確かめよ」

翌日、三成は佐和山行きを取り止めて、聚楽第の秀吉の書院に向かった。

「この男がわしが申していた者だ。わしはこれから大坂へ出かけねばならぬ。後は二人でゆっくりと話し合え」

秀吉が書院を立ち去ると、その男は三成を見据えたまま黙っている。

五十を越えたように映るがその男の肩は水牛のように怒っており、白いものが混じる髪の下にある双眼は人を威圧するような鋭さを放っている。

三十を少し回った三成は圧倒されそうになった。

「長く座っておると足がしびれるので」とことわって膝を崩すと、男はやっと重い口を開いた。

「殿下より『貴殿に会え』と言われて参上したが、こんなに若い方だとは思わなかったわ」

（武功で鳴らした氏郷殿を蹴るぐらいの男なので、若造のわしを見て失望するのは当然だ）

意外なことに三成は男の尊大な態度に腹が立たなかった。

それが好ましく映ったのか、男は態度を変えた。

「それがしは島左近と申し、筒井順慶殿のところで仕えていたのだが、その息子・定次殿とは気が合わず、会津の氏郷殿の世話になっていた。ところが妻が実家のある京を恋しがり、わしも故郷の畿内(きない)で骨を埋めようと会津を立ち去り、仕官の道を捜していたところ殿下から貴殿に会うよう誘われたのだ」

「だが会ってみると青二才の若造だと拍子抜けされたか」

男は歯並びの悪い口を開いて哄笑した。

「見透かされていたか。わしは気持ちを隠せぬ性でな」

表裏のない男らしい。

三成はこんな男こそ重臣にしたいと思う。

「わしは何の武功もないし、左近殿から見れば子供みたいな男だ」

左近は黙って聴いている。

「だが殿下を思う心では誰にも劣らぬと自負しておる。わしは戦さのことはわからぬが、左近殿さえ良ければわしの戦さの師匠としてお招きしたいが、わしの石高の半分を出そう。それでぜひ引き受けて欲しい」

睨みつけるような左近の口元が緩むと、破れるような哄笑が書院を震わせた。

「それがしに十万石を出そうと申されるのか。これは殿下譲りの豪気なお人だ。人は見た目だけでは中身まで測れぬわ」

「それでは了承して下さるか」

固かった左近の表情が緩んだ。

「よし、お言葉に甘えよう。三成殿の胸の奥にある熱いものを感じたら、わしのような年寄りにも久々に張り合いが生まれてきたわ。わしにそんなに気を使う必要は要らぬ。二万石もあれば十分だ。今日からよろしくお願いする」

「よろしいのか。二万石足らずで」

「その気持ちだけで十分でござる」

大役を果たしたように三成の胸中には爽快感が溢れてきた。

佐和山城は左近の働きもあり、五層の天守閣を中心に曲輪・城下町など城郭の形が着々と現われてきた。

唐入り

三成は暇を見つけては秀長の大和郡山城を訪れた。小田原攻めを取り止めて病の養生をしていたのだ。

三成が寝間に招かれると、布団から起き出しその上に座り直した。

三成は秀長の顔色ややつれぶりを見て、驚いた。

「三成か、よく来てくれた。洛中の噂では『唐入り』という言葉をよく耳にするが、兄者は本気でそのように思っておるのか。もし本心なら上洛して諫めねばならぬ」

三成の苦汁の表情を察した秀長は、「お前は昔から正直者で隠すことができぬ男だったのう」と呟いた。

「そうか、兄者は本気で唐へ攻め込もうと思っておるのか」

秀長は眉をひそめた。

長く話したせいか、胸の動きが早くなり喉がぜいぜいと鳴っている。

「お茶をお持ちしましょうか」

「いや、少し休めば楽になるわ」

秀長は咳込んだ。

「兄者はこの頃利休殿が気に入らぬらしいな。キリシタン禁教の時に右近を追放したように、茶を通じて利休殿の力が家臣たちに及ぶのを嫌っておるようだ。わしがもう少し長生きできれば兄者を諌めるのだが……」

「横になられた方がよかろうかと……」

布団に臥す秀長の痩せた体からは異臭が漂う。

「これまではわしが二人の仲介役を果たしてきたが、利休殿も頑固なところがある御人じゃ。わし亡き後二人の間の溝を埋める者がいなくなることが気になる。それとももう一つ。これは豊臣家の存亡にかかわることじゃ。鶴松はまだ二つだ。兄者は関白職を秀次に譲って自分の跡を継がそうと思っていたが、子供が出来ぬと諦めていたところに待望の男児が誕生した。これはめでたいことだが、兄者がもし亡くなれば、秀次を推す者と鶴松を後継者と考える者とで豊臣家は二分するだろう。こんなことなら鶴松は生まれてこぬ方が良かったのかも知れぬ」

秀長の目は潤んでいる。

「こんな愚痴を言えるのもお前の前だけだ。許せよ」

秀長は目を拭った。

「わしが兄者に苦情を申し上げることができぬようになれば、豊臣家のことを思って意見してくれる者はお前しかいなくなろう。お前は若いが真っ直ぐ過ぎて人に嫌われるところがある。その辺を自覚してわし亡き後、豊臣家のことを頼むぞ」

秀長は話し疲れたのか、三成の見守る中寝息を立て始めた。

天正十九（一五九一）年雪が積もる一月二十二日、大和郡山城で秀長は五十二年の生涯を閉じた。

秀吉は訃報を耳にすると狂ったように泣き叫び、そのまま寝込んでしまった。

大和郡山城から戻ってきた秀吉は、めっきり老け込み、弟のことを思い出しては涙を流し生前の彼のことを誰彼ともなく口にした。

聞いた者が目に涙を浮かべると、秀吉は声を出して泣いた。

秀長が亡くなると秀吉に意見する者は利休だけになり、その利休も秀吉の癇に触り出した。

「利休殿が堺で蟄居を命じられたぞ。利家殿や細川忠興殿らが助命に懸命らしい」

三成は京の邸を訪ねてきた吉継に告げた。

「そのことはわしも聞いた。北政所様や大政所様も利休殿に殿下に詫びるよう申されたが、利休殿は聞こうとはされぬようだ」

吉継は母が北政所のところで仕えているだけに利休のことをよく知っていた。

「あの方は強情だからのう」

三成は武士のような気質の利休を惜しむ。

「大徳寺の山門に利休殿の木像を彫られた辺りより、殿下の気持ちが利休殿から離れていったようだ」

三成は大徳寺の山門の改修に自身の雪駄履きの木像を、楼門の二階に置かせたのが秀吉の怒りを買ったのだと察した。

（山門は天皇や上皇ら尊い身分の人々が通られるところだ。そんな頭上に杖をついて草履を履いた自分の木像を置くとは、利休殿も思い上がったことをしたものだ）

激怒した秀吉は大徳寺の古渓宗陳ら三長老を磔にしようとしたが、これは大政所と秀長の妻との取り成しによって免れた。

（茶道具の目利きを不正に行って不当な利益をあげていたという噂もある。殿下は秀長様亡き後、利休殿が茶の湯の弟子たちに影響力を持つことを嫌われたのだ。あの右近殿の時と同じだ）

三成の脳裏にはキリシタンの禁教を迫った秀吉に、敢然と拒否した右近の姿が目に浮かぶ。

利休の最期は武士のようだった。

弟子たちの助命を断り、聚楽第の屋敷で腹を切ったのだ。

介錯したのは茶の湯の弟子・蒔田淡路守であった。

秀吉の態度は意固地なように三成には映った。利休の首を見ようともせず、一条戻橋に晒させたのだ。

（両人とも意地の張り合いだ。どちらかが折れればこの不幸は避けられたのに）

三成は蒔田と会い、利休の最期の様子を聞いた。

「二月二十八日は嵐のような日でござった。篠突く雨が利休殿の茶室・不審庵の戸板を叩きつけ、おまけに雹（ひょう）までが屋根を打つような荒れた天気であった。織筋の茶碗で自作の茶杓で茶を点てられ、いつものように背筋を伸ばし、目を細めるようにして茶を喫せられました。まことに恬淡としたご様子であられました」

「そうか。実に利休殿らしい最期であったのう」

三成は心を乱すことなくその日を迎えた利休を立派だと思い、茶の湯に賭ける真摯な姿を見ているだけに、武人のような最期を悼んだ。

(利休殿は右近殿のように一途なところのあるお方であった。殿下はそこを買われたのであろうが、彼の元には茶の湯だけに留まらず、様々な者が集まってきた。だが利休殿はそのことに注意を払わずに振る舞われた。それが命取りになったのだ)

八月には鶴松が二歳の若さで死んだ。

「秀長の次は鶴松か。天正十九年は豊臣家にとって禍(わざわい)の年だ」

秀吉は従来の明るさが影を潜めめっきりと笑わなくなり、すっかり年を取ったように映った。

「わしは関白を秀次に譲り、『唐入り』に専念するつもりだ。朝鮮には唐国への道案内をするよう申しておるが、その交渉がどこまで進んでいるのか、行長と会って確かめてこい」

(やはり「唐入り」は本気か)

三成はせっかく奥州まで平定し、これからは国内を整備する時期だと思っていたが、外征に意欲を燃やす秀吉が恨めしい。

（とにかく行長と会おう）

二度目の船旅だが、博多までは内海にもかかわらず冬の海は荒れた。

（「唐入り」となると、全国からの兵糧はもちろん、兵を渡海させる船を集めるだけでも大仕事だ）

「唐入り」のことを考えていると、船酔いどころではなかった。

港から見る博多の町は昔の活気を取り戻しているように映る。

久しぶりに宗湛に会い、「唐入り」のことを漏らすと彼は眉を曇らせた。

「殿下は本気で『唐入り』を考えておられるのですか」

「どうもそうらしい」

「博多は朝鮮とも貿易が盛んなところで、われら商人にとって貿易ができなくなることは致命的です」

「朝鮮との交渉役の行長と会ってくる。その報告はまた後でする」

博多から陸路肥後に向かう。

清正の本拠地・隈本（くまもと）では数千もの村人が城地となる台地に荷車や畚（もっこ）を担いで、石垣や土塁を築いている。まるで戦場のような喧騒が伝わってくる。

城と城下町とを繋ぐ白川には橋を渡し、城下町の一隅には伐り出された材木が山のように積まれ、大工が鉋で木を削り、屋敷となる礎石の上には柱が建ち、大木の棟木が通されている。

肥後半国を任された清正の張り切りようが目に浮かぶ。

三成は隈本を横目で見ながら足を速めた。緑川を渡ればもう行長の領地の宇土だ。小高い丘の上では数千人の人夫が石や土砂を運んでおり、遠くからでも槌音が響いてくる。

（宇土も隈本と変わらず活気に溢れておるわ）

丘へ登ると削平された広い本丸に天守閣が建っていた。天守閣の上で誰かが手を振っている。目を凝らすと行長の姿が映った。

家臣に伴われて天守閣に登ると、日に焼けた精悍な行長が白い歯を覗かせた。

「良くきたな。これがおれの城だ」

行長は先に立って窓から城下を説明する。

「この城は堺の町のように海に近い。外堀は川で海と繋がっていて、あの島のように見えるのが雲仙だ。普賢岳からは絶えず白煙が立ち昇っておる。隈本はここからは指呼の距離だ」

北を眺めると緑川を挟んで、金峰山の連山が望まれ、その山麓には隈本の町並みが見える。

「ここから五里も離れてはおらぬ。いつもやつに睨まれているようだ」

行長は苦笑した。

（殿下は常に清正や正則と行長とを競わせようとなされる。今度の「唐入り」でも肥後の二人を先鋒にと思われているのかも知れぬ。殿下存命の折にはそれでも良いが、もし殿下が亡くなられるようなことがあれば豊臣家はどうなるのか）

三成の脳裏に最近とみに老け込んだ秀吉の姿が過った。

「お主はこの地を堺のように貿易で栄える町にしたいのだな」

地形を眺めた三成は行長の思いを汲み取った。

「南にはここより広い古城があったが、海から近いこの地を選んだのだ」

行長は名和氏が築いた山城からこちらへ移ってきた経緯を話す。

「それでお主は殿下に命じられて朝鮮の意志を確かめにきたのか」

三成は頷く。

「残念だが朝鮮国王は、『自身が日本へやってきて、唐入りの先兵を務めよ』という殿下の申し出を拒んでおる。そもそも殿下は朝鮮を対馬の宗氏に服属している弱小国だと思われておるのだ」

行長は眉を曇らす。

「宗義智殿は殿下の命令に驚いたであろうな」

三成は米の取れない対馬が、朝鮮との貿易で成り立っていることを知っている。

「そうだ。その上殿下は、『交渉が遅れるようなら対馬へ軍勢を差し向けるぞ』と逆に義智を脅したのだ」

（義智殿は行長の娘婿なので、彼を補佐する行長の立場は辛いだろう）

「それで義智殿はどうしたのか」

「義智は家臣の柚谷康広を日本国王の使いとして朝鮮に遣って交渉に当たらせたが、なかなか進まぬので、博多聖福寺の僧の景轍玄蘇を正使として自身が副使として朝鮮へ渡ったのだ。わしも商いで朝鮮のことに詳しい島井宗室をつけてやった」

（領国の仕置きと朝鮮交渉で行長も大変だ）

「殿下の厳命に背くことになるが、殿下の要求を変えて朝鮮国に通信使の派遣を要請したのだ。昨年八月に上洛した朝鮮使節団は、お主も知っているように十一月に殿下と会った。彼らは殿下の『征明嚮導』（明征伐の先導）の要請を知ると、驚き帰国してしまったのだ。わしは『征明嚮導』は『仮途入明』（朝鮮の道を借りて明に入る）だと説明して交渉を進めているが、はかばかしくない」

（朝鮮服属は当たり前のように思い、「唐入り」の基地として名護屋で城造りを命じている殿下は、行長のこの苦労をご存じなのか）

三成は行長と同行して名護屋に立ち寄った。閑散としていた名護屋付近は一変して、数万人もの人夫が石垣や堀を築いている風景に変わっていた。

その様子は蜜に群がる蟻のようだ。

本丸には五層の白亜の天守閣が輝いていた。

「お主も忙しい男だのう」

三成は名護屋城の普請役も負わされている行長を気づかった。

「黒田殿が普請されておるが、わしと清正も築城の監督役で、手伝い普請はほとんど九州の大名だ。『唐入り』となれば、われらが先陣を切って渡海せずばなるまい」

秀吉の戦いぶりは戦場に近い大名が先陣を務め、遠国の大名は居残りとなる。

「何故このような山や沼が多く、水の乏しい地が本陣に選ばれたのだ」

物資の保管や輸送に適した博多ではなく、このような不便な地が本陣となったのか不思議だ。

「博多港と比べ名護屋湾は奥深く、水深が深いので大船が接岸し易い。それに目の前に浮かぶ加部島によってこの湾が隠され、風波も防げる。それとこの地は材木や竹が豊富にあるのだ」

「そのような地は捜せばどこにもあろう」

三成はまだ納得できない。

「この辺りの漁師はここらの水域に詳しく朝鮮への水先案内に適しておるのだ」

「なる程倭寇の地か」

三成は頷いた。

「それにしても僅か三ヶ月でこの大掛かりの城があらかた出来上がっておるとは……」

三成は九州の大名たちの苦心を思う。

南の大手門から登り東出丸を北に行くと三の丸に出る。

三の丸から本丸の大手口に入ると五層の天守閣が北の海を背景にそそり立ち、屋根瓦の金箔が日の光に輝いていた。

小波が立つ青い海上には壱岐島が横たわる。

「よく晴れた日には対馬まで望めるぞ」

行長は何度も目にした光景を口にした。

「殿下の出陣は来年の三月らしい。それまでに交渉が好転すれば良いが」

「わしもできる限り殿下の出陣を延ばすように努めよう」

「頼むぞ」

行長が見守る中を三成は報告のために京へ向かった。

だが朝鮮との進展しない交渉を嫌った秀吉は、全国に「唐入り」を表明した。

（やはり行長と清正が先鋒か。殿下は二人を競わせるつもりだ）

予想通りの陣立てに三成の眉は曇る。

「それにしてもすごい軍勢だ。小田原攻めの数倍の規模だ。名護屋城駐留だけでも十万の数だが、渡海部隊は二十万を越えるわ」

命令書に目を通した吉継は驚く。

「三十万人の兵糧は九州・四国で賄えない分は畿内や近国から集められる。その費用は殿下の蔵入地から出るが、船団は大名十万石につき三隻の大船と中船五隻を造り、さらに水夫は海浜の家々百軒につき十人ずつ召し出す予定だ。船の建造は諸大名にとってかなりの負担となろう」

三成は戦さが短期間で終わることを願う。

「侍だけでなく多くの働き手を失った田畑は荒れすさび、国内に与える影響も小田原攻めの比ではあるまい」

吉継もこの外征を疑問視する。

多くの大名が頭を抱える中、張り切っているのは秀吉だけだ。

「三月一日には発つぞ。この日は九州や小田原に向かっためでたい日だからのう」

だが眼病でその日に発てなかった秀吉は、軍監として三成と吉継を先発させた。

三成の陣屋は名護屋湾の奥にあり、湾を挟んで北に行長と吉継の陣屋が望める。

三成が行長の陣屋を訪れると、第一陣の行長は出陣した後だった。

名護屋湾からは兵を積み込んだ大船が次々と壱岐を目指して出航していく。

船団が波の上を滑るように進むと、留守部隊たちは湾が望める岸に立ち手を振り歓声を上げた。

船団は壱岐から対馬の北端の大浦で潮待ちして釜山(プサン)へ向かう。

対馬には秀吉の御座所として清水山城が築かれている。

(国内戦と違いどのような戦いになるのか)

三成と吉継は不安気に波間に消えていく船団を見守った。

秀吉が名護屋入りしたのは四月二十五日であった。

飾りつけた安宅船（あたけぶね）に乗った秀吉は、上陸すると出迎えの諸将たちに挨拶した。付け髭に腰には唐生糸を巻いた美々しい太刀を差している。脇を固めた五十人程の供回りの者たちは揃いの猩々緋（しょうじょうひ）の羽織を身につけ、手にする槍は黄金に輝く。引きつれてきた軍馬は鞍に唐織の布を置き、金銀づくりの馬冑と馬面で飾り立てられていた。

諸将がひれ伏す中を名護屋城へ進む。

「朝鮮では行長と清正の二人が張り切って破竹の勢いらしいな」

名護屋城の本丸にはえびす顔の秀吉を上座にして、留守部隊の諸将が集まった。

「殿下の威光を持っては朝鮮など敵ではありませぬ」

慇懃無礼な調子で家康が秀吉を持ち上げる。

(殿下は何故この男を朝鮮への先陣にさせぬのか。もしやつが朝鮮で命を落とすようなことになれば、これ程豊臣家の為になろうことはないのに……)

秀長の顔を思い浮かべた三成は、愛想笑いをしている家康を見据えた。

「行長は四月十三日に釜山城（プサンソン）を攻め落とし、翌日には東莱城（トンネソン）を落としたと聞く。さすがキリシタンは異教徒との戦いとなると目の色が変わるものよ」

三成の頭の中に根来寺の右近の戦いぶりや太田城の水攻めの折の行長の颯爽とした武者ぶりが蘇った。

「行長が率いているのは宗義智や松浦・有馬・大村・五島らのキリシタン大名ら一万から成る軍勢だ。清正は日蓮宗徒でキリシタンを目の仇にしておる。これは日蓮宗とキリスト教との先陣争いだわ」

秀吉はさも愉快そうに腹を抱えて笑った。

（ひょっとして殿下は九州のキリシタン大名を消耗させようとして行長に第一陣を任せたのか。キリシタンなら敵地でいくら死んでも構わぬと思われているのか）

三成の脳裏に右近に禁教を迫った秀吉の真剣な顔が浮かんだ。

（殿下の考えがそうなら、大勝することで早期終戦を望む行長は浮かばれぬ）

三成の思いとは裏腹に第一軍は快進撃を続けた。

「左水営（ジャスヨン）を占領した行長は梁山（ヤンサン）・密陽（ミルヤン）・大邱（テグ）と進み、二十四日に尚州（サンジュ）を落とすと、二十七日には忠州（チュンジュ）を押さえた。そしてやつはついに五月二日には東大門から漢城（ハンソン）に入城したぞ」

吉継は三成の陣屋に飛び込むと、早船でもたらされた情報を伝えた。

「第二陣の清正はどうした」

「やつは翌日南大門から漢城に入ったようだが、『自分が一番乗りだ』と主張しておるらしい」

（功を焦った二人の間に、早くも確執が生じ始めている）

三成は眉を曇らせた。

「朝鮮国王は北に逃げてしまっており、渡海部隊は漢城の四方の城門に木札を立てて、逃げ出した住民たちに戻るよう説得しているらしいが……」

吉継は国内のように百姓を手懐(てなず)けることはむずかしいと思う。

「言葉も違うし、住民は突然押しかけてきたわが国の兵に親しみを覚えることはあるまい」

三成は信長に反抗して小谷城に籠る浅井を支えた領民たちのことを思った。

秀吉はもう朝鮮を取った気になっていた。

「漢城にはわしの御座所を作り、朝鮮人を漢城へ連れ戻せ。それに釜山から漢城までの道を整備し、住民が慣れ親しむように統治せよ。来年は秀次が明へ出陣し、後陽成天皇を北京に行幸させ、秀次が明国の関白となり、わしは寧波を都として天竺まで兵を進めるぞ」

朝鮮での大勝を聞きつけた宗湛が博多からお祝いにやってきた。

「お前には朝鮮はおろか明国まで店を持たしてやろう」

いつもの法螺話とは知りながら、彼は大坂城から運ばれてきた黄金の茶室で微笑を振りまきながら秀吉のお点前を眺めている。

「渡海した兵たちの命はお前たちの集める兵糧に懸かっておる。兵糧の手筈は抜かりなかろうな」

「どうかご安心下され。米は中国地方で集めております。われらは侍でないので敵船を見たら逃げるだけです。海路の安全だけはお願い致します」

「最近李舜臣（イスンシン）とか申す水軍の長の率いる亀甲船のために、わが国の兵糧船が沈められていると聞く。九鬼や加藤嘉明らに命じているので、すぐに亀甲船など追っ払ってやるわ」

秀吉はもたらされる大勝の報告を耳にすると、昔の戦場での興奮が蘇ってきた。

本丸に諸将たちが集められた。

秀吉の意気込んだ顔つきを見ると、三成は重大な発表があると思った。

「渡海部隊の活躍を耳にしてはじっとしておれぬわ。今度はわしが渡海して一気に明国に押し入ることに決めた。早く船を名護屋に送るようにしろ。お前たちの船の手配が遅れるようなら、わしの手持ちの船で朝鮮ではなく直接明国へ渡るぞ」

秀吉は渡海して自ら全軍を指揮すると公言した。

本丸の大広間にはざわめきが広がった。

「殿下に渡海させる訳には参らぬ。それがしが渡海しましょうぞ」

慇懃な調子で家康が床几から立ち上がった。

「いやいや家康殿は関東の要じゃ。それがしが代わりに参ろう」

今度は前田利家が家康を諫める。

（二人とも渡海などする気もないくせに芝居がかったことを……）

三成は猿芝居に腹が立ってきた。

「お二人がそのように譲り合いをされては埒があきませぬ。ここはやはり徳川殿に渡海して頂き、全軍の士気を高めてもらうことが一番でござろう」

「馬鹿を申すな。家康殿はわが国にいて箱根を守ってもらわねばならぬ」

秀吉は手を挙げて三成を制した。

（殿下は妙に家康に遠慮をなされる。この際渡海させれば良いのに……）

「それでは前田殿に海を渡ってもらいましょう」

「それはできぬ。利家には京の押さえをしてもらうのだ」

「それでは殿下ご自身が渡海され、兵たちを鼓舞なされませ」

「まるで石田殿が関白になられたようだな。いつからそんなに偉くなられたのかな」

家康は皮肉っぽく大きな目を光らせた。

「それがしは正論を申しておるだけでござる。殿下が無理ならお二人の内どちらかが渡海され、兵を指揮されるのが筋だと愚考致しまする」

「もうよい。三成は黙っておれ。わしが時期を見て海を渡ることに決めたぞ。もう何も申すな」

秀吉は三成を抑えた。

その時急に浅野長政が二人を遮って床几から立ち上がった。

「殿下には近頃古狐が憑いておるわ。徳川殿も前田殿もお心にかけ給うな」

長政の声はよく通る。

「何！　古狐じゃと」

気勢を削がれた秀吉は気色ばんだ。

「長政、そなたは今何と申した。わしに古狐が取り憑いたとな。そこに直れ。手討ちにしてくれよう。渡海を邪魔するならたとえ弟であっても容赦はせぬぞ」

「それがしの首でよければ何度でも刎ねられよ。殿下の始めた『唐入り』に天下の民がどれ程苦しんでおるのか殿下ご自身はわかられぬのか。昔の殿下ならこのような暴挙はなさらなかったのに。それがわからぬ故、古狐が憑いておると申したのでござる」

面と向かって直言する長政に、諸将たちは声もなく事の成りゆきを見守っている。

（殿下は直言を受け入れぬ程耄碌してはおられぬが、見棄てては殿下の面子が立たぬ）

三成はこのままでは長政が殺されると思った。

長政が命を投げ出している様子は側近たちにもわかった。

「長政の首一つに殿下が手を染められることはござるまい」

二人の悶着に心を痛めた氏郷と利家は急いで立ち上がると、「長政殿こちらへ参られよ」と二人して長政を本丸から連れ出した。

思わぬ幕切れで軍議は白け、諸将は本丸から退出する。

（長政殿は要領良く立ち回るだけの御人だと思っておったが、なかなか殿下思いの一面も持たれておるわ）

三成は長政を見直した。

「それにしても三成の正直過ぎるのには冷や汗が出たぞ。家康に食ってかかるとは命知らずもよいところだ。これからは押さえて物を言えよ」

吉継は冷や汗をかいている。

「忠告は有難いが、これはわしの性格なので致し方がないわ。それにしても長政殿の勇気には驚いた。皆が遠慮して本音を吐かぬのを歯がゆく思われたのであろう」

三成は長政の思わぬ一面を垣間見たような気がした。

その内、京にいる大政所、北政所、秀次の妻らの朝廷への働きかけや、渡海部隊から、「六、七月は不時の早風があり、渡海は延ばされたく存ず」という報告などで、秀吉の渡海は来年三月まで延期されることになった。

「わしの代わりに三成が朝鮮へ渡れ。本当はわしが行きたいのだが、皆が心配するのでな」

秀吉は長政のこともあり気恥ずかしそうだ。

結局三成と吉継、増田（ました）長盛、前野長康、加藤光泰が奉行として、長谷川秀一（ひでかず）、木村重茲（しげのり）が軍監として、新手五万の兵を率いて渡海することになった。

前野長康は秀次の代理役だ。

六月に入ると三成らを乗せた船は名護屋を発つ。壱岐までは波が穏やかだったが対馬に着く頃になると、南から吹く湿気を帯びた風に船は大きく揺れる。

「これが黒南風（くろはえ）か。なる程海が荒れておるわ」

三成は船縁から顔を覗かす。

「お主は『水軍には向いておらぬ』と行長が申していたぞ」

吉継が船に弱い三成をからかう。

三成は言い返す元気もなく船縁にしがみついたままだ。

やがて船は対馬に到着した。ここで釜山までの風待ちをするのだ。

町で一番賑やかな厳原(いづはら)でさえ、山の斜面に民家がしがみついている。

「宗義智殿は戦さが早く終わることを願いながら必死の思いで戦っているのか」

吉継は行長の第一陣に加わっている義智の心境を思いやる。

「あの山頂に清水山城が建っておるぞ」

三成が指差す清水山城は名護屋城と壱岐とを結ぶ兵站基地の山城だ。

「ここまでくるとさすがに戦場が近いことを感じさせるわ」

三成は複雑な思いで厳原の町を睥睨(へいげい)している山城を見上げた。

風待ちから数日後、船団は厳原の港を出ると穏やかな海面を滑るように走り釜山港(プサンポ)に着いた。

そこから陸路で漢城に向かうが、通過する町は焼かれ残っている民家には人気がなく、居ても年寄りと女・子供ばかりだ。

人の手が入っていないのか、田畑には人の背丈程の雑草が生い繁っている。

三成は不安になってきた。

（殿下は諸将に朝鮮を統治させ、そこからの兵糧で明国に攻め入ろうとされておる。だがこの様子ではそれも上手くいっていないようだ）

漢城に入るとすでに行長は平壌へ、清正は咸鏡道へ、黒田長政は黄海道へ、小早川隆景は全羅道へ向かった後だった。

吉継は朝鮮の広い国土を眺めながらため息を吐く。

「わが国の半分ぐらいの大きさだが、言葉は通じぬし、国境には強大な明国がある。これは殿下が考えているような簡単な戦さではないぞ」

三成は道中出会った女・子供たちの憎悪に満ちた顔を思い出した。

「それにしても大きな河だのう」

三成は漢城の町を滔々と流れる漢江を眺めたが、対岸が霞んで見えない。

流れがゆっくりなので、まるで海か湖のように映る。

丘が起伏する広々とした風景は異国にいることを感じさせた。

七月中旬に漢城に入った三成一行は、全軍の指揮を任された宇喜多秀家に迎えられた。まだ二十歳になったばかりの若い総大将だ。

秀家はさっそくこれからの方針を決めるため、各地に散った諸将を集めた。

秀家の呼びかけに平壌から行長が、白川(ペクチョン)から黒田長政がそれに開城(ケソン)からは小早川隆景が顔を見せた。

どの顔も領国統治に疲れ果てていた。

「殿下の申されるのには、『朝鮮を支配した後はすみやかに明国へ侵入せよ』との命令だ。朝鮮支配は進んでおるか」

長康は面変わりした諸将を見回した。

「明国侵入などとても無理でござる」

最前線の平壌城を守る行長が困惑したように訴える。

「まず兵糧に不安がござる。村人たちの協力が得られず現地調達ができぬからだ。それに奥地に入ると兵力不足のわが軍は退路を絶たれる恐れがある。ここは朝鮮支配をしっかり固めた方が良い」

「いかにも小西殿が申される通りだ。わしも小西殿と一緒に平壌城攻めをした折、明国の援軍が国境に迫っているという噂を耳にした。朝鮮だけで手一杯だ」

長政はまずは各道で兵糧確保に努めることを主張した。

「近頃は釜山から漢城までの道にも朝鮮の義兵軍が出没し、小勢と見ればわれらを襲ってくる。われらも一団となって行動し、やつらの奇襲を警戒しなければならぬぐらいだ。とても明国入りどころではないわ」

朝鮮半島の南端の全羅道を任されている隆景も明国入りには慎重だ。

「殿下には一応唐入りよりもまず朝鮮の支配が先決であることを申し上げよう」

彼らと長いつき合いのある長康には、渡海した武将たちの不満・不安をわがことのように感じ、早期終戦を望んでいる。

諸将たちが持ち場に帰ると、三成の陣所に行長がやってきた。吉継もいる。

「しばらく見ない内に随分と変わったな」

二人は頬骨の突き出た行長の顔を痛々しそうに眺めた。

「とにかく、兵糧不足だ。今はまだ季節が良いがこの地の冬は河も凍る程だと聞く。寒さを経験していないわが九州の兵が冬を迎えるとどうなるのか心配だ」

行長はため息を吐く。

「朝鮮との交渉は捗(はかど)っているのか」

三成は気になっていたことを口にした。

「敵軍に『仮途入明』を説くが、やつらは『明を裏切るなら死んだ方がましだ』とわれらに手向かってくる。ここは明と直接交渉した方が早いかも知れぬが、手蔓がない」

行長の苦悩ぶりが伝わってくる。

「清正は顔を見せなかったようだが……」

　吉継は清正の不在が気になった。

「やつは殿下の命令を忠実に守っておるわ。朝鮮国王の息子を追って明国の北のオランカイまで侵攻したらしい。やつは本気で明国を切り取るつもりでいる」

「やつらしいのう」

　三成は賤ヶ岳で山路将監を討ち取った清正の誇らし気な様子を思い出した。

「わしの交渉の邪魔をしてでも明国入りを果たしたい腹だ。ところで殿下の渡海はいつだ」

「わしも殿下に渡海して頂き、現実の姿を自身の目で見て欲しかったが、家康が邪魔をしたのだ」

「わしも三成の正直過ぎる言動にはいつもはらはらさせられておるわ」

　家康に食ってかかる三成の姿を想像したのか、行長は腹を抱えて哄笑した。

「お主は変わらぬのう。その正直なところが良いのだが、時と場合によるぞ。特にあの家康は腹黒いやつだから余程用心してかからねば……」

　三成は苦笑した。

「行長は思い通り朝鮮との交渉を進めてくれ。後の面倒はわしらが引き受けよう。さあもう一盃やれ。ここではわが国の酒はなかなか手に入らぬようだからな」

三成の差し出す盃に行長は喉を鳴らす。

「旨いのう。五臓六腑に染み渡るわ」

酒を飲みながら一晩中語り明かした三人は、翌日行長が仕えていた秀家のところへ挨拶に寄る。

今三人の目の前にいる眉目秀麗な青年は、あの表裏定かではなかった直家の嫡男とは思えない誠実さで彼らを出迎えた。

秀吉の後継者が秀次ではなく、この秀家だったらと三人は思う。

「これは行長も一緒か。この度は先陣でいろいろ気苦労も多かろう。殿下は朝鮮が宗氏の傘下にある弱小国だと思い、水先案内に朝鮮を使おうとされたのだ。殿下はやつらが『唐入り』に抵抗していると誤解されておられる。そこからこの戦さが始まったのだ。宗義智は両者の板挟みで困っておろう」

秀家は義智の岳父である行長の苦しい立場を察している。

「何とか講和で持って戦さを早く終わらせたく思っていますが……」

行長は秀吉を欺いていることは口にはできない。

「釜山から漢城までの繋ぎの城も義兵軍に襲われているようだ。それに海戦では日本軍は苦戦しており、下手をすると釜山への兵糧が滞るやも知れぬ。お前の交渉に期待をしておるぞ」

　秀家は微笑した。

「ああ、これは殿下から贈られてきた酒だ。気が腐っている折には酒に限る。土産に持って帰れ」

　秀家は脇に置いてある酒樽を指差す。

「いえ、酒は好きですが、平壌で雑水を啜っている部下のことを思えば、遠慮しておきまする」

「そうか。これはわしの配慮が足らなかったようだ。お前も苦労するな。酒には目がないと家臣から耳にしていたのでな。許せ」

「岡山で直家様に仕えていた頃は、若気の至りでよく酒でしくじったものでした」

　行長は頭を掻いた。

「それでは暗くなる前に戻ります。秀家様もお体をお厭(いと)い下されませ。それではまた……」

　三人は行長の後姿が見えなくなるまで戸口に立ち尽くした。

　八月に入ると周辺の山々からは蝉の音が響く。

（土地は荒らされても自然は変わらぬ）

中旬になると黒田孝高が秀吉の意図を伝えるために漢城へやってきた。

孝高は集まってきた諸将たちの顔から、嫌戦の雰囲気が漂っているのに気づいた。

「朝鮮がわが国に破れたと聞けば援軍のため明の大軍が押し寄せてくるであろう。釜山から漢城までは十日以上の距離があるので、名護屋から兵糧や武器の運送は不便だ。だがせっかく切り取った領地なので、漢城を根城として死守して欲しい。そこで北へ一日程の行程のところに砦を築き明軍に備えるのだ。漢城から数日かかる遠い地では援軍を送ることはむずかしかろう」

江原道（カンウォンド）からは島津義弘父子が、黄海道からは長政が、全羅道からは隆景が漢城まできていたが、義兵軍に手を焼く清正は、最北端の咸鏡道に釘づけになっていた。

「逃げている朝鮮王が頼んでも明国は数万もの兵を出動させることはできまい。それに国境には鴨緑江という大河が横たわっているので、明軍が武器や兵糧を持って渡ることは無理だ」

朝鮮を支配し続けることで交渉を有利に進めたい行長は孝高に反対する。

「小西殿は最北の平安道を守っておられたのう。もし明軍が大軍で平壌城に押し寄せ、四方を囲んで砦を築いてしまえば、漢城から援軍を送れまい。そうなってしまってから後悔なされても遅いぞ」

行長の不満顔をちらっと見た隆景は、「いくら鴨緑江が広いといっても船で渡れば良いことだ。明の大軍に備えて今から城の守りを固くしておくことだな」と孝高の考えに賛成した。

「せっかく苦労して切り取った平壌城をむざむざ敵に進呈するのは無念だ。もし明軍が姿を見せれば、やつらにはわが隊が切り込むので諸将は後詰めをして欲しい」

行長は周囲を見回すが諸将たちは黙ったままだ。

「もし明軍の勢いが強い時は一旦兵を釜山まで下げてから様子を見るべきだ」と長政が口火を切ると、諸将たちは、「占領地を押さえるだけでも手一杯なのに、明軍の来襲と来たるべき冬将軍のことを考えると兵糧が補給し易い釜山まで退くべきだ」と口を揃えた。

「明軍が加勢することは前からわかっていることだ。いまさら恐れることはあるまい。釜山まで退くと漢城は敵に取られてしまい、それでは殿下への面目が立つまい」

血の気の多い加藤光泰は諸将を叱った。

「それでは兵糧が続きませぬぞ」

三成が光泰を非難すると、「兵糧がなくなれば砂を食え」と光泰は三成に食ってかかってきた。

「まあまあ、諸将とも落ち着かれよ。明軍は今すぐ来る訳ではあるまい。殿下の申されるよう漢城を死守するつもりで準備なされよ」

孝高は渡海した折からこの戦さの無意味さと不毛さに気づいていた。

(殿下がこの場におられたら諸将たちの心も一つになり、命令が行き渡るのに。これでは烏合の衆だ)

三成は秀吉の渡海を切望した。


十一月になると風が冷たく、毛皮や厚手の着物を用意していなかった兵たちは、枯れ枝を捜すために山に入り、村から人質を取って衣料や食料を奪った。

十二月に入ると、朝鮮水軍が釜山港近くまで出没し、名護屋からの兵糧も途絶えがちになり義兵軍の活動も激しくなったので、秀家は各地に分散している軍勢を漢城に集めた。

その上北に放った偵察隊が、「明の大軍が平壌に近づいている」という情報をもたらした。

翌年文禄二(一五九三)年一月六日になると情報が正しかったことがわかった。明軍が国境を越えて姿を現わし、平壌城を取り囲んだのだ。

平壌城は西を普通江（ポトンガン）、東を大同江（テドンガン）、北には峻険な山々が連なる要害の地だ。

去年明軍を撃退した行長は動じなかった。

「朝鮮の軍民、自ら旗下に投ずる者は死を免れん」と書いた白旗が城の周囲に掲げられた。

「無視せよ。やつらは人質の朝鮮人を使ってわれらを混乱させようとしておるのだ」

行長は兵たちの動揺を押さえようとした。

「やつらにわれらの士気が高いところを見せてやれ」

行長の命令で西と南にある城門に駆け上がった兵は鬨（とき）の声を挙げ、鉄砲の一斉射撃を行う。

城外の高台には大将旗が掲げられ、法螺や太鼓の音が響く。城の周囲からはそれに対抗するように銅鑼と鐘の音が呼応する。

夜になると日本軍は得意の夜襲をかけた。

翌日は小競り合いが続き八日未明には城門に雷のような大砲音が響き、南の正陽門と合毬門それに西の普通門と七星門からは雲霞（うんか）のような大軍が突入してきた。

四門を守る行長・宗義智・松浦鎮信（しげのぶ）ら一万五千の日本軍は寝ぼけ眼で武器を手に取

ると、四門から怒濤のように向かってくる明軍に鉄砲で応酬する。だが数に劣る日本軍は徐々に押され内城に押し返された。

明軍は一気に城を落とそうと大砲と火箭（かせん）を乱射した。

「米倉の火を消せ」

敵の火箭の攻撃で城内にある米倉に火がつき、煙が城内に漂う。

「焼け残った兵糧を米倉から運び出せ」

だが黒焦げになった米俵からは炭のような米粒が零（こぼ）れ落ちた。

（これでは籠城もできぬぞ）

行長の脳裏に、「漢城から一日の距離のところでないと漢城からの援軍が届かぬ」と忠告した孝高の声が響いた。

城門を破られ内城に退がった行長のところへ、「開城すれば退路を与えよう」と彼の心理を見透したような敵方からの使者が訪れた。

「兵糧がなくては籠城は無理だ。ここは闇に紛れて大同江を渡ろう。鳳山城（ポンサンソン）には大友吉統（よしむね）の軍がいる。そこまで退こう」

内城には負傷した兵や凍傷で歩けない者が蠢（うごめ）き、呻（うめ）いている。

「わしも連れて行ってくれ」

「敵に殺されるより、ここで首を刎ねてくれ」

撤退を耳にした者は置いていかれる気配を察して、目に涙を浮かべて親兄弟や親類の者に縋りつく。

一族の者は身支度を整えると、自分の兵糧を彼らの前に置いて後を振り返らず一目散に駆け出した。

月が雲に隠れるのを見計らって、大同江の氷の上を滑ったり、転んだりしながら対岸を目指した。

敵は彼らの逃走に気づいていないのか城内は静まり返っている。

目指す鳳山城に着くと、城内はすでにもぬけの殻だった。

「吉統めは平壌が落ちたと聞くと城を棄てて逃げたのか」

五十キロメートルもの厳寒の野山を命からがら駆け通した兵たちは、城が空だと知ると道端に蹲(うずくま)ってしまった。ほとんどの者が顔や手足に凍傷を負っている。

「白川(ペクチョン)には黒田隊がいるぞ。もう一息だ。死にたくなければ駆けろ」

白川までのさらなる七十キロメートルの走破は次々と脱落者を振るい落とした。

十一日に白川に到着した兵たちは黒田隊を見ると、安堵のため道に倒れ込んでしまった。

一万五千余りが七千足らずに減った小西隊を目にすると、長政は呆然とした。その大多数の者は疲れと飢えと寒さとで、死人のような顔をして喘いでいた。不憫そうに彼らを見た長政は、「開城の米倉には米が唸っておるぞ」と励ましながら二十五キロメートル程東にある開城に向かう。

だが小早川隆景がいる開城でも兵糧が不足していた。

「隆景殿の忠告を聞かなかったことが悔やまれるわ」

さすがに傲岸な行長も哀れな声を出した。

「戦さは時の運じゃ。漢城に戻って軍略を練ればよい智恵も出よう。漢城で力を合わせて明軍を討ち破ることで死んだ者たちも浮かばれよう」

隆景の励ましで行長の胸中に再び闘志が湧き上がってきた。

漢城では諸将が集まって対応策を練っていた。

甲冑や鎧が擦り切れた小西隊が漢城に入ってくると、諸将たちは顔を見合わせ押し黙った。

「まず兵糧の確保だ。漢城に蓄えられている兵糧米もあと二ヶ月分で、釜山から漢城までの繋ぎの城の米もあと二ヶ月分ぐらいしかあるまい。しかもわが軍の平壌での敗北を知った朝鮮の百姓は米の取りたてにも首を振る始末だ」

吉継は集まってきた諸将に現状を伝える。

「それで忠清道と全羅道の穀倉地帯を押さえることが大切なのだ」

三成は守勢に回ったわが軍の勢いを取り戻そうと、秀吉に献じた策を披露した。

だが秀吉の返書も届かない内に平壌城を奪還した明軍は開城に到着し、漢城を窺い始めた。

加藤光泰が放った斥候（せっこう）が明軍と遭遇し、慌てて戻ってきた。

「敵はすぐそこまでやってきております」

斥候は明の大軍と朝鮮軍が漢城に迫っていることを告げた。

臨津江（イムジンガン）を遡って朝鮮水軍も参陣しているらしい。

「漢城に籠って敵の出方を窺おう」

三成の提案は加藤光泰によって蹴られた。

「ここは正念場だ。聞くところによると明軍は二万であとは朝鮮兵たちだ。われら四万もの兵たちが力を合わせれば明軍など恐れるに足らぬ」

「加藤殿の申される通りだ。籠城しても兵糧は二ヶ月ももたぬ。今は短期決戦しかござるまい」

隆景の一言で討って出ることに決まると、諸将の目が絵図面に注がれる。

隆景の指が碧蹄館（ペクチュグァン）という文字のところを差した。

「ここは敵を押さえるのに格好の地勢をしておる」

碧蹄館は漢城から北二十五キロメートルの地にあり、漢城から義州（ウイジュ）までの駅院のひとつで、明の使節が宿泊したところだ。

「わしもこの地はよく存じているが、北に恵陰嶺、南に望客嶺と砺石嶺を控え、東西に細長い谷筋を一里程通らねばならず、両側は小高い丘陵が続いておる」

「明の大軍は縦に長く伸びきった陣型でここを通過しなければなりませぬな」

隆景の説明に同じ隊に配属されている立花宗茂（むねしげ）の目が光った。

「ぜひそれがしに先陣をお任せあれ。わが立花隊が明軍を討ち破ってご覧に入れましょうぞ」

隆景は敵の大軍を物ともしない若者を見て微笑した。

「鎮西随一の勇将の申し出を断っては殿下に叱られるわ。そうであろう皆の衆」

諸将たちは宗茂の先陣を許した。

諸将が準備のため持ち場に戻ると、隆景は宗茂と彼の重臣・小野和泉守を呼んだ。

「宗茂殿は武勇の人だが、今度の戦さは明軍が相手だ。先手の一陣二陣に討ち勝っても大軍は討ち破れぬ。敵を悩まし、疲れさせ漢城攻めを諦めさせるのが狙いだ。このことを胸に留めて戦われよ。年長者の小野殿の申されることをよく聞かれるように」

　武功者の小野の判断に従うよう、隆景は宗茂に釘を差した。

　一月二十六日未明、宗茂の部隊は漢城の城門から出陣する。黄金の冑を被った三千の兵は初めて戦う明軍との戦さに緊張した顔つきだが、怯えの色は見られない。

　宗茂はそんな兵たちの落ちついた表情を満足気に眺めた。

　この日は一面に霧が立ち込め、待ち伏せするには絶好の状態だった。

　三千の兵は三手に分かれ、先陣の七百騎を小野和泉守が、二陣の五百騎を十時伝右衛門が率い、三陣の千八百騎を宗茂と弟の高橋統増（むねます）とが指揮をとる。

　目の前に渓谷の手前にある望客嶺と砺石嶺の小山が見えてきた。

（この周辺は水田が広がっておるな。ここに明軍を引きずり込んで騎馬の動きを封じよう）

　宗茂がなおも周囲に目を配っていると、霧の中に敵の伏兵の姿が映った。

「われらにお任せを」

　止める間もなく十時隊が鉄砲隊を率いて伏兵に突っ込むと、驚いた敵は戦わず北へ逃げた。

「敵の本陣は恵陰嶺辺りだな。このことを漢城へ知らせよ」

立花隊は明軍の進出に備えて、砺石嶺の先にある小丸山の高台に布陣する。前に川を隔てて後ろは砺石嶺の森を背にして夜明けを待つ。

卯の刻（午前六時）頃になると、霧が薄れてきて山の周辺が白ずんできた。渓谷の方へ目をやると、敵の姿がうっすらと見えて立花隊に緊張が走る。

「落ちつけ、矢と鉄砲玉が届くところまで敵を寄らせよ」

朝日に敵の姿がはっきりとしてきた。

大筒を馬に引かせ、薙刀のような長刀を肩にした明兵たちが周りに目を配りながらゆっくりと進んでくる。

軍装もわが国と異なり、皮を重ねた甲冑を身につけている。

味方の生唾を飲み込む音が響く。

「よし、撃て」

宗茂の合図と共に、鉄砲玉と矢が雨のように降り注いだ。

不意打ちに敵は堪らずに引き返すが、その時、立花隊の一陣二陣が放たれた矢のように突っ込んだ。

敵は狭い地形で得意の騎馬隊の力を発揮することができず、望客嶺と呼ばれる丘まで退却した。その時七千程の明軍が後方から現われ、立花隊の一陣二陣に斬り込んできた。

彼らは槍棍手と大棒手を振り回し、霹靂砲（へきれきほう）を放つ。

深入りしすぎた十時伝右衛門は敵の一撃で落馬し首を搔かれた。

小野隊が十時隊に代わって奮戦するが、敵は次々と新手を投入してくる。

「小野を討たすな」

宗茂の本隊は敵に囲まれた味方を救うため、千八百騎が雲霞のような敵の右翼に錐のように突っ込んだ。

渓谷なので敵の騎馬隊が一列でいるところを立花の鉄砲隊が一斉射撃する。

午前六時から十一時頃まで戦いづめの立花隊は敵の首を六百も挙げる健闘をしたが疲れが目立ってきた。

「あそこまで退くぞ」

宗茂は出陣した小丸山の高台を目指した。

三成と吉継は小丸山の高台で宗茂らを出迎えた。

「さすがは殿下も認めた宗茂殿だけのことはある立派な戦いぶりだった。お疲れでござろう。宗茂殿は一旦漢城に戻られ、後は小早川殿や宇喜多殿に任されよ」

一騎当千の兵たちも高台で横たわり、ぜいぜいと苦しそうに胸を上下させている。

「いや、今少しここで敵の様子を窺いたい」

宗茂は兵たちに休憩を命じ、この間に食事を摂らせた。

「さすがは鎮西随一と呼ばれるだけあってみごとな戦いぶりだ」

吉継は宗茂の豪胆さに頷く。

後詰めは第二陣の小早川隆景の八千、第三陣は小早川秀包・筑紫広門らの五千、第四陣は吉川広家の四千、第五陣は黒田長政の五千と第六陣は石田・増田・大谷ら奉行衆五千で、第七陣は奉行の加藤光泰・前野長康らの三千、それに総大将の宇喜多秀家は八千を率いて戦場に向かって駆けていた。

「敵の先陣を討ち破ったのは宗茂殿の大手柄じゃ」

宗茂のいる高台まで登ってきた隆景は微笑した。

「いえ、隆景殿の申された通り、敵を攪乱しただけでござる。それよりも敵は本陣の恵陰嶺からまもなくこちらへ姿を現わしましょう。やつらは騎馬兵が中心で大筒を使ってきます。われらの戦さとは異なり、なかなか手強い相手と存ず」

「そうか。明軍と戦うのはこれが初めてだが宗茂殿からよい忠告を耳にした。心して当たるようにしよう。宗茂殿はここでわれらの戦さぶりを見物なされよ」

隆景は三成と吉継に目礼すると、また小丸山の高台から降りていった。

高台から眺めていると大将旗を掲げた明の大軍が続々とこちらに向かって進軍し、望客嶺付近までくると、南の砺石嶺に布陣する日本軍と対峙した。

独特の太鼓の音が渓谷を揺るがすと明軍は縦一列の陣型から五列に変わり、前列からは大砲が放たれた。

三成と吉継が後方を振り向くと、砺石嶺から小早川家の軍旗が動き始め、騎馬の流れは途中で左右に分かれ、明軍の大軍の両側に突っ込んだ。

日本軍得意の鉄砲の一斉射撃で、一瞬敵の動きが止まったように思われた。

だが大軍を有する明軍は左翼の粟屋隊を押し返す。

この時右翼の井上隊の一斉射撃で明軍の動きが再び緩むと、押されていた粟屋隊が息を吹き返した。

「よし、この好機を逸するな」

隆景が手を挙げると小早川隊に小早川秀包・筑紫広門ら五千の兵が正面を突く。

三成と吉継がいる小丸山まで敵の太鼓の音が一段と大きく響いてくる。

「小早川軍は二万の明軍を持て余しておるようだ。先手が崩れかかっておるぞ」

三成と吉継は危ぶんだ。

二人は気になって後方を窺うが、砺石嶺にはまだ漢城からの後詰めの兵は着いていないようだ。

「よき時分でござる」

小野和泉守の胴間声が二人の耳に伝わってくる。小早川軍の危機を目にして突出しようと宗茂を促しているのだ。

宗茂は前方を見つめたままで返事もしない。

「よき時分ではござらぬか」

今度はもっとはっきりと二人の耳に響いた。

宗茂は返事をせずに小野を見据えた。

なおも急かすと、「まだじゃ」と怒鳴るだけで、床几から立ち上がろうともしない。

「もう時分に遅れてしまいますぞ」

小野は苛立ってきた。

このまま小早川軍が壊れてしまうと手柄を挙げるどころか明軍に破れかねない。

「敵はまだ遠い。それに毛利の者が邪魔で足手まといになりそうだ。あやつらを引き取らせて、われらの功名がはっきりするようわが一隊だけで突っ込もう」

しばらく床几から立ち上がって様子を窺っていたが、「よし今じゃ」と叫んだ。

小早川隊が退いた後を敵の右側から二百の鉄砲隊を入れ替えながら撃たせ、敵が怯んだところに三千の立花隊が突っ込んだ。

明軍は新手の出現に浮き足立ち、敵の崩れたのを目にした隆景の本隊が突っ込むと、それに粟屋隊が中央から敵を襲い、吉川広家隊も加わった。

彼らは後退する敵を高陽（コヤン）付近まで追撃した。

本隊の危機を見た明の新鋭の部隊が大砲で猛射してきたが、この辺りの水田に足が取られて思うように動けない。

砺石嶺にきた宇喜多秀家は自軍の八千をこの新手の部隊に投入し、得意の鉄砲の一斉射撃を浴びせた。

時刻はすでに正午を回り、立花隊は疲労困憊であったが、先頭を駆ける宗茂は速度を緩めず逃げる明軍を追って恵陰嶺に迫る。

「このまま明軍を追おう。この先のやつらの退路には臨津江という大河が流れている。やつらはすぐには渡河できぬ。その時こそ明軍に決定的な打撃を与える好機だ」

宗茂は秀家に進軍するよう食いさがる。

「いや、もう日没が近い。われらはこの地に暗い。勝ちは腹八分と申す。これ以上の深追いは下手をすると本日の勝利を台無しにしかねぬ」

まだいきり立つ宗茂の肩を隆景が叩いた。

「本日の大手柄は立花殿じゃ。貴殿の活躍でわれらは勝てたのだ。ここは大人しく総大将に従いなされ。鎮西随一の若武者よ」

おどけた隆景の取り成しに宗茂はしぶしぶ頷いた。

日没近くなり氷雨が降り出すと、水田の薄氷も溶けて泥状となり人馬は水田にめり込み一面は沼のようになった。

漢城へ戻った諸将たちは斬り取った六千の敵の首を城門に並べ、大勝利を祝った。

「明軍は平壌まで退くようだ」

漢城では次なる軍議が開かれていた。

「幸州山城(ヘンジュサンソン)に籠る義兵軍を何とかせねばならぬ」

三成は朝鮮人の人気を集めている権慄(ウエオユル)を降伏させ、義兵軍の活動を抑えたかった。

幸州山城は漢城から十五キロメートル程漢江を下ったところにある低い山城で、そこに一万もの朝鮮兵たちが籠って漢城奪還を狙っていた。

「朝鮮軍が明軍と一緒になって漢城を奪われてはわれらの名折れじゃ」

秀家は碧蹄館の戦さで大勝したので強気だ。

三成は吉継と行長を交えて幸州山城の絵図面を眺める。

「南に漢江が流れており、それ以外は湿田が広がっている。山はさほど高くはないが、山腹に城柵を二重に巡らし、山頂には土塁を築いているようだ」

吉継が偵察隊の報告を披露すると行長の意見を求めた。

「総大将の秀家様のためにもぜひこの山城を落とさねばならぬが、何分わが隊は消耗が激しい。力攻めではなく、兵糧攻めをしたいところだが……」

行長は半分に減った兵たちの顔を思った。

「殿下なら備中高松城のように水攻めをされるのだが……。今回の戦さではゆっくりと攻めようものなら、こちらの兵糧がなくなってしまう。困ったものだ」

三成はため息を吐く。

「漢江を船で下り南から城攻めをしてはどうか。船が得意の行長ならどう思うか」

吉継は敵の盲点を突くことを勧める。

「海上はおろか川もやつらの手で押さえられており、第一、船が集められぬわ」

船がなければ行長も陸に上がった河童だ。

「そうか。やはり湿田から攻めねばならぬか。兵たちには苦労をかけるな」

三人は明日の攻撃の打ち合わせを済ますと、早々に各陣所に帰っていった。

第一陣は小西行長、第二陣は石田三成・前野長康・大谷吉継、第三陣に黒田長政、第四陣は宇喜多秀家、第五陣吉川広家、第六陣小早川秀包、第七陣小早川隆景の三万人が幸州山城に向かう。

二月十二日の払暁、紅白の旌旗が長蛇の陣型で山麓を登る。

先陣をゆく行長は焦っていた。

碧蹄館の戦いに参陣できなかった雪辱を晴らそうとの必死の思いが兵たちの悲愴な面構えから窺えた。

偵察隊の報告通り、山麓には石垣や逆茂木が設けられ、山全体を囲むように城柵が造られている。

山容は絵図面と異なり峻険で、登り口は尾根筋一本しかない。

小西隊は尾根筋から周囲に気を配りながら登り、城柵のところまできたが、敵兵のいる気配はない。

行長は鉄砲の一斉射撃を命じた。山中に轟音が響き兵たちは突出してくる敵兵に身構えるが、山上からは何の応酬もない。

「城柵を壊せ」

小西隊が城柵まで進んだ時突然銅鑼と太鼓が打ち鳴らされ、朝鮮の大砲の震天雷の轟音が木霊し矢が雨のように降ってきた。

身を隠すところがない兵たちはくもの子を散らすように四散した。

「逃げるな。城柵を引き抜け」

行長が叫ぶ中を再び轟音が響き、地面が炸裂する。

平壌での恐怖から立ち直れないのか、小西隊は統制が効かず逃げまどう。

その姿からは第一陣として破竹の勢いで平壌まで進軍した雄姿は窺えなかった。

「小西隊はしばらく休んでおれ」

奉行の前野長康は石田・大谷隊に交代させた。

三成と吉継が味方の兵たちの先頭に立って坂を登り始めたが、城柵から姿を現わした敵兵は雨のように矢を放つ。

「火車に気をつけろ」

二人は兵たちに叫んだ。

火車とは朝鮮での新兵器で発弾台に無数の穴があり、この穴に火箭を入れて一斉に発射される矢で、人が手で引くより強い力で飛ぶので威力がある。

一度に五十本ぐらいの火箭が飛んでくるのでなかなか山頂に近づけず、兵たちは身を地面に臥せながら進まなければならなかった。

城柵際で陣頭指揮していた前野長康が馬上で矢に当たって倒れ込んだ。

「長康殿を下げよ」

三成が命じると兵たちは長康を馬から降ろし、肩に担いだ兵を守るように固まって坂をひき返す。

蒼白となった長康を運び去ると、今度は三成が陣頭に立つ。

「殿あまり逸らず後軍が揃うまで待ちましょう」

左近が戦さ経験の少ない三成を気遣う。

後方を気にする三成が後ろを振り返ると、山麓には第三陣の黒田隊が姿を現わし、何やら材木を手にしている。

（櫓を建ててそこから城柵内の敵兵を狙うつもりか）

三成が再び山頂に目を遣った時、唸り音がしたかと思うと肘に激痛が走った。

思わず落馬しそうになったが、鐙（あぶみ）を踏んばって堪えた。

「殿大事ござらぬか」

駆け寄った左近が三成を支え、傷口を捜すと三成の肘に矢が突き刺さっていた。

「後方へ下がって矢を抜いて傷口を酒で洗いなされ。放っておくと毒が体に回り、命取りになりかねぬ」

何度も人の生き死にを目にしている左近は落ちついている。

「この場に留まり指揮を続ける」と言い張る三成を無理矢理に後退させた。

「無念じゃ。せっかくの機会を逃すとは……」

「これからも戦いの種は尽きぬぞ。殿下のためにもしっかり治さねば。それがお主の役目だ」

吉継の説得に歯噛みしながら三成は退いた。

長政考案の櫓は震天雷で吹っ飛び、第四陣の秀家は一つ目の城柵を破り二つ目に取りついたが、火車からの火箭と水車石砲から放たれる石が兵たちの頭上から降ってきて手負いが続出した。

第五陣の吉川隊は二番目の城柵を火で焼こうとしたが、城兵たちは水をかけて消火に努め、投石の襲撃に晒された吉川隊は大混乱に陥った。

投石を受けた馬が倒され頭から地面に叩きつけられた広家は、兵たちに担がれて逃げた。

それを目にした小早川秀包は猛然と前面の敵を攻めたてたが、横から現われた新手に勢いが鈍り、その頭上にも投石と矢の雨が襲ってきた。

秀包隊が退くと今度は槍衾を作った隆景隊が突っ込んだ。

二つ目の城柵を破り山頂まで駆け登った隆景隊は、肉弾戦を繰り広げた。

敵兵は矢を射尽くしたのか、投石で対抗しようとした。

山頂での隆景隊の力戦を知ると、山麓で様子を窺っていた日本兵は坂を駆け登り山頂へ集まってくると、朝鮮軍は兵たちに混じって近郊の百姓や女たちが斧や鍬を手にして向かってくる。

兵や百姓たちは死に物狂いに刀や斧を振り回すが日本軍は大軍だ。

じりじりと山頂から南の崖の方へ押されていく。

「もう一息だ。やつらを漢江に沈めてやれ」

隆景は臨津江の手前で攻撃を控えた碧蹄館の戦いの無念を晴らしたい。

敵兵の顔には恐怖の表情が浮かび、日本兵の目は残忍な色を帯びていた。

怯える敵兵が次々と槍で突き伏せられると、「全員斬り殺せ」と諸将たちは大声で叫ぶ。

その時崖に追い詰められた朝鮮兵たちが川に向かって何か叫んだ。

諸将たちが崖を覗くと川には数十隻の軍船が舫い、崖下から山頂に通ずる山道を敵兵が登ってきている。

朝鮮兵たちから鯨波の声が上がる。

「これは拙い。下手をすると山から降りられなくなるぞ」

後詰めがくると朝鮮兵たちは急に勢いづき、それとは逆に日本兵たちの士気は落ち尾根筋をじりじりと下がっていく。

結局幸州山城を落とせなかった日本軍は、数百人の死体を山に残して撤退した。

三月になると日本軍の弱点を突くかのように、漢城の南にあった龍山（ヨンサン）の兵糧貯蔵庫が朝鮮兵によって焼かれ、漢城に籠る五万人の二ヶ月分の兵糧が失われてしまった。

「これでは漢城での籠城も適わぬ」

漢城の諸将たちに不安が募った。

それを見越したように明からの使者・沈惟敬（シンイケイ）がやってきた。

行長は明からの使者が沈惟敬だと知ると眉を曇らせた。

（今回もわれらを騙して不意打ちをするつもりか……）

昨年明との交渉役として平壌城に現われた沈は、交渉中と称して油断している平壌城を明軍に襲わせたのだ。

（だがわれらには兵糧がない。この機会を逃すと渡海した兵たちは異郷の地で朽ち果てるしかない）

咸鏡道から戻ってきた清正は、同席を嫌がる行長を尻目に交渉の場に臨んだ。

（清正めはわしが行う明との交渉に疑いの目を向けておる）

「一片の不正も見落とさずにはおくものか」という、厳しい清正の視線を感じた。

(殿下の申される条件では明は絶対に納得しないことはわかっている。だからわしは実現可能な条件で講和に努めておるのだ。だが武功一筋の清正にはわしの行っていることは殿下への裏切りとしか映らぬだろう。だが望郷の念に駆られる兵たちの思いや、朝鮮や明と貿易している商人のことを思うと、早く戦さを終わらすべきだ)

昨年のことは忘れたように愛嬌のある顔を行長と清正に向けた沈は、「わたしはあなた方にとって有利な話を持ってきました。明は朝鮮を蹂躙し、町を荒らし回る日本軍を追い払うために四十万の大軍を発しました。あなた方がまだ戦い足りぬとお思いなら、戦さの続行を明に報告しましょう。またこれ以上の戦いを望まれないなら明に講和使節を派遣させましょう」と提案した。

沈は長らく博多に居たことのある男で、たどたどしい日本語で喋るが内容は二人に通じる。

(この声だ。この男にわしは操られたのだ)

怒りと後悔が湧いてきた。

「明の有象無象の四十万の兵たちは恐れるに足りぬわ。攻めてくるならいつでも相手になってやろう」

清正の脅しを無視するように、沈はじろりと清正を睨む。

「いくら大将が力んでも兵糧が無くては兵たちは働かぬでしょう。それに兵たちも早く帰国したがっているように見受けられます」

沈は余裕のある微笑を口元に浮かべた。

「そちらの条件を聞こう」

行長は勝ち誇ったような沈の表情に、立ち向かうように目を据えた。

「まず二人の朝鮮王子を還すこと。それに日本軍は漢江から釜山浦まで下がること」

「明軍は当然国境まで引きあげるのだろうな」

清正が怒ったような表情で念を押す。

「開城にいる明軍は、日本軍が釜山浦へ撤退したのを確かめたら明国へ戻ります」

清正は、「明にとって都合の良い条件だな」と沈を睨みつけた。

「わたしはあくまで講和の交渉のためにきたのだ。嫌なら明の大軍と心置きなく戦われよ。今すぐの返答は無理だろう。十分に検討された上で返事して下さい」

沈は肥った身体を床几から持ち上げ、「長旅で疲れたので、今夜は早く寝たい」と欠伸を嚙み殺した。

二人は漢城へ戻り、諸将と奉行・軍監を交えて話し合う。

「清正殿の意地もわかるが、意地だけでは腹は膨れぬ」

諸将たちは兵糧不足を心配する。

強行派の清正も諸将たちの困り果てた表情と、嫌戦の雰囲気に押され、釜山浦までの撤退にしぶしぶ同意した。

軍議が済むと行長は吉継と一緒に三成の陣所を訪れた。

三成の肘の傷もほとんど回復していた。

「これでお主の努力が報われ、やっと講和にたどり着けそうだ」

三成はこの出口の見えない戦さの扉をこじ開けた行長を労う。

「いや、まだまだ油断はできぬ。わしもあの男には痛い目にあわされた。本当に明が兵を退くかどうかまだわからぬぞ」

行長は大同江を渡った時の寒さと飢えを思い出したのか、身体を震わせた。

「だが兵糧が手に入らぬ以上、やつの提案を受け入れるしかあるまい。問題はもし明軍が追撃してきたらどう躱すかだ。それに朝鮮の義兵軍も勢いづいているしな」

吉継はどのようにして釜山浦まで兵を退かすか思い悩む。

四月に入り野山の緑が濃くなり、鳥のさえずりが聴かれる頃になると、いよいよ行動を開始した。

籠城している日本兵よりも多く漢城に暮らしている朝鮮人が追ってこないように、彼らの民家に火を放った。煙が漂う中を日本兵たちは釜山浦を目指して南下する。

沈は朝鮮二王子と共にこの中にいた。

危惧した明軍の追撃はなく、無事釜山浦に到着した。

「やっと着きましたな。名護屋ではしおらしく振る舞わねばなりませぬな」

沈は秀吉に明皇帝の正規の使節と映るよう気を配ることを忘れなかった。

粉飾された明使節を乗せた船が名護屋に近づくと、一年ぶりの故郷が優しく三成を出迎えてくれた。

穏やかな山や海を認めると、やっと日本に帰ってきたなという実感が湧いてきた。目を正面に向けると白亜の城が日に染まり、屋根瓦の金箔が白く光っている。城を眺めた三成の胸に異国で帰国が適わなかった者たちの思いが込み上げてきた。名護屋城へ向かう道端には懐かしい顔が並び、その表情には講和が成るかも知れないという希望が滲んでいた。

(兵たちは殿下一人の野心のために、血の滲む思いをしているのだ)

沈たちを明皇帝が派遣した謝罪の勅使と思い込んだ秀吉は、上機嫌で三成らを本丸へ迎え入れた。彼らの接待役は家康と利家だ。

三成は大はしゃぎする秀吉の姿に、彼を欺いている罪悪感を覚えるが、戦さの早期終結を切望する三成にはそんな個人的な思いに逡巡する暇はなかった。

秀吉は三成・吉継・行長を山里丸に招き入れると、黄金の茶室で茶をもてなした。

「明皇帝が勅使を寄こすとは明皇帝もやっとわしの実力を認めたようだ。さすがは交渉術に長けた行長だわ。よくやったのう」

秀吉は明が許しを乞うてきたと思っているのだ。

「わしは関白を秀次に譲ったので、今やつから天皇へ和議をお願いしておる。だが朝鮮の南四道だけはぜひとも日本に割譲させせよ。さもなくば『唐入り』したわしの面子が立たぬわい。後のことは追って釜山浦へ知らせる」

(殿下はまだ戦さを続けるおつもりなのか。あの凄惨な光景を殿下はご存じなのか)

落胆した三成は、目の下がたるみ、皺寄った老人の顔をつくづくと眺めた。

「お前たちはすぐに釜山へ発て。慶尚道(キョンサンド)の晋州城(チンジュソン)攻めが上手くいっておるかをすぐにわしに知らせよ」

「今戦火を交えては講和が不利となりましょう」

行長は釜山浦まで退いた軍を再び北上させることは明に悪印象を与えると思い、兵を停めるよう懇願した。

「構わぬわ。講和というものは常に長びく。悠長に待つものではない。これは戦さの鉄則じゃ。三成の進言にもあったが、全羅道と忠清道は穀倉地だ。晋州城は釜山からその二道へ通ずる押さえねばならぬ要所だ」

三人は我執の塊のようになった秀吉のわがままに頷かざるを得なかった。

再び釜山浦に戻った三人は諸将たちに「晋州城攻め」を伝えると、講和が成り帰国も間もなくと思っていた諸将たちの顔は曇った。

だが秀吉の命令は絶対だ。

晋州城は朝鮮軍七千と城内に逃げ込んだ百姓や女・子供たち六万人が籠城している。それに対し日本軍は宇喜多秀家を総大将に、清正・行長・毛利勢ら九万の大軍が晋州城攻めの準備に取りかかった。

「せっかくの講和を崩す気か。明がこのことを知ればわれらの骨折りも無駄になるのだぞ」

釜山浦に戻った沈は、日本軍の意図を知り行長に抗議した。

「朝鮮二王子は還すが、晋州城攻めは殿下の命令だ。われら家臣はこれに逆らう訳にはいかぬ」

明と秀吉との間で板挟みになった行長の立場は苦しい。

「お前から晋州城の城将に降伏を勧めてくれ。さもなくば清正は殿下の命令を厳守する男だから必ず籠城兵を皆殺しにしよう」

沈も清正の豪勇は耳にしている。

「明政府は晋州城に援軍を送るつもりはなさそうだ。無駄であろうがここは金千鎰（キムチョンイル）を説いてみるしかあるまい」

だが沈の推察したように城将・金千鎰は投降を拒んだ。

九万の大軍は晋州城を包囲し、諸将たちは軍議を開く。

「この地は南に南江（ナムガン）が流れ、周囲には深い沼地が広がり外堀が城を守っている。攻めにくい城だ」

諸将たちは絵図面を眺めながら攻め口を捜す。

「城の周囲の外堀を埋めてしまって裸城にしてしまえばどうか」

清正は漢城へ先乗りされた行長に対抗心を燃やしている。

「主力は城門近くまで押し寄せ櫓を建てて鉄砲を放つ。その間に残りの者は石垣に取りつき、梯子で城内に突入せよ。別動隊は外堀を崩して水を南江へ流し込め」

一番乗りに燃える清正が軍議を仕切った。

堀水が南江に流れ出すと堀が空になり、兵たちは周辺の山から土砂を運び込む。みるみる内に晋州城は裸城になってしまった。

城の周囲では数基の櫓が組まれ、城内にいる兵たちを目がけて鉄砲を放つ。

これに呼応するように城内でも櫓を造り、鉄砲と火箭で応酬してくる。

「敵も援軍が来ぬと知ると必死だな」

三成は周囲の丘から戦さぶりを眺めている。

「清正隊が石垣によじ登っているぞ」

傍らにいる吉継が亀のような格好をしたものが石垣に近づくのを指差した。

目を凝らすとそれは木の櫃(ひつ)を四輪車の上に乗せたようになっており、櫃の上部が亀の甲のように盛り上がっている。

「あれで鉄砲や矢を防いでいるのか」

三成も新兵器に目を注いだ。

しばらくすると中にいる兵たちが鉄梃(てってい)で石垣を崩し始めた。すると城兵は柴草に油をかけ、それを亀甲車目がけて投げつけた。

木の櫃に火がつくと内にいる兵たちは堪らず逃げ出す。これを見た城内の兵からは歓声が上がった。

数日後、清正隊から亀甲車が再び城壁に近づく。

「清正はまだ懲りぬようだ」

三成は一番乗りに賭ける清正の執念に驚く。

飛んでくる矢や火箭を受けながら亀甲車は石垣に達すると、城内からの火攻めに耐えている。

よく見ると木の櫃の上に生の牛皮が張ってある。

(清正め、考えよったな)

亀甲車の兵たちは石垣を鉄梃で崩そうとするが、城兵も必死になって鉄砲や矢で防いでいる。

「城方は秀家様の申し入れを拒んだらしい」

攻めあぐねた日本軍は敵の城将に降伏を申し送ったが、「最後の一兵となるまで城を枕に討ち死にするつもりだ。われらには三十万の明軍の救援がある。後詰めがくればお前たちは全滅するだろう」と城方は籠城を続ける覚悟を崩さなかった。

「哀れな話だ。明の後詰めがないと知っているが玉砕するつもりだ」

三成はこの場に秀吉がいたらどうするだろうかと考えた。

(見せしめに全員を殺すか、寛大なところを見せて無血開城させるかだ。だが南朝鮮領有にこだわる殿下は自分の意向に逆らう城兵たちを許すことはあるまい)

これまでの戦さで秀吉の人間らしい一面を見てきた三成の胸は痛んだ。

攻城も十日目に入ると、戦さは激烈を極めた。

石垣の上からの鉄砲や矢で死んだ味方の死体で外堀は埋まるが、一番乗りを目指す兵たちは同朋の死体の下に潜んで敵の油断を窺って石垣を登ろうとした。

包囲十一日目になると、城壁の一部が崩れたのを目にした日本軍たちは雪崩を打ってそこへ殺到した。

城兵は槍や長刀を手にして食い止めようとしたが、数倍もの日本兵たちの流入を遮ることはできずじりじりと南江の方へ押されていく。

「やつらは十一日間もわれらを手こずらせたのだ。城内にいる者は女・子供とて一人も容赦はするな」

清正は憤怒を込めて叫んだ。

「倉庫の中に入れば助けてやろう」という布令を信じた士民たちは、倉庫内に群がった。日本兵は倉庫の扉を閉じると屋根に火を放った。

倉庫から逃げ出した者たちは容赦なく斬られ、南江は投げ棄てられた死体で流れが滞った。

「堪らぬな」

三成と吉継とは大勝に酔いしれる諸将たちに混じって酔えぬ酒を口にした。

釜山浦に戻った三成たちに、秀吉からの講和条件を託された使者が彼らの帰りを待ち侘びていた。

書状を開く三成の手が震える。
一、明皇帝の女(むすめ)を日本の后妃(こうひ)として差し出すこと。
一、明との勘合を復した官船・商船の往来を認めること。
一、日本明国両国大臣が誓紙を取り交わすこと。
一、朝鮮八道中、南四道を日本に割譲し、他の四道と漢城を朝鮮に還付すること。
一、朝鮮王子および家老を一、二名人質として差し出すこと。
一、捕虜にした朝鮮二王子を沈惟敬を通じて朝鮮国土に返還すること。
一、朝鮮の重臣たちに今後日本に背かない旨を誓約させること。
どれも明皇帝が受け入れられぬ条件が並んでいた。

「これは難問が山積みだ。どうする行長」

三成は講和の糸口を潰しかねない秀吉の厳しい要求に頭を抱えた。

「救いは殿下が明軍の強さを知り、『唐入り』が無理なことを理解されたことだ。これは一歩前進だが、明が自分の冊封国である朝鮮の割譲を許すことなど認める訳はない」

　行長は前途の多難さを思った。

「お主一人をここに残してわしと吉継が帰国するのは心苦しいが、何かあればわしに連絡してくれ」

　行長は三成と吉継とに頷く。

「心配は要らぬ。これからは明との交渉の経過はこの者を通じて逐一報告する」

　行長は伝令の役目を担う若者を二人に引き会わせた。

「この者は博多の島井宗室の配下の弥吉と申す。商いで朝鮮にも何度も渡っているので、朝鮮の言葉にも堪能な胆の太いやつだ」

　弥吉は頭を下げた。

　朝鮮人の服装をした弥吉は、太い眉をした目の鋭い、見るからに利かん気な若者のようだ。

「清正はお主に負けまいと意地を張っておる。やっと事を構えるな。明との交渉はくれぐれも慎重にやれ。無理をするな」

　三成はともすると清正と競おうとする行長に釘を差した。

「それとこの子も三成に預ってもらいたい。朝鮮人の子供だが名はわしの一族に肖って弥太郎と名付けた」

傍らを見ると十歳ぐらいの男の子が行長の袖の後ろに隠れていた。

「戦さで両親を失い、漢城に入った時からわしの周りから離れようとしないのだ。父親は絵師だったようだが、日本に戻ったらどこかの寺に預けて寺で修行させたいのだが……」

「朝鮮に残る方がよいのではないか」

吉継が口を挟むと、「親類の者がわが国に連れてゆかれたようで日本に渡りたいらしい」と行長は眉を曇らせた。

「日本の言葉は片ことだが喋ることができ、父親に似たのか筆を持たすと驚く程上手い山水画を描く。どこかの寺で禅僧として山水画を学ばせたいと思っておるのだ」

「そうか。わしが名のある絵師を捜し、責任を持ってこの子の面倒をみよう」

(大徳寺の春屋宗園殿にでも相談するか)

矍鑠(かくしゃく)とした老師の姿を思い浮かべると、三成は頷いた。

名護屋へは黒南風(くろはえ)のため船足は遅れ、船の揺れは激しく甲板の上を樽が転がる。

三成が船縁に走るたびに、弥太郎はまるで珍しい物を見るように船酔いに苦しむ三成を眺めた。

弥太郎は物怖じしない性らしく、船倉にじっとしているのを嫌がり、水運びをしたり、甲板の掃除をしたりして水夫や乗組員たちの人気者になった。

（いま頃は重家も元気に城の中を走り回っているかな）

つい最近まで佐和山城の本丸で父から手習いを教わっていたわが子・重家の幼い顔が、弥太郎の顔と重なった。

船が名護屋に着き名護屋城に登城しようとすると、秀吉は不在だと告げられた。

「何！　殿下は病なのか」

耄碌した秀吉の顔が思い出された。

「いえ、めでたいことでござる。八月に淀殿が若君を出産なされ、殿下は諸将にここを任せて船で大坂へ向かわれましたので……」

三成と吉継は耳を疑った。

（陣頭指揮に当たって名護屋城に詰めている総大将が、子供の誕生で陣を放ったらかしにして大坂へ戻るとは……）

晋州城での死闘が三成の頭の中で点灯したり消えたりした。

（彼らの死は報われるのか）

三成は異郷の地で無念の思いで死んでいった兵たちのことを忘れようとした。

三成は吉継と連れ立って再び船に乗って大坂へ向かった。

大坂城で対面した秀吉は一ヶ月足らずの乳飲み子を膝に抱き、「もう諦めていたが、子宝に恵まれた。わしの年から言えば孫のようなものだ。お前たちもこの子の顔をよく拝んでおけ」と乳飲み子を膝に立たせようとした。

「これは、殿下によく似た賢そうな表情をなされております。今度こそ丈夫に育たれましょう」

吉継の追従（ついしょう）に秀吉は相好を崩した。

乳飲み子がむずがり出したので秀吉は子供を乳母に預けると二人に向き直った。

「お前たちと入れ代わりに島津義弘の嫡男の久保（ひさやす）が九月に病を得てまだ二十歳という若さで亡くなった。さぞ義弘は気落ちしておろう。久保に代わって忠恒（ただつね）を義弘の後継にしようと思うが、忠恒で島津家は大丈夫か」

島津家の取次ぎをしている三成は久保の若過ぎる死を悼んだ。

父親譲りの勇敢さと冷静さを兼備えた息子を失った義弘の心中を察すると、わがままに育った忠恒を後釜に据えざるを得ない義弘の不安が伝わってくる。

「久保には劣りますが、義弘殿が後見されればまず安泰かと……」

「そうか。二人には帰国早々だが、三成には島津領の検地と、吉継には越後の検地を行ってもらいたい。それと明使節とも会わねばならぬし、子供ができたのでわしの隠居所として伏見に城を造るつもりだ。城普請は吉継に任す。頼むぞ」

命令を伝えると秀吉はいつもの磊落な表情に戻った。

「二人とも国元を離れて一年は経とう。久しぶりに領国へ帰り嬶と子供に元気な顔を見せてやれ」

気配りも頭の回転も従来通りだ。

二人は秀吉の耄碌ぶりを心配していたが、乳飲み子に見せる好々爺ぶりを除いてはその兆しがないので安心した。

三成と吉継は家臣と共に大坂から船で淀川を遡って京に向かう。

「わしはこの子を連れて大徳寺へゆき、この子の将来を宗園殿に相談しようと思っている。検地については薩摩の伊集院殿と会うつもりだ。お主は一旦敦賀へ戻って、再び上洛して伏見城の城普請だな。お互いに忙しい身だ。身体だけは気をつけねばな」

三成は敦賀へ向かう吉継の様子がいつもより元気のないことに気づいたが、渡海以来の疲れだろうと気に留めなかった。

大徳寺の三玄院を訪れると、宗園は茶室で茶を喫しているところだった。

三玄院は大徳寺の広い境内の西に小じんまりと佇んでいる。

三成が浅野幸長と森忠政と三人で宗園のために建立した塔頭であった。

「久しいのう。お前の無事な姿を見てほっとしたわ」

「ご坊も相変わらず元気そうで何よりでござるわ」

宗園の目が三成の傍らに立っている男の子に注がれた。

「その子は誰の子なのか」

汚れた小袖から瘦せた腕が覗いている。

「実は行長から預かった朝鮮の孤児でして、父が水墨画の絵師だったので、行長は『この子も水墨画で身を立てさせたい』と申しております。どこぞよい寺はございませぬか」

「寺で水墨画の修行をしたいと申すか」

宗園はしばらく考えていたが、何か思いついたらしく手を叩いた。

「そうだ。今、建仁寺で襖絵を描いている者がおるわ。その者はお主とも縁がある男だ。やつの水墨画はわしの目から見ても狩野派に引けを取らぬぞ」

「誰でしょうか」

三成は首を捻った。

宗園は口元に微笑を浮かべると、「まずはその者に会え。今から書状を書くゆえ、建仁寺の霊洞院へゆけ」と三成を急がせた。

建仁寺は京都五山の一つで多くの塔頭を有する大寺院だ。

弥太郎は方丈と法堂を中心に広がる塔頭の数々を珍しそうに眺めながら歩く。

霊洞院の入口までくると案内を乞うが、誰もいないのか内は静まり返っている。

三成が大声を張り上げるとやがて肩を怒らせた大男が、無愛想な表情で玄関に顔を出した。

「何か用か」

三成が書状を手渡すと、「友松（ゆうしょう）はわしだが、わしに入門したいというのはその子供か」としげしげと子供を見た。

「絵などで飯は食えぬぞ。止めておけ」

それには答えず弥太郎は大男を見返した。

「なかなかしっかりした面構えをしておる。どこからきたのか」

今度は優しく話しかけた。

「海を渡ってきたのだ」

「何！　朝鮮からきたと申すか」

友松の目が大きく見開いた。

「そうだ。父は水墨画を描いていたが、両親とも日本軍のやつらに殺された」

弥太郎は忘れていた親を急に思い出したのか、口唇を噛みしめた。

「そうか。朝鮮の孤児か。人の命を奪う戦さは醜いが、絵には敵も味方もない。どの国でも美しい絵は人の心を打つものだ。わしは皆の心を和(なご)ます襖絵を描いている」

「……」

「狭いところだが、三成殿も入って下され」

友松は書状を懐にしまうと二人の先に立って絵の具が散らかっている小部屋に案内した。

弥太郎は目の前に立っている襖の前で立ち止まった。

襖には松の老木の根元に牡丹の花が咲いており、その牡丹の花びらの一枚一枚が風に吹かれて動いているように描かれていた。

片隅には二羽の雁のつがいが牡丹を眺めるように座っている。

「この画が気に入ったのか」

弥太郎は頷いたが、襖絵から目を放そうとしない。

弥太郎を見る友松の目が柔らかい色を帯びてきた。

「友松殿はもしや浅井家に由縁があり、姓は海北(かいほう)とは申されぬか」

友松は弥太郎から目を離すと三成に向き直った。

「三成殿の申されるように父は海北善右衛門と名乗る侍でござった」

「浅井亮政殿を支えたあの善右衛門殿のご子息か」

海北と赤尾家は浅井氏の家老を務めた名門だ。

三成は自分より二回り程年上の傲岸な男を眺めた。

「わしは父が戦死すると僧侶となるよう東福寺へ入れられたが、絵の修行がしたくなって寺を抜け出し狩野一門に身を置いた。一応絵の基本を教えられたが、どうしても自分が望むような絵を描くことができなかった。そこで世話になった狩野一門から身を引き、こうして頼まれて自分流に寺院の襖絵を描いておるのだ」

襖絵に三成の目が注がれているのを見た友松は、「三成殿はこの絵をどう思われるか」と絵の出来ばえを問うた。

「それがしには絵の良し悪しはわからぬが、この絵を見ていると何とのう心が洗われ、戦さのことなど忘れてしまいそうになります」

三成の返事に友松の口元が緩んだ。

「宗園殿にはひとかたならぬ世話を受けておる。この子の面倒はわしが引き受けよう。ご安心下され」

友松は弥太郎を呼ぶと、描きかけていた襖絵に絵筆を走らせ始めた。

湖面が鏡のように輝く琵琶湖が見えてくると、安土山越しに佐和山が見えてきた。

山頂には五層の天守閣が周囲を睥睨するように聳えている。

領国と京・大坂とを往復する際何度も見慣れた光景だったが、一年ぶりの三成には目に入るすべてのものが新鮮で懐かしかった。

久しぶりの帰国に八歳から生後一年になる五人の子供は、父親を見忘れたかのように人見知りして寄ってこない。

「お前たちの父上が一年ぶりに帰ってきたというのに、何をうじうじしておるのじゃ」

正継の声で子供たちは自分の父がここに帰ってきたという実感が湧いてきた。

「重家、重成それに姫たちも大きくなったなぁ」

子煩悩な三成は一歳にもならぬ末娘の辰姫を妻から受けとると、乳臭い顔に頬ずりをした。

辰姫は三成の髭が痛かったのか急に泣き出した。

「辰は初めて見る父上に驚いたのでしょう」

重家は三成に似てはきはきと喋る。

「そうか。わしが朝鮮に渡った時には、辰姫はまだ生まれていなかったのだなあ。どうりで恐ろしがって泣く筈だ」

「さあ、父上は長い旅でお疲れじゃ。土産話はまた明日に聞くことにして、もう寝ましょう」

皎は疲れの目立つ三成を労る。

妻と子供たちが寝室に去ると、正継は三成に、「長い間朝鮮でのお勤めご苦労だったのう。多くの者が彼の地で命を落としたと耳にした。そなたが無事に帰国できてやれやれじゃ」と三成を労う。

「ところで朝鮮での様子はどうじゃ」

「殿下は明国を領有することはさすがに無理だと知られたようですが、『唐入り』の何らかの成果を得るために力づくで南朝鮮の割譲を実行されております。早く明と講和すべく行長が明との交渉に精魂を傾けています。やつの活躍を手助けするのが、それがしの役目かと思っております」

正継は頷いた。

「そうじゃ。ここだけの話だが、殿下は欲に目が眩んでおられる。わが国を統一されて、これからこの国の仕置きに力を入れねばならぬ時なのに、『唐入り』のために諸将はおろか、民・百姓まで塗炭の苦しみを舐めておる。この戦さを早く終わらすことがお前の務めじゃ」

正継は大きなため息を吐いた。

帰国してしばらくすると三成は、秀吉と秀次との間に隙間風が吹いていることに気づいた。

(殿下にお子が生まれたことが原因だ)

話題が秀次のことになると、秀吉の眉が曇り毒づくことが増えてきたのだ。

初めての男の子が生まれた喜びも束の間、三ヶ月足らずで子供を失った秀次は、失意を癒やすかのように熱海へ湯治に発った。

「やつの落胆ぶりはわしも鶴松を失ったのでよくわかるわ」

秀次に同情を寄せるが、わが子を溺愛する秀吉は関白としての秀次の能力を疑い始めた。

「やつに任せた尾張の仕置きは手抜かりが目につくが、この頃の関白の政事ぶりをどう思うか」

「まずまずよくやられておりますかと……」

三成は言葉を濁す。

（殿下は秀次様から関白職を取り上げたいのだな。五十七歳で得たわが子への溺愛ぶりはよくわかるが、何分幼過ぎる。お拾い様が元服するまでは殿下も生きてはおられぬかも知れぬ。それで焦られておられるようだが、お拾い様に関白を譲られるまでには、秀次様を頭として基礎固めをしっかりしておかねばなるまい。だが秀次様では諸大名を御することができようか）

秀吉の死を望む家康や政宗らの顔が三成の脳裏に浮かんだ。

（もし殿下が亡くなれば、豊臣家はどうなるのか）

武田家滅亡が豊臣家のそれと重なる。

「秀次の猟好きには困るわ。正親町上皇が亡くなられたというのに、八瀬大原で猟りをしたり、北野付近で弓矢の稽古をして楽しんでおるようだ。関白というのに軽々しい所業だ」

秀吉は秀次への不満を並べる。

（豊臣家が一枚岩とならねばならぬ時期だというのに困ったことだ）

「秀次様のところに美しい姫様がおられるとか。お拾い様のお后にどうでしょうか」

三成は秀吉と秀次との関係が上手くゆくように願う。

秀吉は手で膝を打った。

「さすがは三成じゃ。その手があったわ。そうなればお拾いと関白とが結ばれ豊臣家の絆がますます強固になろう。さっそく秀次が熱海から戻れば申してみよう」

曇っていた秀吉の眸が輝きを取り戻した。

縁組は整い、「翌年正月には大坂城をお拾いに与え、わしは伏見へ移るので築城を急げ」と秀吉は諸大名に伏見城の手伝い普請を命じた。

大坂城で秀次と対面した秀吉は、三成の目にも麗しい叔父・甥の姿を演出した。

「もう身体の方はよいのか。亡くなった者はもう戻ってはこぬ。お前はまだ若い。わしの年でもできたのだからな。これからも子供は何人もできよう。くよくよするな」

秀次はいつも口うるさい秀吉が優しく振る舞うのを目にして何か魂胆があるのかと疑う。

「わしももう若くはない。もしものことがあれば、後のことはお前に任す。それで国を五分して四分はお前に譲ろう。その代わりお拾いには一分を与えるので、年長のお前がお拾いを補佐してくれ」

（叔父もお拾いを得て、わしを関白にしたことを悔いておるのだ。本当はお拾いにこの国を譲りたいに違いない）

秀次は小牧・長久手の戦いで徳川軍に不意を突かれ、一族の者を犠牲にして逃げた。そのことで秀吉から叱責を受けたことを思い出した。

（紀伊攻めと、四国攻めでは秀長叔父の助けを受け何とか恥を掻かずに済んだ。血縁の少ない秀吉叔父は近江八幡の城主としてわしに四十三万石を与えてくれた。北条攻めでは山中城攻めを指揮し、奥州の仕置きでは総大将として諸将の力を借りて九戸政実の反乱を鎮めることができた。叔父はさして能力のないわしに関白職まで譲ってくれた。だが自分では精一杯努めているつもりでも元々は百姓出身のにわか侍だ。戦さを生業としている侍とは違う。裸一貫自らの才覚で天下を取った叔父から見れば、わしが馬鹿と映るのはしかたがないわ）

秀次は自分の分を知っていたが、何分若いので、今まで彼を見下していた者が自分にかしづくのを目にすると、関白職という魔力に魅せられてしまった。

秀吉の態度に気を許したのか、秀次は昔の優しい叔父を思い出した。

だが親し気に語らい、熱心に能を舞う秀次を眺める秀吉の厳しい視線に出合うと、三成はひやりとした。

（本気で許されてはおられぬ）

爆発前の火山活動のように不気味な穏やかさが二人を包んでいた。

春めいてくると秀吉は秀次を吉野の花見に誘った。

秀吉は例の付け髭を付け、眉を描きお歯黒をつけ、多くの公家衆を引き連れる。

秀次はもちろん、秀次の弟・秀保やいとこの秀俊（後の小早川秀秋）らの一行に三成も加わった。

それに家康や前田利家、宇喜多秀家、伊達政宗らが綺羅を飾り、総勢五千人が秀吉に供奉（ぐぶ）した。

一行は銅の鳥居から仁王門を通って蔵王堂へ参詣し、桜本坊・後醍醐天皇の皇居跡を訪れ、仮屋形の吉水院（きっすい）を宿舎として歌会を開く。

秀吉は上機嫌で歌を詠む。

「をとめごが袖ふる山に千年へてながめにあかじ花の色香を」

「なかなか味な歌でござるな」

利家は秀吉の歌を褒める。

「おさまれる世のかたちこそみよしのの花にしつ屋もなさけくむこえ」

「これで豊臣家も安泰でござるな」

家康が秀次に愛想笑いを送った。

諸大名から追従を受ける秀次に秀吉は相好を崩すが、三成は秀吉が秀次に向けた鋭い目を見逃さなかった。

（殿下亡き後を視野に入れた諸大名たちが若い秀次に寄ってゆくのを目にして、殿下はどのように思われておるのか。追従する諸大名たちに取り囲まれ、いつもより晴れやかな秀次様の表情を見る殿下はおもしろくなかろう）

三成は険しくなる秀吉の顔を注視した。

吉水院では寛大な叔父役を務めていた秀吉だが、腹の中では怒りが渦巻いていた。

（鈍いやつめ。誰の力で関白に成れたと思っておるのだ。まるでおのれの実力で関白に成ったように振る舞いよるわ。せっかく関白職を辞めることを言い出す舞台を整えてやったわしの心がわからぬのか）

諸大名の追従ぶりがよけいに秀吉の怒りを掻き立てた。

吉野の花見を終えた一行は京へ戻る秀次を見送って、大政所の三回忌の法要を行うため高野山へ登った。

「あやつめは何も急ぐ用事もないくせに、吉野から早々に京へ帰っていったわ」

大政所の菩提寺の青巌寺（せいがんじ）が宿舎となる。

三成と二人きりになると、秀吉は秀次が大政所の三回忌に出席しなかったことを非難した。

「朝廷で何か大事な用があったのでしょう」

「いや、やつはわしと二人きりで顔を合わすのを嫌ったのだ」

「……」

(秀次様は関白職を取り上げられるのを恐れて避けたのだ。お拾い様の誕生が豊臣一族の屋台骨を軋(きし)ませている)

死の間際に言い残した秀長の言葉が蘇った。

高野山から戻ると佐和山城に弥吉がきていた。

行長からの書状を持参している。

「殿下の高飛車な講和条件を知った沈は、『この条件では明皇帝は激怒する。ここは秀吉の要求をすり替えなければ講和が成らぬ』と主張し、講和を望むわしは殿下を裏切る決心をして、沈が申すよう『関白降表』を作成した。これは内密を要することで、お主と吉継の二人の胸の中だけに収めて、決して殿下の耳には入れないで欲しい。何か用があればこの弥吉に言伝(ことづて)してくれ」

どうしても講和に漕ぎ着こうとする、行長の執念のようなものが伝わってくる。

(もちろん殿下がこの内容を知れば、行長をはじめわれら三人とも首を刎ねられるであろう)

苦悩に満ちた行長の顔を打ち払い、三成の目は再び書状に注がれた。

『関白降表』とは殿下が明に従い、冊封藩主として貢を明に捧げることを意味するのだ。即ちわが国は朝鮮のように明の属国となり、朝鮮を侵略しないということだ。明の冊封使がくれば後は何とか上手く取り繕うしかない。綱渡りだがこれしか方法がない。沈とわしの家臣・内藤如安(じょあん)が『関白降表』を携えて北京へ向かった。講和交渉の次第は追って知らせる」

三成の額からは汗が滲んでくる。

「わしもお主と同じ船に乗っているのだ。船が沈まぬよう努力しよう。お主を疑っている清正には気をつけて慎重に交渉を進めて欲しい」

書状を認(したた)めると弥吉に渡した。

「諸将の動きはどうか」

「彼らは海岸沿いに城を築き、殿下の滋養強壮のために虎狩りに精を出しております」と、弥吉は渡海の疲れも見せず近況を伝えた。

「鉄砲で虎を撃つのか」

「いえ、胆試しと称して諸将たちは腕自慢を集め、勢子(せこ)たちに犬や太鼓などで山狩りをさせ、虎を追い出して槍や刀で仕留め塩漬けにして大坂城へ運んでおります」

「虎を槍や刀で殺すのか。逆に虎の牙にかかる者もおろう」

「はい、怒り狂った虎に食い殺された者もいるようで……」

秀吉が虎の敷き物の上に座って何か漢方のような煎じ薬を飲んでいるのを、三成は目にしたことがある。

(あれが虎の胆か。殿下は虎の胆を手に入れるために、多くの者たちがどれ程苦労しているのかご存じなのか)

三成の瞼に凍傷や腹を空かせて動けずに死んでいった渡海兵たちの姿が浮かぶ。


文禄四(一五九五)年の暑さは殊の外厳しかった。

佐和山の麓に住む母親が息苦しさを訴えたのもその頃だった。

驚いた三成は島津領検地の報告にも身が入らず、京から名医を呼び寄せ、枕元につきっきりで看病した。

一度も床についたことのない母親は食欲が衰え、痩せが目立つようになり床に臥せる日が続くようになると、死を覚悟したのか夫の正継と子供たちを枕元に集めてこれまでの礼を述べた。

「草深い田舎で細々と暮らしていた石田家が佐和山城主に登りつめることができたの

は、三成をはじめ石田家一族が力を合わせて豊臣家に尽くしてきたお蔭じゃ。これで大威張りでご先祖様に会えまする。これからも石田家を立派に盛り立てて下され」

痰が絡むのか喉を鳴らしながらしきりと咳をする。

母親は正継と三成の手を握って目を潤ませた。

蜩（ひぐらし）が鳴く頃になると、母親は少しのお茶でもむせるようになり食事を全く受けつけなくなった。

目を閉じることが続くと、意識も途絶え勝ちになり、皆が見守る中眠るように息を引き取った。

枯れ木のように痩せ衰えた母親の姿に、三成は涙が止まらなかった。小さい頃より何でも相談でき頼りになる母だった。

死んで初めて母の存在の大きさに気づいた。

「母上にはもう少し長生きをしてもらいたかった」

泣き腫らした目で訴える三成に、兄の正澄は、「お前が殿下に可愛がられていることを話すと、母上はさも嬉しそうに何度も頷かれていたぞ」とぽつりと漏らした。

「お前たちが活躍する姿を見て、母上は満足してあの世に行かれたのだ。孝行息子を持って幸せな一生だったと思う」

正継も近頃めっきりと白いものが目立つ頭を、妻の死に顔に近づけた。

母の葬儀は大徳寺の三玄院で行われ、春屋宗園が導師を務め、京から多くの禅僧が集められた。

秀吉や諸大名からは弔辞が届けられ、前野長康が関白の意を受けて弔問にきてくれた。遠路にもかかわらず敦賀から吉継が姿を現わし、胡麻塩頭になった千年坊や弥太郎を伴って海北友松がやってきた。

葬儀が済むと取り残された三成の元に、吉継と千年坊が寄ってきた。

「立派な母親だったな。わしも何回かお前の家でご馳走になり、死んだ母親のことを思い出して目が潤んだものだった」

千年坊は当時を懐かしそうに振り返る。

「わしもお主の母親には随分と世話になった。大谷村から着の身着のままで出てきたわしに、古くなったお主の小袖や袴を縫い直してくだされたことが昨日のように思い出されるわ」

わが母の知らなかった側面を吉継から聞かされ、三成は溢れてくる涙を押さえるのに必死だった。

「わしの寺は佐和山に近いし、呼び出してくれればわしにできることなら何でも力になろう」

　三成は千年坊の申し出に頷いた。

　秀吉と秀次との関係は表面上は穏やかに推移していたが、二月に蒲生氏郷が亡くなると嫡男・鶴千代の相続のことで雲行きが怪しくなってきた。

　氏郷の家臣たちの内でも鶴千代を立てる者と、幼少の鶴千代の力量を危ぶむ者に分かれた。

　幼い鶴千代では家康や政宗に睨みが効かぬと判断した秀吉は、氏郷の領地を没収して本貫地（ほんがんち）・近江で二万石の堪忍料（かんにんりょう）を与えようと決めた。

　だが秀次はそれに反対した。

「秀次めは長政と一緒になってわしの判定に不服を申し立てよった。家康の娘と鶴千代との縁組が決まっていたため、家康は秀次に取り入って鶴千代の領地安堵を訴えておるらしい」

　飾り物にすぎないと思った秀次に反撃された秀吉の怒りは収まらない。

〈殿下が家康を警戒していることは関白も知っている筈なのに、したたかな家康は長政を取り込み関白を手玉に取っている。それがわからず殿下の裁可を覆そうとする関白の政事力のなさを、殿下は嘆いておられるのだ。関白という立場にある秀次様の失策は一個人の失態に留まらず、豊臣政権を揺るがしかねぬ。秀次様の人の甘さに付け込み、家康や政宗といった世慣れたやつらが蜂蜜に群がる蟻のように集まってくる。殿下は頭の痛いことだわ。普通なら息子に譲って楽隠居をしてもよい年頃なのに、それも許されぬとは……）

三成はため息を吐く。

一応秀吉が家康に遠慮した格好で、鶴千代の会津領相続は許されたが、秀次への不信は憎しみへと形を変えていった。

完成した伏見城での甥との歓談は誰が見ても微笑ましい光景であったが、秀吉が秀次を許していないことは三成にはわかった。

会津領安堵で力量を認められたと錯覚した秀次は、自信を持って秀吉に対峙した。

そんな秀次に笑顔で答えるが、秀吉の目は決して彼を許してはいない。

（この馬鹿はどこまで本気で関白を続けられると思っているのか。お拾いがせめて十年早く生まれておれば……）

老いていく秀吉には目の前にいる秀次の若さが憎く映った。

（秀次様は関白職を早く辞任すべきだ。だが秀次様は一度手に入った栄華を手放そうとはされぬ。そこに殿下の怒りがあるのだ。早く関白職を辞さないと……)

焦れた秀吉が鉄槌を下すことを危惧した三成は、秀次の後見を任されている前野長康に相談することにした。

京都の千本木にある前野邸を訪れた三成は、秀吉の気持ちを長康に伝えた。

蜂須賀小六と一緒に活躍した長康はひと回り縮んだように見えたが、昔からの律儀さは失っていなかった。

「わしもそれを気にしていたのだ。再三関白職を辞退するよう申し上げておるのだが、何分若いせいかそこまで真剣に思われておらぬようだ。わしも殿下との長い付き合いで殿下のお心はよくわかっておるのだが……」

長康は秀次に我慢している秀吉の心を十分にわかっていた。

「下手をすれば殿下が強引に秀次様から関白職を取り上げなさるかも知れぬ。そうならぬ内に辞退された方が事が穏便に進むでござろう」

「わかった。できるだけ説得に努めよう。三成殿の心遣いに感謝する」

長康は礼を述べると顔を引き締めた。

だが聚楽第に目立った動きがないことに業を煮やした秀吉は、自分の意向を伝えさせるために三成と増田と前田玄以（げんい）らを聚楽第へ遣った。

（嫌な役目だがしかたがない）

三成は秀次の胸中を察した。

書院に通された彼らの厳粛な顔を見た途端、秀次は急におどおどと落ちつかなくなった。

「叔父上からの言い付けできたのか。三人揃って何用じゃ」

疑り深い目を三人に向けた。

「殿下は秀次様が『関白職を辞退し、高野山に登れ』と仰せでござる」

「何！　高野山に行けだと」

秀次は激しい口調で反発した。

「何故わしが高野山にゆかねばならぬのか。わしが関白を続けると、『お拾いに都合が悪い』と叔父上が申したのか」

青筋が立っている。

「われらは殿下の命令をお伝えしたまででござる。弁明は伏見城におられる殿下にされませい。とにかく、高野山にお登り下され」

「叔父上は子がないのでわしを養子にしたのだ。それをお拾いが生まれるとわしはもう用済みか。わしの人生は叔父上に振り回される一生なのか」

自虐的な笑いが秀次の口元に広がった。

「とにかく申されることがあれば伏見城までお越し下され。直接顔を合わされれば叔父と甥のこと故、殿下も無理は申されまい。われらもこの問題を穏便に済ませようと努めますので、じっくりと殿下と話し合われませ。それでは殿下からの言伝を申しましたぞ」

三人は逃げるようにして聚楽第を出た。

数日待っても秀次は伏見城に顔を見せず、八月になると聚楽第から姿を消したという情報が伝わってきた。

「何！　秀次の行方がわからぬだと」

秀次がくればどんな顔をして厳命を伝えようかと迷っていた秀吉は、行方不明と聞くと彼への憐憫の情が湧いてきた。

「秀次様は髷を切られ高野山に向かっておられる様子です」

偵察隊が伏見から玉水を経て大和盆地に入った秀次一行を発見した。

「何故秀次は伏見城に立ち寄らずに高野山に向かったのか。わしはやつの口から直に『関白職を辞退する』と聞きたかったのだ。関白職を一時取り上げるが、やつの態度次第ではしばらく高野山で頭を冷やさせ、ゆくゆくはお拾いの後見役を与えてやろうとまで考えておったのに……」

肉親から見放された甥の悲しみと秀吉への憎しみを知った。

「強行に伏見城へ入ろうとされたので、それがしが門前払いを食らわせました」

傍らから大柄な正則が口を挟む。

「何！　そちはそれをわしに告げずに、秀次を追っ払ったのか。いつからそんなに偉くなったのだ」

秀吉は手にしていた扇子を正則に投げつけた。扇子は正則の額に当たって板の間に落ちた。

大政所と正則の母が姉妹なので、正則と秀次はいとこ半になる。

「殿下の命令を黙って遂行するのが男でござる。やつはめそめそと殿下に、『関白を続けさせて欲しい』と訴えようとしましたので、それがしが一喝しました。悪かったのでしょうか」

「馬鹿者め。秀次はわしの姉の子だ。お前ごとき者が秀次のことに口を挟むな」

正則は秀吉の怒りの深さを知ると、項垂(うなだ)れた。

（尾張時代から殿下の膝下で育った正則にとって、殿下は父親のような存在だったのだ。そんな正則にとって長浜で仕官したわしや吉継が、殿下に可愛いがられる姿を見ると、やつは父親を奪われたように思ったのだろう。

それ故わしを恨む正則めは、穏便に済まそうとするわしの方針に逆らおうとしたのだ。殿下の『唐入り』は奉行を務めるわしや吉継らと、清正や正則らを引き離すだけでなく、憎しみ合うようにしてしまった）

三成は秀長の杞憂が現実のものとなってきたのを感じた。

「気の小さい秀次のことだ。早まったことをしでかさぬとも限らぬ」

秀吉は三成を高野山に遣ろうとしたが、三成は薩摩の検地のことでどうしても手が放せない。

代わりに妹婿の福原長堯（ながたか）を遣ったが、正則が高野山に向かったと耳にして、何やら胸騒ぎがした。

「秀次様は木食（もくじき）上人様のお招きで無事青巌寺に入られました」

福原からの第一報が届いた。

三成は、つい最近まで諸大名からの追従を受けていた秀次が静かに写経して暮らす姿を想像すると、どうにもならない侘しさを覚えた。

翌日、息急き切って三成邸に駆けつけた高野山からの二報は、三成を驚愕させた。

「十五日に秀次様は切腹なされました」

知った。

ようやく平常心を取り戻すと、秀吉と秀次との間の仲介が無駄に終わったことを

三成は耳を疑った。

「何！　今何と申した」

「詳しく申せ」

使者は高野山から駆け通して喉が乾いたのか、手渡された竹筒の水を一気に飲み干すと、途切れ途切れに話し始めた。

「殿下の配慮を福原殿が告げられると、気が落ちついたのか秀次様は青厳寺の僧と歓談されておられました。その後福島正則殿が秀次様の書院へ入られ、何か申されておりました。正則殿が退室され、しばらくしてあまりに書院が静寂としていることに不審を覚えた福原殿が部屋を覗くと、書院の中央に秀次様が蹲（うずくま）られ、周囲の畳には一面の血が流れておりました。秀次様の切腹を知ると、五人の小姓たちは次々と追腹を切り主人に続いたのです」

「殿下の深い心中も知らず秀次様は早まったことを……」

思わず三成は口唇を噛んだ。

「これは福原殿が耳にしたことですが」と使者は前置きすると、「『福島殿が秀次様と

二人で何か言い争うような声が書院で聞こえた』と申しておられました」と言いにくそうに付け加えた。

「どのようなことを言い争っていたのだ」

「福島殿は、『そなたは殿下の甥というだけで関白に就き、これまで殿下の言いなりに生きてきた。腹を切るのも殿下の命令がなければできぬような情けない男なのか』と秀次様を揶揄されたようでござる」

家臣から虚仮（こけ）にされた秀次の悲しみと怒り狂う有様が目に見えるようだ。

「『おのれの始末ぐらいはおのれがつけるわ』と秀次様は申されたようでござる」

「そのすぐ後に切腹されたのだな」

「そうでござる」

（正則が秀次様をそそのかせたな。あの男はわしへの反発から秀次様に腹を切らせ、殿下の関心を引こうとしたのだ。わしへの対抗心を燃やすあまり殿下の深慮を理解できなかったのだ）

三成は勝ち誇ったような得意気な正則の顔を思い浮かべた。

（秀次様の切腹が震源となって豊臣家を大振れさせてはならぬ）

三成は伏見城に駆けた。

書院の中央には顔を泣き腫らし呆然とした秀吉がいた。

「済んでしまったことは元には戻りませぬ。これからのことが大事です。秀次様切腹のことは世間に広がっておりましょう。この上はお拾い様に忠誠を尽くさせるよう諸大名から血判起請文を取りましょう」

三成は硯を取ると文机に座った。

「お拾い様に対し、いささかも裏切るような心を持たずお守り申し上げること。お拾い様が元服するまでは徳川家康・毛利輝元・宇喜多秀家・上杉景勝・前田利家らの有力大名は在京すること」

三成は書状を認めると秀吉に手渡した。

「この二点は重大な事ですので、さっそく諸大名から血判を集めねばなりませぬ」

だが早まった秀次の切腹は三成の工作にもかかわらず、「秀吉が秀次に腹を切らせた」との誤った噂が広がってしまった。

「秀次には不憫だが、世間の目もあるのでやつの妻・子を始末せずばなるまい」

「何もそこまではせずとも……」

三成は秀吉に思い止まらそうとした。

「秀次はわしの『高野山で謹慎をせよ』という命令を破ったのだ。わしの命令を無視した者はたとえ関白であっても許さぬ、という厳しい姿勢を諸大名たちに見せつけねばなるまい。たとえ鬼と言われようとも豊臣家のために断行せずばなるまい」

秀吉は苦汁の決断をした。

秀次一族の処刑が終わると、三成は秀次の後見役をしていた長康のことが気にかかった。

秀吉に仕えた時、三成を仕込んでくれたのは長康だった。

（豊臣家のためにも、あの誠実な長康殿には長生きして欲しい）

だが、三成の危惧が当たった。

長康の使者が長康の自害を知らせてきたのは、それから数日してからだった。

藤吉郎と呼ばれていた頃からの長康の死に、秀吉は一瞬寂しそうな表情を見せたが、「そうか前野将右衛門が死んだか」と呟いただけであった。

（殿下は変わられた。以前は人にもっと同情を寄せられ、苦労人らしい気配りができたのに。この頃ではお拾い様のことしか目に入っていないようだ。このままでは家臣たちの心が離れてしまう）

三成は確実に忍び寄ってくる耄碌の影を秀吉の上に感じた。

翌年文禄五（一五九六）年になると、秀吉は体調を崩ししばらく伏見城で伏せっていたが、春になると秀頼と名乗ったわが子を参内させようとした。

二人して飾り立てられた牛車に乗り込むと、家康と利家に同乗を許した。

その後ろには礼装に身を包んだ諸大名が続く。

(殿下は秀頼様を自らの後継者だと世間に披露し、秀次様亡き後の豊臣政権を整えようとされている)

三成はこの美々しい行列に僅か四歳のわが子を後見しようとする秀吉の執念を見る思いがした。

秀頼の初参内が済むと、三成邸に弥吉が顔を見せた。

「いよいよ明との講和交渉も山場を迎え、沈が明勅使を連れて渡海することが決まりました」

(行長の苦労がやっと報われたな。明の魂胆は日本軍が朝鮮半島から完全に撤退したことを確かめてから冊封を伝えたいのであろうが、行長には殿下がそれを認めぬことがわかっている。よくも粘ってやつらを渡海させるまで漕ぎつけたものだ)

「正使と副使がくるのだろうな」

「いや、正使の李宗城(イツォンチャン)は釜山までくると、撤退しないでいる日本軍を見て役目を棄てて逃げ出してしまいました。副使の楊方亨(ヤンファンホエン)が正使となり、沈が副使に代わって渡海するのです」

弥吉は真相を告げた。

（殿下はどうしても南朝鮮だけは手に入れたいと思われているので完全撤退はあるまい。明の強国ぶりは知られたようだが、朝鮮はわが国に降伏したと思われている。明が冊封国の朝鮮の分割など認める筈はない。そこのところをどう殿下に納得させるかだが……）

秀吉を欺くことの罪悪感はあるが、渡海兵たちの望郷の念を思うと三成は私情を棄てた。

「冊封使の渡海に先立ち、行長様は清正殿が横槍を入れ妨害されているので、交渉に罅が入ることをいたく心配されております。一時帰国され、交渉が破綻せぬよう三成様と相談したいと申されております」

（行長に手柄を独占させまいと、清正はやっきになっておるのか）

五月になると明の冊封使を迎える準備のために、行長が一時帰国した。

京の三成邸で二人はお互いの無事を労った。

久しぶりに見る行長は気疲れのためか、頬がげっそりと削げていた。

「よくここまでやれたのう。さすがは行長だ。殿下は伏見城で冊封使と会見するつもりでおられる。わしの考えでは殿下は薄々明国に攻め入ることの困難さを知っておられるようだが、派手に『唐入り』と申された以上、諸大名の手前何らかの土産（みやげ）がないと引っ込みがつかぬのだ。だから南朝鮮の分割は譲られまい」

「それでは交渉成立はむずかしいな」

二人は黙り込む。

「とにかく冊封使を明勅使として殿下に会わせることが先だ。明と講和した後で、朝鮮との交渉を行えばよい」

行長は苦肉の策にため息を吐く。

「清正のことはどうする」

「冊封使を渡海させるにはやつを冊封使から引き離すしかあるまい」

行長は吐き棄てるように言った。

「その方はわしに任せてもらおう。お主は目前に迫った冊封使の渡海を注意して進めてくれ」

その月の終わり頃、清正は秀吉から帰国するよう命じられた。

講和の妨害を行ったという三成からの報告に接した秀吉の激怒ぶりは、清正に切腹を命じかねぬ程の厳しさであった。

八月に堺に入港した明勅使は九月一日に大坂城で秀吉と対面した。

本丸の大広間には諸大名が礼装して明勅使一行を迎えた。

遅れて堺入りした朝鮮通信使の一行は秀吉の講和条件の朝鮮王子を連れてきていないとの理由で大坂入りは拒否された。

明勅使の二人は秀吉の右側に、左側には家康と利家が着座し、中央には明皇帝から贈られた王冠を頭上に置き、袖の長い赤装束の衣服で身を包んだ秀吉が座る。

彼らの前には膳が置かれ、その上には山海の珍味が盛られ、盃に酒が注がれると猿楽が催された。

祝宴たけなわになった頃、正使の楊が立ち上がると、うやうやしく誥勅(こうちょく)を捧げようとしたが、緊張のせいか手が震える。

「もう酔っ払ってしまったのか。明人たちには日本の酒がよく効くようだ。これからはやつらを日本の酒で酔わせてから戦さを始めるべきだわ」

秀吉は陽気な大声を上げると、諸大名たちも釣られて笑った。

(殿下は明勅使を明からの降伏使と思われておるのか。真実を知られると怒り狂い、収拾がつかなくなるぞ)

行長は秀吉から目を放さない。

笑いの渦が収まると、楊を押し退けて沈が誥勅を手にした。

大柄な沈は何度も修羅場を潜った度胸ぶりを発揮し、本物の明勅使より堂々と振る舞う。

床几に座っている秀吉に手真似で跪くように指示するが、秀吉は盃を口に含んだままで応じようとしない。

「殿下、明皇帝からの誥勅には拝跪（はいき）しなければならぬ決まりです」

見かねた行長が声をかけるが、秀吉は床几から立とうとしない。

「諸大名の見守っている中で、そんなみっともない真似ができるか。通辞にわしは脚に瘡（かさ）を患っておると申しておけ」

秀吉は威厳を保とうとした。

居並ぶ諸大名の面前で、沈は明皇帝の誥勅を床几に腰かけた秀吉に手渡した。

秀吉は誥勅を三成に渡すと盃をあけた。

儀式が済むと、「明使が殿下と話をしたいと申しております」と行長が沈を秀吉に取りなした。

沈は朝鮮通信使が遅参したことを弁明し、彼らと会見することを陳情した。

「やつらは朝鮮王子を連れてきてわれらに謝罪すべきなのに、王子を遣わそうとしない。これではわしはやつらに目通りを許す訳にはゆかぬ」

秀吉は朝鮮通信使への不信をぶつけた。

行長は二人の間に入って、「朝鮮王子はまだ幼少で国王の怒りを買って僻地に流されております。かの国の者はわが国を恐れ、誰一人としてわが国に来ようとする者がいませぬ。『わが国は通信使を殺す国ではない』とそれがしが説得してやっと重い腰を上げたのです。やつらの遅参をお許し下され」と事情を説明した。

その日は何事もなく祝宴が済み、酔った明使たちは堺に戻った。

秀吉は呼び寄せた高僧から、「ここに特に汝を封じて日本国王と為す」と記された明皇帝の詰勅の文言を知っても激怒しなかった。

それどころか講和して冊封国となることを望んだ。

その晩大坂の三成邸を訪れた行長は、「何とか上手く殿下を欺けたな」と安堵からか、口元を緩めた。

「いや、どうもわしは殿下は薄々われらの交渉をご存じのように思う。明の詰勅の中身を知られても怒られぬ。わしはそんな殿下の様子が薄気味悪い。明日高僧たちを堺に遣られ、明勅使たちを歓待させるようだ。何事もなければよいが……」

三成は秀吉の機嫌の良さが不安であった。

翌日高僧たちが堺へ行くと明使たちは事情を秀吉に伝えた。

翌日行長は本丸の書院へ呼び出された。

何となく雰囲気が固く、傍らの三成の顔も暗い。

「これを読め」

秀吉は書状を行長の顔に投げつけた。

畳に落ちた書状を拾い目を通した行長の顔色が変わった。

高僧が持ち帰った書状はわが国の文言に訳されていた。

『朝鮮の全陣営を取り壊し、朝鮮にいる日本軍は撤兵すること。明が慈悲によって朝鮮を許したように朝鮮国民の過失を寛恕すること』

「わしは明の冊封までは受け入れるつもりだが、朝鮮からの撤兵までは明に従う気はない。明勅使の来日が、『明皇帝からの詫び言』ならばこんな無礼なことを申してはくるまい。わしが欲する朝鮮分割も了承する筈だ」

秀吉はじろりと行長を睨んだ。

「どうしても朝鮮分割だけは譲れぬ。それには朝鮮王子を人質として渡海させることが必要だ。お前はわしの要求をちゃんと明皇帝に伝えたのか」

秀吉の怒りの矛先は行長に向けられた。

（殿下は朝鮮がわが国に服属したものと思われておられるのだ）

行長は言い訳をしようとした。

「それにこんなことも書かれておる」

秀吉は別の書状を行長に投げつけた。

拾って一読した行長の顔色は真っ青になり、身体も小きざみに震え始めた。

「小西行長、石田三成、増田長盛、大谷吉継、宇喜多秀家の五人を大都督に封ぜられんことを乞う。行長に限っては世々西海道を加増し、永（とこし）えに天朝の沿海藩籬（はんり）となり、世々朝鮮と修好することを望む」

行長が明皇帝に提出した要望書だ。

「お前は交渉の役目を利用して、明皇帝に自らを売り込み、朝鮮との商いを一手に収めようと画策したのか。だいたいお前の役職は主人であるわしが決めるのが筋なのに、なぜ明皇帝から与えられねばならぬのか。明皇帝に媚を売ってまで朝鮮との商いを独占したいのか」

秀吉は行長に詰め寄った。

「またお前たちの役職は大国領主の家康や利家や輝元や隆景たちより上になっておる。そんなことでやつらが納得すると思っていたのか。わしに交渉を任されたことで、おのれは何をやってもよいと自惚れておるのか」

目を釣り上げた秀吉の形相は恐ろしく、怒り狂って全身が震えている。

(拙いものが殿下の手に渡ったものだ。ここは言い訳せずに殿下の怒りが冷めてくるのを待ち、決して逆らわぬことだ)

行長は黙って秀吉が冷静さを取り戻すのを待った。

(明との交渉は困難だが、行長はわれらを明皇帝に売り込むだけではなく、自分自身を西海道の長として皇帝に認めさそうとしていたのか。さすがは堺商人だけのことはあり、利に聡い男だ)

事の成りゆきを心配したが、三成は行長の辣腕ぶりに唖然とした。

だが秀吉の怒りは鎮まるどころか行長への悪口雑言は次々と口から飛び交い、唾を畳中に撒き散らした。

「やはり清正が申すことが正しかったのか。お前は明の冊封を受けて早く戦さを終わらせ、朝鮮との商いで儲けようとわしを欺いたのか。わしの命に背けばどうなるかわかっておろうな」

秀吉は腰の刀に手をかけた。

「殿下しばらくお待ち下され。殿下を欺いた罪ならそれがしも同罪でござる」

三成は行長の前に立ち行長をかばった。

「三成！　お前までが行長と同じ穴の狢だったのか。よくも二人してわしを欺いてくれたな」

今度は三成に憎悪の目を向けた。

「行長はおのれの商いのために講和交渉をしたのではありませぬ。戦さを早く終結させぬと豊臣家が瓦解することを恐れたからです。殿下はご存じないが渡海した何万という兵たちが飢えや厳寒に苦しめられ異郷の地で命を落としているのです。彼らは故郷に残した親や妻や子供のことを思い死んでゆくのです。それを目にした兵たちには嫌戦気分が広がり、とても戦さどころではありませぬ。殿下はそのような戦場のことを一度でも思われたことがおありか」

抑えに抑えていた激情が堰を切ったように三成の胸から溢れ出た。

秀吉の顔が滲んでくると、それが泣いているように歪んで映った。

耳を劈くような罵詈雑言は間遠になり、二人の目の前に立つ秀吉の姿が縮んだように思われた。

気がつけば秀吉は黙り込み、何か考え事をしているのか目を閉じていた。

まるで彫刻の置き物のように静止した三人を包む空間は、静寂を取り戻し時間だけが止まったようになった。

やがて書院に庭園の樹木の葉を揺らす風のざわめきが聞こえてくると、秀吉は深く息を吸い込み目を開けた。

「よし、今回だけは大目に見てやろう。行長は再び渡海し先鋒を務めよ。死に物狂いで働け。南朝鮮を手に入れるまではどうしても戦いは止めぬ」

それを耳にすると行長は安堵と失望から肩を落とした。

（殿下の寿命が尽きるまでこの泥沼のような戦さは続けられるのか。これでは渡海兵たちは救われぬ。それでも渡海したわしは敵を殺し続けねばならぬのか）

行長の胸中に絶望が広がった。

明け方まで三成邸で二人は話し合った。

翌日は渡海に備えて行長は宇土へ戻らなければならない。

「わしは大坂にいて折を見て殿下に講和を勧める。お主は朝鮮で交渉を続けてくれ」

「無駄な骨折りかも知れぬが、それが豊臣家のためになると殿下にわかればよいが……」と行長は途切れ勝ちに呟く。

「身体を労れよ。渡海前に二人で吉継を見舞ってやろう」

吉継は朝鮮から帰国後、病が悪化し屋敷で静養していたのだ。

二人が案内を乞うと、息子の頼継が玄関から顔を見せた。

「これは珍しい方がこられたわ。父もあなた方の顔を見れば喜ぶでしょう」

「お身体の方はいかがか」

「動くのには支障はありませぬが、何分業病なので……」

「そうか。無理をさせぬようにな」

二人は頼継に連れられて書院に入った。

「二人揃ってきたのか。冊封使のことは聞いた。残念なことであったな」

意外に明るい声が響いた。

吉継は室内にもかかわらず頭巾を被り、長袖で腕を隠している。

目が乾くのかしきりに濡れた手拭いで目を擦る。

二人は吉継の変わり様に驚いたが、「思ったより元気そうで何よりだ」と吉継を励ます。

「暑いので素顔になりたいのだが、髪が薄くなってな。恥ずかしくて頭巾が離せぬわ。これもこの病からくるものらしい。今はどうにか動けるが……」

吉継は努めて明るく振る舞う。

「しっかり養生してわれらを助けてくれなければ困るぞ」

三成は声を詰まらせた。

「殿下の朝鮮への気持ちは変わらぬようだのう」

再び渡海が始まることを吉継は知っていた。

「『唐入り』で何の成果もないようでは、諸大名たちから怨嗟の声が上がる。それで殿下は焦っておられるのだ」

吉継は秀吉の苦悩がわかる。

「わしも行長もまだ講和への希望は諦めてはおらぬ。このまま交渉を止めてしまえば、殿下が亡くなりでもしない限り渡海した者は帰還できぬからのう」

「殿下が死ぬまでか……」

三人は押し黙った。


元号が文禄から慶長へと変わると、小早川秀秋を総大将に再び諸大名は名護屋に集まり、十万を越える兵が海を渡っていった。

右軍六万の先鋒は清正で、左軍五万は先鋒の行長が率いた。

（殿下は前回も二人を競わせ、今回もその考えを変えられぬ。お歳を召され、耄碌が進まれた殿下がもし亡くなるようなことがあればどのようになろう。仲が拗(こじ)れ溝が埋まらなくなった二人が戦うようなことにでもなれば……）

幼い秀頼の姿が三成の目にちらついた。

戦況は先鋒二人の闘志を反映するかのように、八月初めに南原城を落とすと、その月の終わりには全州城を落城させた。

「どうしても慶尚・全羅・忠清道だけは手に入れろ」

秀吉の叱咤の使者が海を渡る。

稷山で明・朝鮮軍を破った日本軍は漢城に迫る勢いを見せたがやがて冬が近づいてくると、兵糧の確保し易い慶尚道の海岸線に築かれた持ち城に戻った。

その年地震で崩れた伏見城再建を命じた秀吉は、居残った有力大名たちに「太閤御成」を行った。

家康・利家・上杉景勝や秀家邸を訪れた秀吉は、出仕を控えている吉継邸へも牛車に乗って現われた。

妻の小石をはじめ、娘・息子たちが玄関で秀吉を出迎えた。

彼らに気軽に声をかけ勝手知ったるわが家のように廊下を進むと、お成り部屋には頭巾を被った吉継が控えていた。

お供には家康・利家らに混じって三成の顔も見える。

「出仕してこぬので床で伏しておるのかと心配しておったが、意外に元気そうじゃのう。そなたの顔を見て安心したぞ」

脇に控える真田信繁に気づくと、「吉継の娘とは上手くいっておるようだな」と腕に抱いている赤子に目を遣った。

「お前たちも父親の片腕となって吉継を支えてやれよ」

二人の息子たちは秀吉の言葉に低頭した。

宴が酣になると秀吉の得意の能が、新しく設えた能舞台で披露された。

鳴り止まない喝采から舞台を降りると、「名人のお点前で茶を喫そう」と有楽を促した。

織田有楽は信長の弟で利休十哲の一人で、元は長益といった。

中庭には数寄屋が造られており、天目茶碗に入った茶を秀吉は旨そうに啜った。

茶室で二人きりになると秀吉は、「わしも寄る年波には勝てぬわ。早く良くなって幼い秀頼を支えてやってくれ。お前と三成が頼みだ」と吉継の手を握った。

秀吉からの品が渡されると、太刀・脇差・小袖などが秀吉をはじめ、幼い秀頼それに北政所や淀殿らに献上された。

帰りしなに三成は、「お主がおらぬと張り合いがないわ。早い出仕を望んでおるぞ」

と吉継にそっと囁いた。

慶長二（一五九七）年の十二月に入ると、朝鮮軍が巻き返しに出た。

「蔚山が襲われたぞ」

城内に喧騒が広がる。

三成はその知らせを完成したばかりの伏見城内で耳にした。

噂は正月の準備に忙しい城内にまたたく間に伝播した。

正月を過ぎると、「浅野幸長を助けようと、清正が二十人ばかりの側近を連れて包囲された蔚山城に入った」という情報がもたらされた。

（いかにも武骨者の清正らしい）

三成には清正の奮戦ぶりが眩しい。

数日過ぎると、「蔚山城に籠る清正らを助けるため、蔚山に近い西生浦に一万三千人程の援軍が集まった」という知らせが入った。

「『清正を見殺しにするな。どんなことがあっても清正を救い出せ』と西生浦に集まった諸将たちに申せ」

秀吉は四万余りの敵中に閉じ込められた清正の安否を気づかう。

松飾りを外す頃になると、「蔚山を囲んでいた明と朝鮮軍は半分程の死体を残して漢城まで逃げた」との知らせに城内は沸き返った。

「さすがは清正じゃ。やつはわが軍の軍神だ」

秀吉は清正に謹慎を命じたことを忘れて、手放しに喜びを表わした。

(行長の順天城は大丈夫か。明と朝鮮軍は朝鮮水軍の勢いを得て一気呵成に攻勢をかけてくる気がする)

三成は危惧した。

清正らが再攻撃に備えて蔚山の修築を急いでいる頃、秀吉は上杉景勝に会津へ移るよう打診していた。

宇都宮国綱（くにつな）の改易のため、蒲生秀行が宇都宮へ転封し、秀行が領していた会津へ景勝が入ることを望んだのだ。

会津を親豊臣の有力大名に任すのは、奥州仕置の時からの懸案事項であった。

「家康と政宗に睨みの効く大物は景勝しかおりませぬ」と、上杉の取次ぎをしている三成は秀吉に献策した。

景勝は領地が拡大するにもかかわらず、会津への転封を拒否した。

「故謙信公の故郷を手離す訳にはいきませぬ」というのが理由だ。

「上杉氏の旧地、佐渡それに出羽の四郡はそのままにして、新たに会津四郡と仙道合わせて百三十一万石と三ヶ年間の在国を認め、上方での勤番を免除するという破格の条件でそれがしが景勝を説き伏せてきましょう」

(旧領の越後にこだわる気持ちはわかるが、会津を任せられるのは景勝しかおらぬ)

三成は正月明けにもかかわらず、早々に越後へ発った。

一月の越後は雪に埋もれており、春日山城は白一色に染まっていた。

山頂は百八十メートル程の低い山だが、鳥が両翼を広げたような斜面に無数の曲輪が造られ山全体が要塞だ。

中腹にある御屋敷で三成は兼続と対面した。

「久しぶりでござる」

兼続の実直そうな微笑を見るのは名護屋城で利休の茶を喫して以来になる。

「お互い年を取りましたな。数えればもう少しで四十歳じゃ」

兼続は白いものが混じる頭を掻いた。

兼続の爽やかな印象は変わらない。

「初めてお目にかかった時からこの人は豊臣家随一の出頭人になると見越しておりましたが、やはりそれがしの目に狂いはありませなんだ」

優しく包み込むような兼続の話しぶりは、雪の中で暮らす越後人の心の温かさを醸し出す。

(兼続と会っていると、春風にわが身を任せているように思われる。不思議と肩を張らずに話せる男だ。わしは誰彼構わず直言して相手を怒らせるが、苦労人の兼続にはそんなところはない。わしもかくありたいものだが……)

「ところで本日伺ったのは……」

兼続は両手で制した。

「会津への転封の件は、それがしが責任を持って殿に認めさせます。煮ても焼いても食えぬ家康と政宗は、われらにとっても注意すべき者たちです。『二人を監視する役目は上杉が務める』と殿下にお伝え下され。殿下の配慮は有難く頂戴致しましょう」

「これは話が早い。兼続殿に請け負ってもらえば安心だ。遠路越後まで来た甲斐がござったわ」

三成は兼続の意志が十分に景勝に伝わることを知っている。

秀吉の死

越後から戻った三成の報告に秀吉は相好を崩した。

「帰国早々だが、わしも年だし秀頼を連れて醍醐(だいご)で花見をしたい。北政所や淀たちにも美しい花を見せてやりたいのだ」

三成の目の前には堂々とした天下人ではなく、孫のようなわが子が花を見て喜ぶ様子を見たい皺寄った一人の老人が立っていた。

(海の彼方では飢えや凍傷に苦しみ、帰国できずにいる兵たちがいるというのに……)

二月頃から何度も醍醐寺へ出かけ、花見の準備を行った秀吉は、女房衆三千人を引き連れて伏見城を発つ。

美々しく飾られた輿の行列は、伏見から醍醐への間を厳重な武者に守られた中を三宝院へ進む。

醍醐寺の山が見えてくると、あちこちに警固した小姓・馬廻り衆の姿が見える。

北政所をはじめ淀殿それに松の丸殿、三の丸殿、加賀殿たちは三宝院に着くと、院内で思い思いの衣装に着替えて、道に設けられた柵の中を秀吉と秀頼に従い散策する。

見上げると満開の桜は青空に映えて一段と花弁の桃色が引き立つ。地上では紅や黄に着飾った衣装が風に舞う。

（一度に花が咲き乱れたようだ）

警固衆に混じった三成は、頼りなげな足取りの秀頼の手を握って歩く秀吉の姿を追った。秀吉は諸大名が設えた休憩所で茶を啜ったり、沿道の店屋で秀頼の好きそうな人形を眺めたりした。

子供は庭を蛇行する小川に小舟を乗せた人形を浮かべる。流れる人形を追いかける子供を、老人は目を細めて眺めている。

北政所をはじめ側室たちもそんな二人の姿に頬を緩めた。

三成は老人の背中に死の影が忍び寄ってくるのを感じた。

四月になると朝鮮にいた小早川秀秋が伏見城に呼びつけられた。

秀秋はまだ十六歳の若さで、前回の唐入りの総大将を任された宇喜多秀家の後を継いだのだったが、彼の力量ではとても諸大名を押さえ切れないと見た秀吉は帰国を命じたのだ。

秀秋は秀吉と対面すると項垂れた。

「お前はせっかく大勝したというのに、何故敵を慶州まで追わせなかったのだ」

蔚山の現場にいなかった秀吉は、奇跡的な大勝利を知らない。

軍目付の福原から、諸大名たちが追撃戦を停止したことを聞いた秀吉は、自分の意向が伝わらないのは秀秋の怠慢だと責めた。

「清正をはじめ黒田長政や蜂須賀家政らは、『自分の城が気がかりだ』と申し深追いを止めたのでござる。四万もの敵を退けただけでも大変だったので、そう訴えられればそれがしも、『そうか』と申すより他に言葉はございませなんだ」

「言い訳はするな」

秀吉は秀秋を睨んだ。

「総大将という役は現地の諸大名たちにわしの命令を徹底させる大役だ。やつらに丸め込まれてどうする」

秀吉の怒りが激しいと知ると、秀秋は急におどおどし始め秀吉の顔色を窺い始めた。

（秀次といい、この秀秋といい、どうもわしの血縁には碌（ろく）なやつはいないわ）

「本来なら命令違反した長政と家政の領地を取り上げるところだが、やつらの処分は後回しにする」

怒りを抑えて深呼吸した。

「諸大名の申し立てによると、蔚山と順天の城を放棄したいと聞いたが……」

「両城とも釜山浦から東西に離れ過ぎており、蔚山の西には大和江が流れており援軍が寄せにくく、順天は大川を隔てて海岸は干潟が強くて舟が着けられませぬ」

諸大名の肩を持った秀秋の言い訳が再び秀吉の怒りを誘った。

「お前はやつらを押さえつける役だろうが。やつらの代弁などするな。現に行長は順天を破棄することに反対しているではないか」

「やつは清正らに嫌われております」

「諸大名たちがわしの命令を聞かぬようだが、行長一人はわしの命令を厳守しておるわ。やつは明との交渉失敗の恥を雪(すす)ごうと、大いに働いておるのだ」

三成は二人のやりとりに黙って耳を傾けている。

(行長が順天を墨守しているのは、西に離れた順天で明との交渉を清正に邪魔されまいとしているのだ。殿下はまだ行長の意図に気づかれてはおらぬ)

三成はほっと胸を撫で下ろした。

秀秋が去ると、秀吉は大きなため息を吐いた。

「やつでは総大将はもちろんのこと、隆景の所領地でさえ任せておけぬわ。筑前は重要なところだからのう」

小早川隆景は秀吉の意を受けて秀秋を養子とし、領国を秀秋に譲ると三原城で隠居していたのだ。

「五十二万石は大封じゃ。お前以外に筑前を治められる者はおるまい。九州の要の地をお前に任そう。受けてくれるな」

三成は驚いた。

（もしお受けすれば万一殿下が亡くなられ家康と争うことになっても、堂々とやつと渡り合えるかも知れぬ）

三成の頭の中を秀吉の死後のことがちらっと掠めた。

（だが、それでは誰が殿下を支えるのだ）

欲と忠誠心とが葛藤した。

「それがしは生まれ故郷に近い佐和山に愛着があります。それに殿下の身に何かあれば佐和山からでは大坂や伏見にすぐに駆けつけることができますが、筑前からでは間にあいませぬ。勝手を申すようですが、佐和山でご奉公致しとうござる」

曇っていた秀吉の目が一瞬輝いた。

「そうか馴染みがある佐和山がよいか。わしもそなたが近くにいると思うと安心だ。それなら筑前を豊臣家の蔵入地として、お前にその代官を命ずる。それならよいな」

秀吉は哀願するような目つきをした。

「喜んでお受け致します」

（わしごとき者に気を使わなければならぬとは……）

秀秋の越前北之庄への転封はその日の内に知らされた。

四月に入ると秀吉は秀頼を伴い参内し、わずか六歳の秀頼は従二位権中納言となり、大坂城から伏見城に移った。

五月を迎えるとそれまでめったに病で伏せったことのなかった秀吉にも老衰の影が忍び寄り、床につくことが多くなってきた。

その報を得て、毛利秀元、吉川広家、蜂須賀家政や藤堂高虎らが次々と帰国した。

伏見城には高野山金剛峯寺から金堂を移し、北政所は秀吉の病気快癒を祈って神楽を催した。天皇は畿内の寺社に秀吉の病気平癒を祈願させた。

寝ることに退屈した秀吉は、「有馬へ湯治にゆく」と床上げをさせ、旅の準備をさせたが、再び体調を崩し有馬行きを断念せざるを得なくなった。

三成は秀吉の容態を気遣うが秀秋の移封のため、名島城受け取りに博多へ向かう。

船旅には珍しい者が同行した。

絵師の友松とその弟子になった弥太郎だ。

「安国寺殿から石田殿が九州へ向かわれると耳にして、弥太郎が、『どうしても石田殿の顔が見たい』と言い張りましてな……」と友松はここまできた訳を話した。

弥太郎は薄い口髭が伸び、すっかり面変わりしている。

「絵の腕の方は上がったのか」

三成は青年に変わろうとしている弥太郎を眩しそうに眺めた。

弥太郎は恥ずかしそうに師匠に目を向けた。

「わしは下絵を弥太郎に任しております。飯も忘れて下絵に没頭しているやつの姿を見ていますと、若い頃のわしを思い出します。やつの下絵にはわしが描こうとして描けぬ朝鮮の山河が鮮やかに息づいており、その息吹が見る人の心を捕えるのです」と友松が熱を込めて弟子を褒めた。

「父から受け継いだ絵師の血は争えぬな」

懸命に生きようとする弥太郎の姿が頼もしく映った。

友松と行く船旅では珍しく酔わなかった。

厳島に立ち寄ると、秀吉が望んだ千畳敷きの経堂は大方完成していた。秀吉が気に入った大楠(おおくすのき)が、青空に届くかのように大枝を伸ばし経堂に涼し気な木蔭を与えていた。

下関では阿弥陀寺御陵に立ち寄り、安徳天皇の像を拝んで博多に着いた。

博多ではあらかじめ知らせていた島井宗室の屋敷を訪れた。

そこには神屋宗湛の顔もあった。

三成が秀秋の転封のことを話すと、二人は口を揃えて「秀秋様ではどうなることかと思っておりました。これでわれら博多衆や領民たちも安心ですわ」と安堵の表情を取り戻した。

「翌日から領内を視察し、太宰府へも参って殿下の病気平癒を祈願したい」

「殿下の病はそんなに悪いのですか」

宗湛は秀吉の死を願っている自分を発見した。

「この蒸し暑さで食が細られ、伏せっておられる日が多いのだ」

「あの殿下が……」

宗湛と宗室は顔を見合わせる。

「朝鮮に渡っている兵たちは殿下の病のことを知っておるのですか」

「いや、そのことはわれらしか知らぬ」

「もし亡くなるようなことがあれば……」

宗湛は声を潜めた。

「元々頑丈なお方だから心配はしておらぬが、年だし万が一ということもある。その折には朝鮮からの撤退ということになろう。進むのも難しいが退くことはさらに困難を要す」

宗湛と宗室は三成の話しぶりから秀吉の死が近いことを感じた。

三成は役目を済ますと、秀吉のことが気にかかるので七月初めに博多を発った。

伏見に着き登城しようとする三成を見つけた増田が、彼を自邸に引っぱり込んだ。

増田長盛は大和郡山二十万石を任された秀吉の側近の一人だ。

「お前が九州へ行っている隙に、家康が諸大名へ、『起請文（きしょうもん）を出すよう』と命じた。これがその写しだ」

増田は、「秀頼様へ忠誠を尽くすことを誓う」と認められた控えを見せた。

「これを差配するのは側近であるわしやお前の仕事だった筈だ。それを何故家康が代行せねばならぬのか」

三成は家康の越権行為に怒りを覚えた。

「家康めは殿下亡き後のことを考えておるらしい。お前の留守を狙って諸大名たちを手懐けようとしておるようだ」

（やつめ、いよいよ化けの皮を現わしてきおったか）

八月に入ると衰弱した秀吉は死期を悟った。

「家康、利家、輝元、景勝、秀家ら五人の大老らの私婚を禁じ、家康には三年間の在京を命ずる。さらに五人の奉行、三成、長政、長盛、長束正家、前田玄以らには伏見城と大坂城の留守居を命ずる。なお伏見城にいる秀頼と諸大名の人質たちを大坂城に移せ」

それでも心配なのか三成を枕元に呼んだ。

「わしはもうすぐ死ぬ。心残りは秀頼のことだ。家康はわしの遺言を破り豊臣家を奪おうとするだろう。お前はわしがどのように苦心して豊臣家を築いてきたかをよく見てきた筈だ。やっと天下一となった豊臣家がわし一代で滅びるのは忍びない。豊臣政権を維持できるかどうかは、お前の腕にかかっておるのだ。どうか幼い秀頼を守って盛り立てて欲しい」

喋り疲れたのか、呼吸が乱れる。

「大坂城は天下一の城だが、それは籠城する人の和があってのことだ。利家や秀家、景勝、輝元たち四大老らとお前たち五奉行が団結して家康に当たれ。これがわしの遺言だ。今までよく仕えてくれた。礼を申す」

　哀願するように秀吉の目からは涙が潤んだ。布団から差し出された手は細く、枯れ木のようだった。

　思わず三成は首を垂れた。

　夢を見ているのか、起きているのかわからぬ秀吉が、息をしていないのに気づいたのは八月十八日の夜更けだった。

　だが豊臣家の番人を任された三成には、秀吉の死を悲しんでいる暇はなかった。

「殿下は、『喪を伏せよ』とおっしゃられた。明や朝鮮の兵たちが殿下の死に気付く前に兵たちをわが国に帰国させねばならぬ。わしが率先して渡海すべきだが、『畿内を離れるな』という殿下の命令には逆らえぬ」

　家康は考え込む振りをした。

「わしと利家、輝元殿は畿内に残り、九州へは石田殿と浅野殿それに毛利秀元殿に行ってもらい、諸大名たちの引き揚げの手配を任せよう。徳永寿昌（ながまさ）と宮城豊盛（とよもり）を朝鮮に遣わし、かの地にいる兵たちに殿下の帰国命令を伝えさせよう。殿下の死は味方の兵たちにも秘さねばならぬ」

家康はあたかも秀吉の代理者のようだ。

(家康めは自分が九州へ出向くと、京・大坂に残った利家や輝元らが秀頼公を擁立してしまうことを恐れているのだ。その思いは利家、輝元とも同じであろう。今後の政権内で力を持つためには誰が秀頼公を握っておるかが鍵となる。早くも次の政権争いが始まっている)

疑心暗鬼の彼らはお互いの動きを牽制するために、秀頼公への奉公を誓う誓紙を交換した。それが済むと三成と長政は伏見を離れた。

長政がしげしげと家康のところを訪れているということは三成も耳にしていた。

(長政殿は殿下の怒りを買い一旦奉行職を解かれたお人だが、許されて再び奉行になると家康に媚びを売っている。家康を牽制しなければならぬ豊臣一族の一人なのに、自家の保身に走るのか)

神屋宗湛の屋敷に滞在した三成は、朝鮮からもたらされる報告に目を通すが、入ってくるものは厳しい現実だった。

秀吉の死に勘づいた明と朝鮮軍は日本軍が帰国の準備に忙しいことを知ると、守りの姿勢から攻めに転じたのだ。

「蔚山・泗川・順天の城が明と朝鮮の大軍に襲われたらしい」という噂が博多中を飛

び交った。

　そんな時、弥吉が宗湛の屋敷を訪れた。

　戦塵にまみれた弥吉からは異臭が漂う。

「順天はどうした。『敵の大軍が攻め寄せてきた』と聞き、気を病んでいたところだ」

「ご安心下さい。やつらは陸・海上から攻めてきましたが行長殿は無事です。敵は城攻めを避け、『交渉について会見しよう』と殿を城外へ誘き出し殺害しようと計りましたが、それに気づかれた殿は順天城へ逃げ戻られました」

（やつらは行長の足元を見て、休戦交渉で釣り上げようとしたのか）

　三成は行長の無事を知って安堵した。

「行長を捕らえ損ねた敵は、今度は正面から攻めて参ったか」

「はい、数万もの敵が陸からくるし、海上からも満潮に乗って黒色の帆を張った数百もの船団が順天城目指して近づいてきました」

　三成は生唾を飲み込んだ。

「やつらは城に向かって寄せてきましたが、敵船は浅瀬のために近寄れず遠くから砲撃を加えるのみで、弾玉は城には届きませぬ」

「陸上の敵に城門を破られたのか」

「いえ、やつらは雲梯や飛楼を城壁近くまで運び、城壁を乗り越えようとしましたが、わが軍は狭間から鉄砲と火矢を放って応戦している内に、雲梯や飛楼に火がつき、それらは焼け落ちてしまいました」

三成の目の前に必死で防戦する行長らの姿が映る。

「浅瀬であることを知らず海上から攻めてきた敵船数十艘は座礁し、味方がそれらを焼き払いましたが、やつらも船を棄てて乱戦となり、こちらの方も数百人程の死傷者を出しました」

「それで陸の敵は再び攻撃してきたのか」

「いえ、不思議なことに敵は城を遠巻きにしたままで動きません」

弥吉の話によると、どうも陸の明軍と海上の朝鮮水軍との連携が上手くいかなかったのか、順天城は落城を免れたらしい。

「まずは良かった。この隙を突いて早く帰国させたいものだ」

弥吉は長旅の疲れからかそのまま寝込んでしまった。

十一月も終わろうとした頃、行長からの使者が渡海してきた。

「殿は無事釜山浦まで退かれました」

「詳しく申せ」

宗湛屋敷には使者の報告を聞こうと秀元と長政が集まってきた。

「殿は順天城を発って島津、立花様の待っておられる巨済島へ船で向かわれる予定でしたが、光陽湾を出ると数百艘もの明と朝鮮水軍の船が海上を固めており、とても突破できそうにありませぬ。そこで殿は再び城へ戻り籠られたのです」

「それでどうした」

長政が先を急かす。

使者は水を一息に飲むと喉の乾きを潤した。

「敵は一週間近くも海上を封鎖しているので、食糧も乏しくなってくるし、『城から打って出よう』という意見もありましたが、殿は『必ず援軍がくる。それまでの辛抱だ』と皆を励まされました。われらはくる日もくる日も海を眺めておりました」

使者はその時のことを思い出したのか、急に涙声になった。

「あれは忘れもしませぬ。十一月十八日のことです。朝から海を眺めていますと、今まで海上を舫（もや）っていた船団の姿が突然消えているではありませぬか。見誤りかと思い何度も目を擦ってみましたが一艘の船もおりませぬ」

「何故だ」

三成は呟く。

「後になって知ったことですが、われらの窮状を知った島津・立花様が光陽湾の東にある露梁（ろりょう）海峡と呼ばれる狭い水路からわれらを援けにこられたのです」

「そこで海戦が行われたのか」

長政と秀元は身を乗り出す。

「はい、その日の夜明けと共に海戦が始まり、島津様と立花様の水軍は劣勢となりましたが、あの李舜臣と申す朝鮮水軍の長がこの戦闘で命を落としたようでござる」

「われらをさんざん悩ませおったあの李舜臣が死んだか」

三成はこの名を何度耳にしたかわからない。

（「唐入り」ではやつの活躍で海上補給路が絶たれたために、われらは何度も苦杯を嘗めたのだ。その李がわれらが撤退する時になって戦死したのか。皮肉なものだ）

味方をさんざん苦しめた憎い相手だったが、身を挺して国難に当たった李の心情を思うと、三成は李に憐憫の情を覚えた。

「それで行長殿は船で順天城を脱出できたのか」

甲高（かん）い長政の声には喜びが混じる。

「島津・立花様と明・朝鮮水軍とが露梁海峡で戦っている隙に順天から脱出することができました」

数日後、島津からも使者がやってきた。

甲冑は穴だらけで、片手は首から布で釣っているが、その白い布は赤く滲んでいた。

「島津殿は無事か」

三成は六十歳を越えた義弘の身体を気づかった。

「海戦では多くの船と兵たちを失いましたが、殿は無事に釜山浦に着かれました」

「釜山浦では清正らと出会ったのか」

渡海組は一度釜山浦で集結した後、順次名護屋から回された船に乗り込むことを、長政は何度も念を押していたからだ。

「いえ、船が釜山浦に近づくと、天に届くような黒煙が昇っており、敵が釜山浦に攻め込んできたのかと恐る恐る上陸しますと、驚いたことに釜山城が焼けております。周囲には日本軍は誰もおらず、われらを出迎えてくれたのは島津豊久様だけでした」

「清正らはわれらの約束を守らず、勝手に城に火を放ち船出してしまったのか」

長政は舌を打ち鳴らした。

（やつは行長を憎むあまり、異郷にあっても味方を置き去りにしたのか。二人を競わせる殿下のやり方はこれ程までに相手を憎むようにさせたのか）

暗澹たる思いが三成の胸中に広がった。

十二月になり寒風が日本海を吹きすさぶ頃になると、釜山からの帰国船が次々と博多浦に到着した。

二十四日には清正や黒田長政が、二十五日には毛利吉成と伊東祐兵らが、そして二十六日には待ち侘びた行長を乗せた船団が姿を見せた。島津・立花の家紋を染め抜いた船団がそれに続く。

（華やかな出航と比べ、何と変わり果てた帰国であろうか）

積み過ぎた兵たちの重さで船は今にも沈みそうだ。甲板から山河を眺める兵たちの出で立ちはまるで乞食のようだ。

衣装は薄汚れ、髪や髭は伸びるに任せている。

陸地が近づくと船倉にいた兵たちは甲板に上がり、こちらを指差して声高に何か叫んだり、朋友や親兄弟と肩を叩きあっている。

出迎える三成にも彼らの気持ちが痛い程伝わってくる。

華クルスの旌旗を帆に掲げた一段と大きな船が港に近づいてきた。

甲板には背の高い男が、寒風に晒されながら遠くの山を眺めている。

岸に三成の姿を認めると、日に焼けた顔から微笑がこぼれ白い歯が光った。

船が接岸すると、男は家臣たちに続いて陸地に降り立った。

男は三成の方に歩いてくる。行長だ。

三成に触れんばかりに近づくと、「七年ぶりの日本だ。やっと故郷に戻ってきたぞ」と、思いを噛みしめるように叫んだ。

行長の表情は一瞬歪み、泣き笑いのような顔になった。やがて高ぶった気持ちが落ちついてくると、「殿下が亡くなったそうだな」としみじみとした調子で呟いた。

「朝鮮からの引き揚げは殿下の意志だったのだ」

「そうか。異国に放っておかれたままでは堪らんからな。それにしても多くの兵たちの骸を残しての土産なしの引き揚げだ。殿下が亡くなったとなると、講和交渉と異人との七年間の戦いは一体何であったのか。殿下の野望のために、あまりにも多くのものを失い過ぎた。諸大名たちの怨嗟の声は大きいぞ。やつらの不満が爆発すれば、幼い秀頼公ではとても豊臣家の屋台骨は支えきれぬ。七年間も異国にいたわしには、これから世の中がどう動くのかわからぬが、わしやお主が清正らに嫌われていることだけは確かだ」

行長に言われて初めて、三成は唐入りが清正や正則らとの間に埋めることができない大きな溝をこしらえたことを知った。

そのことは清正を出迎えた時に感じた。痩せ細った清正は三成が長年の戦さの労いを述べようとすると、まるで仇敵に出会ったように三成を見据えた。

（やつは軍監の福原の報告で謹慎させられたことをまだ根に持っているのだ）

「しばらく国元で休養し、上洛の折、伏見で茶会を催し、慰労したい」

三成は尾羽うち枯らした清正を哀れんだ。

清正はこれを聞くとさらに憎悪に満ちた目で三成を睨みつけた。

「わしは七年間朝鮮に在陣し、一粒の兵糧も茶酒も持ち合わせがない。せめて稗粥でもてなそう」

諸大名たちは二人の間に漂う異様な雰囲気に飲まれ、言葉をかけることを憚りその場から陣屋へと姿を消した。

この時三成は清正との修復しがたい関係を悟った。

年が明けると諸大名たちは伏見にきて秀頼に拝謁し、幼い秀頼に代わって家康と利家が彼らの功を労った。

諸大名たちは城を下がると、城の大手口に近い徳川邸に入り家康の下城を待つ。

本丸からは家康の屋敷がよく見える。

「まるで徳川殿は殿下の後釜に座ったような勢いですな」

三成は居残った利家に徳川邸に群がる諸大名たちを皮肉った。

利家はそれを聞くと眉を曇らせた。

「わしは秀頼公の後見を任されているが、何しろ六十歳の老人だ。登城するにも骨が折れる。だが最近の家康のやり方は目に余るものがある。やつは盛んに諸大名の邸を訪問しては私党に引き入れようとしておる。これは殿下の遺言に触れている。一度やつを呼び出して正さねば……」

利家は豊臣政権の行き先を心配する。

「その前に殿下の遺言通り、秀頼公を早く大坂城へ移さねばなりますまい」

利家は武功が乏しく口うるさい三成を好まなかったが、家康の独走を阻止するためには五奉行で一番の切れ者を無視する訳にはいかない。

「その方の申す通りだ。家康は秀頼公を手放すまいと、『大坂城へのお移りは殿下の一周忌が済んでから』と主張しているが、それでは遅い。やつの手から秀頼公を大坂城へお連れして、諸大名と家康とを引き離さねばならぬ」

三成がその手腕を期待した通り、利家は持ち前の強引さで正月十日、五～六十艘の川船を仕立てると、秀頼を大坂城へ連れて行ってしまった。

「これで一安心ですな」

天下一の大坂城に秀頼を迎え入れた三成は、安堵した。

だがその安心もそう長くは続かなかった。

「家康は伊達政宗の娘と自分の六男の忠輝に、また福島正則の子・正之と蜂須賀家政の子・至鎮（よししげ）に自分の養女との婚約を進めているらしい」

伏見に放った密偵から家康が裏工作を盛んに行い、秀吉の禁じた私婚を図っていることが知らされた。

三成邸は大坂城に近い。

三成は佐和山から島左近を呼び寄せた。

佐近は六十歳近いが、眼光は若い頃の合戦の日々の輝きを宿している。

「どう思う」

「どうとは……」

「家康のことだ」

左近はわが子程年の離れた主君・三成を見据えた。

「殺すにしかず」

「わしは五奉行の一人だぞ。そんな大事はわしの一存では決しかねる。四大老や他の奉行衆と謀らねばならぬ」

「それは相手によりましょう。家康は一筋縄ではゆかぬ狡猾なやつです。放っておけば豊臣家は乗っ取られましょう。　病根を絶つには劇薬を用いねばなりませぬ。　病膏肓（やまいこうこう）に入っては薬も施すすべがござりませぬ」
　左近は三成の決心を促す。
「確かにやつは豊臣家の病根だな」
「殿下とて天下人にお成りになるまでは目を覆うようなこともやってこられました
が、努めて明るく振る舞われ、恥部を隠してこられました。それで世間は殿下を物に
こだわらぬ大義者だと評していたのです」
　左近は三成の信奉する秀吉を持ち出した。
　三成には左近の言わんとしていることがわかる。
（確かに綺麗事では政権を維持できぬ。誰かが手を汚さねば……）
「家康のような腹黒い相手には正々堂々と立ち向かう必要はありませぬ。暗殺してし
まえばよいのです。殿が一日思案を延ばせば、それだけやつは豊臣家から私党を増や
すでしょう。汚れ役はそれがしが承りましょう。殿は心を決めて下され」
　左近は迫った。
「そなたの意見はもっともと思う。だがわしも奉行衆の一人だ。大老・奉行衆の意見
が揃わぬ内は大事を遂げても後が纏まるまい」

（大事を前に歯がゆい人だ）

左近は口唇を噛んだ。

「そこが殿の欠点でござる。家康を暗殺してから天下の事を考えても遅くはござらぬ。乱世の野心家ならそうするでしょうが、殿は賢過ぎるので物事を理屈で考えられる。そこで体制とか柵（しがらみ）に縛られ、結局動けなくなってしまう。ここは勝負の時でござる。殿が奉行の立場にこだわられるならそれがしを放免して下され。それがしの一存でやり遂げるなら殿にも迷惑はかかりますまい」

左近の目は「決断せよ」と迫る。

「お主の意見は重々わかるが、やはり独力で手荒いことはできぬ。明日利家殿と相談致す」

「……」

「済まぬ。お主の申すようにわしは殿下のように思い切ったことができぬ男かも知れぬ……」

「やはり殿は善人でござるわ。家康のような悪人の扱いに慣れておらぬようだ。まあそこが殿の長所ではあるが……」

退室する左近の肩が心なしか小さくなったように思われた。

翌日三成が前田邸を訪れ家康が私婚を進めていることを知らせると、利家は激怒し家康を除く三大老と五奉行を集め相談した。

利家は秀吉が認めたように健気だが、家康程思慮深い男ではない。

さっそく詰問使を伏見へ遣ったが、三人の中老と僧・西笑承兌（さいしょうじょうたい）ら詰問使は逆に家康に脅され逃げ戻ってきた。

「ここは一戦も辞さぬぞ」

利家の決意を知って、利家邸には三大老と三成・長盛・正家らの奉行衆と、佐竹義宣・長宗我部盛親・小早川秀包・小西行長・立花宗茂らが集まってきた。

「あちら側には誰が走ったのか」

利家の身体に若い頃の熱い血が蘇った。

「藤堂高虎をはじめ、正則・清正・黒田長政・細川忠興・池田輝政・加藤嘉明・京極高次らが家康邸を守っております」

密偵からの報告を耳にすると、利家は舌打ちをした。

「殿下にわが子同然に育てられたやつばかりではないか。家康とも戦ったことのあるやつらが、何故家康などに誑（たぶら）かされるのか。やつらは殿下の恩を忘れたのか」

（清正や正則といいほとんどがわしより早くから殿下に仕えた豊臣恩顧の者だ。殿下の「唐入り」から家臣団の人間関係が急にぎくしゃくしたものになってきたわ。殿下の朝鮮や明への野心が家臣の心に罅を入れてしまったのだ）

三成がふと顔を上げると行長と目が合い、彼も頷いた。

（やつも同じ考えか。だがここまできたら利家殿を総大将にして家康を討ちとり、叛逆の芽を摘みとるべきだ）

利家方に意外に多くの諸大名が結集したことを知った家康は、矛を収めた方が有利だと悟り、中老を通じて調停を依頼してきた。それでも不安な家康は、自分と利家双方に義理のある細川忠興・清正・浅野幸長らを利用し、義理絡みに和睦に持ち込もうとした。

家康と利家との険悪ぶりを憂えた三人は、年も近い利家の息子の利長を説得しようとした。

「このように拗れてしまったら下手をすると戦さとなりかねぬ。そんなことになれば泉下の殿下は嘆かれよう。また大坂にいる秀頼公はどうなる。家康殿は戦さをせずに丸く収めたい腹だ。お前の父に、『伏見の家康殿を訪問して欲しい』と説いてくれ。その後、家康殿が大坂の利家殿のところへ訪れるだろう。三成の申すことを聞いてばかりいると碌なことにならぬぞ」

三人は三成憎しで固まっている。

三人は利長だけでは頼りなく思い、直接利家に会って説き始めた。

「お前たちはいつから家康の犬になったのだ」

利家は床に伏していたが、彼らの訪問を知ると床から起き出してきて三人に罵声を浴びせた。

「お前たちは豊臣家を壊すつもりか」

利家は一喝した。

「利家殿、少し落ちつかれよ。わしらは何も喧嘩を売りにきたのではない。利家殿と家康殿に和解して欲しいだけだ」

清正も世話になった利家を怒らすつもりはない。

「殿下の遺言を破ったのは家康の方ではないか。詫びるなら家康の方からこちらへきて頭を下げるのが筋だ。やつは三大老が伏見に行っても、『大坂へ行く』と返答するだけで大坂へくることを延ばしておる。やつは本当に詫びるつもりがあるのか」

利家は三人を睨んだ。

「家康殿はそのつもりでも三成めが手ぐすねを引いて家康殿を狙っているので、うかうかと大坂に近寄れませせぬ」

清正は目の仇にしている三成の名をあげた。

「唐入りからお前たちはお互いに憎むようになったようだが、三成は殿下の命を忠実にこなし軍監の役目を果たしていただけだ。それで三成を責めるのは筋違いだ。恨むなら殿下の『唐入り』を恨め」

利家は秀吉の家臣団のいざこざの原因を知っていた。

「三成ややつの妹婿の福原がわれらのことを殿下に讒言したのだ。非はやつらにあります。もう少しでわしや長政や家政は領地はおろか切腹させられるところだったわ」

清正は三成の非を鳴らした。

「お前たちの反目が豊臣家を分裂させ、天下はやがて家康の掌中に握られるかも知れぬのだぞ。馬鹿な仲間争いは止めよ」

「……」

「戦いが始まれば大坂におられる秀頼公のお膝元を騒がすことになろう。よし、わしが伏見へ行こう」

「有難い。これで双方丸く収まろう」

清正らは利家に低頭すると部屋を出て行った。

「よくよくお前もやつらに嫌われたものだ。豊臣家を思う心はやつらもお前も同じだが、お前は殿下と一緒におることが多かったので、殿下が家康を警戒している様子を見聞する機会が多かった。だがやつらは家康の野心にまだ気付いておらぬようだ。家康は食えぬやつだからのう」

利家は三人と入れ違いに部屋に入ってきた三成に話しかけた。

「漏れ聞いていたところ、利家殿が伏見の家康のところへ行かれるとか」

「わしから出向かぬとあの疑り深い男は伏見から出てこぬからな」

利家は疲れたのか、横になった。

「わしがもう十歳若ければやつと雌雄を賭けて戦うのだが……」

利家は口元を歪めた。

気力で持ち堪えているが、三成の目には病魔に蝕まれた利家の身体が家康との戦いに耐えられぬ程消耗していると映った。

年が明けると利家の食は細くなり、頑強を誇った身体もひと回り縮んでしまった。

「このままやつの謝罪を認めるだけでは、また別の機会を捕らえて同じことを繰り返して豊臣政権を腐らせてゆくだけです。ここはやつを叩き潰すべきです。利家殿は戦さの指図をするだけで、戦さはわれらがやります」

「獅子身中の虫を退治するのは、この時しかない」と三成は利家に決断を迫ったが、利家は静かに首を横に振った。

二月に入ると清正らの和解工作が実を結び、利家が伏見に行くのに先立ち、五奉行たちが揃って剃髪した。

これは秀吉の遺言から出たものであった。

二月も暮れようという寒い日に利家は清正・幸長・忠興ら三人に守られるようにして川船で淀川を遡る。

三成が左近と話し合っていると、「利家一行が無事家康邸に入った」と密偵が三成邸へ駆け込んできた。

「死期を悟られた利家殿は、家康に殺されるつもりで伏見に向かわれたのでしょう」

左近は年の近い利家の悲壮な心境がわかる。

自分の死を家康を討つきっかけに使いたいと思っているのだ。

「悪賢い家康は利家の心を読んでおる。やつは決して利家殿を殺すようなことはせぬ。豊臣家でも人望の厚い利家殿を殺せば、これまで手懐けてきた清正らが敵に回るだろうことを知っている」

「多分殿の推察通りでしょうな。殺さずとも待っておれば病で死ぬ。その辺はあの賢明な家康ならわかりましょう」

二人の睨んだ通り利家は無事に大坂へ帰ってきたが、それから急に床に伏す日が続くようになった。

三成は毎日のように利家邸を見舞いに訪れるが、訪問する諸大名たちの中には、清正や正則のように露骨に嫌味を投げつける者がいる。

「お前や行長など利家殿を見舞う資格はないわ。目障りだ。とっととここから立ち去れ！」

「何を！　訳もわからず家康の片棒を担ぎ、殿下が固められた豊臣家を売る者めが」

行長と清正とは「唐入り」以来、顔を合わす度に摑みかからんばかりの仲の悪さだ。

「お前たちが豊臣家を引っ掻き回しておるのがわからぬのか。嘘の報告をして殿下からわしらを引き離そうとしやがって……」

清正は憎悪剥き出しの表情で行長を罵る。

「お前たち、もうよさぬか。少しは利家殿のことを考えろ。それでなくとも気が休まらぬのに、お前たちの喧嘩を喜ばれると思うのか」

三成が彼らを制した。

「善人ぶりやがって。お前たちの顔を見るのは不快だ。日を改めて参る」

清正たちは表門から足早に立ち去った。

二人が利家の枕元に座ると、「これではわしも安心して殿下の元にゆけぬわ。お前たちがいがみ合うことを殿下が知れば、さぞかし嘆かれるであろう」と利家は力なく呟いた。

「済みませぬ」

二人は素直に頭を下げた。

「わしが死ねば、家康は化けの皮を剥がして豊臣家簒奪を図るだろう。利長には、『そのまま大坂に居残り秀頼公をお守りせよ』と申しておる。大老・奉行が結束して秀頼公を盛り立ててくれよ」

利家の目が潤んだ。

家康が返礼として大坂の利家邸を訪れることとなり、三成は行長邸に四奉行を集め、これからのことを相談しようとした。

表門を出ようとした三成を左近が呼び止めた。

「利家殿の命が旦夕（たんせき）に迫った今、これが大坂へ出てきた家康を討ち取る最後の機会でござる。これを逃せば、このような好機は二度と廻ってこぬでござろう」

この前三成に迫ったように、左近の目は一人でも決行しようとする強い光を放っていた。

利家の死という現実が、今まで保っていた利家の陣営と家康の陣営の均衡を狂わそうとしていた。

三成は決断を迫られた。

（ここは左近の申すよう行動するしかあるまい。何としても奉行衆たちを説得せねばならぬ）

「利家殿には悪いが、左近の献策を受けよう。この前お前に意見されてわしも腰を据えねばならぬと決心した。家康の首を土産にすれば、利家殿もわしを叱りはしないだろう」

行長邸に着くと増田長盛・長束正家・前田玄以らがやってきたが、浅野長政の姿が見えない。

（やつめ、家康の陣へ走ったか）

三成は胸に秘めた計画を披露した。

「わしは毎日利家殿の屋敷へ日参しているが、もはや利家殿の再起は覚束ぬ。こうなれば家康に対抗できる大物はいなくなり、家康がほくそ笑むばかりだ。家康は今夜藤堂邸に泊まるらしい。藤堂邸を焼き払い家康の首を取ろう。家康さえ討ち取れば豊臣家は安泰だ」

行長は言下に賛成した。

「せっかく今日利家殿と家康殿が会われて和解が成ったというのに、今夜藤堂邸に夜討ちをかけるというのはどうだろうか……」

前田玄以は考え込むようにして話を続けた。

「秀頼公の膝元で騒ぎを起こすというのは如何なものか。藤堂邸の警固に諸将が詰めかけていると聞く。下手に戦さが長びくようでは伏見から援軍もこよう。もし家康を討ち漏らすようなことがあれば、やつらはわれらを許さぬであろう。そうなればわれらは謀叛人の汚名を着せられることになる」

玄以は増田に助けを求めた。

「わしも前田殿の考えに賛成だ。せっかく家康が和議に応じたのだ。これ以上事を荒立てるのは拙い。やつの逆心が明らかになれば、その時は罪を鳴らせばよいのだ。下手に今事を起こすとこちらの身が危うい」

二人は保身の姿勢を崩さない。

三成と行長は懸命に二人を説得しようとするが、彼らは譲らない。

「ここで話し合っても埒があくまい。それがしは藤堂邸に密偵を放っておいた。もうやつが戻ってくる時分だ。決めるのはその報告を聞いてからでも遅くはあるまい」

四人の話を聞いていた正家が初めて口を開いた。

「それが良い」

玄以と長盛は救われたように正家の方を振り返った。

「藤堂邸は竹矢来で取り囲まれ、蟻一匹入り込めませぬ。細川・加藤・福島・堀尾・池田といった諸将たちが兵を率いて厳重に守っております」

戻ってきた密偵は思った以上の警戒ぶりを伝えた。

「これでは成功は覚束ないわ。われらは降りるぞ」

前田・増田・長束らが足早に去るのを見て、三成と行長は歯噛みした。

利家が息を引き取ったのは、それから二十日余り経った閏三月三日のことだった。

「七将が伏見で家康と頻回に会っている」

伏見の家康邸を見張っていた密偵が情報を伝えてきた。

(家康はやつらを利用してわしを豊臣政権から追い出そうと企んでいるのだ。利家殿が死んだこの好機を家康は逃すまい)

三成は彼らの先手を打ち、秀家・輝元・景勝らと謀ろうとした。

「清正・正則ら七将が三千もの軍勢を率いて当屋敷に向かっております」

密偵が息せき切って三成の大坂屋敷に飛び込んできた。

「先を越されたか。清正らを相手にこの屋敷では守りきれぬ」

三成は屋敷にいる家臣たちを集めると、伏見まで馬を飛ばし、城の大手門を抜け治部少丸に駆け込んだ。

伏見城は天守閣を守るように五奉行の守る曲輪が取り囲んでおり、広い外堀には高い石垣が積まれ、三千人ぐらいでは容易に落ちるような城ではない。

「三成が伏見城で籠城している」

この情報を聞き、大坂から秀家をはじめ、輝元・景勝・佐竹義宣らが兵を率いて伏見に向かった。

七将たちは大手門の前にある家康邸に集まり、大手門を挟んで一触即発の状態となった。

「殿下が造られた伏見城だ。数万の敵に囲まれても二、三ヶ月ぐらいは平気だ。その内増田ら奉行衆が大坂城の秀頼公を擁立（ようりつ）して大坂方を纏めてくれよう。輝元公は七将の領国からの援軍を阻止するため、兵庫の尼崎に陣を構え、大坂城とこの伏見城の三方から敵を挟み込み家康やそれに従う諸将たちを討ち取ってしまおう」

だが家康はこの三成の考えに気づいて先手を打った。

大坂城にいる秀頼を持ち出されぬよう、大坂城在番の小出秀政、片桐且元らを懐柔し、奉行衆が秀頼を抱き込むことを防いだ。

藤堂高虎も豊臣家臣団の多数派工作に乗り出し、家康派の切り返しに勝敗の行方はわからなくなってきた。

膠着した情勢に苛立ってきた三成は、養生している吉継に窮状打開を求めた。

「軍勢が一番多く動員できる輝元公に、家康を討つよう尻を叩いて欲しい」

（相変わらず一本気な男だ）

吉継は苦笑したが、自分を頼ってくれる三成の信頼に応じようと心が躍った。

輿に乗ってならどこへでも行ける程、最近は病状も落ちついてきている。

（輝元公は領地が大坂に近いが、三代目で優柔不断なところがある。頼りになるのは景勝公だが、会津から兵を呼び寄せるのには遠過ぎる。三成はこの好機に家康を討ち取りたい腹だろうが、大坂城の秀頼公を家康派に押さえられたのは痛い。こうなれば反家康派の諸大名が家康に圧力をかけて、有利な条件で和解するしかない）

理論派の三成と異なり、吉継は現実的だ。

吉継が伏見の輝元邸を訪れると、輝元だけでなく景勝・秀家らも顔を揃えていた。

「秀頼公の安泰のためには、『家康さえ討ち取ればよい』と三成は焦っております」

「三成の考えもわかるが、掌中の玉である秀頼公は家康派に握られている。われらが下手に動くと、やつらはわれらが秀頼公に盾つく逆賊扱いにしよう」

　吉継が思った通り、景勝と輝元は家康との和解に傾いているようだ。

「今家康を討ち取らねば悔いを残す。家康めは幼い秀頼公を取り込んで豊臣家を簒奪しようとするだろう。今が乾坤一擲の勝負の時だ」と一時秀吉の養子であった秀家は、二人に懸命に訴える。

（景勝公と輝元公は所詮豊臣一族ではない。二人は家康には警戒心を燃やしているが、秀家公のように豊臣家のことを真剣には考えておられぬ。家康を討つという大博打を避けている）

　吉継は彼らと秀家との温度差を感じた。

「安国寺を家康のところへ遣っておる。結論を出すのは家康の出方を見てからでも遅くはあるまい」

　数刻経つと、安国寺が渋い顔をして帰ってきた。

「家康は七将を宥める条件として、三成殿の奉行職からの引退を持ち出してきたわ」

「それでは三成は譲らぬぞ」

　秀家は一人になっても豊臣家を守り抜こうとする三成の心意気を知っている。

「だがそれを飲まねば家康は七将をけしかけ、豊臣家は二つに割れて戦うことになろう。それこそやつの思う壺だ」

景勝と輝元はため息をついた。

「それがしが三成と会い、話し合ってきましょう」

吉継が使者の役を申し出た。

「お前なら三成も腹を割って話すだろう」

彼らは頷く。

厳重に守られた伏見城の大手門を叩くと、吉継は三成との面見を乞うた。

治部少丸は煌々と篝火が灯っていた。

「お前がきたのか。身体はもうよいのか」

使者が吉継だと知ると、三成の頬は緩んだ。

思った程三成は焦燥していなかった。

「大坂城は家康に靡く片桐が秀頼公を押さえ、輝元公と景勝公は腰が重い。本気になって豊臣家のことを思っているのは秀家公だけだ。悔しいが小身のわしや奉行衆だけでは家康に勝てぬわ」

「わしやお主が輝元公や景勝公程の大身であったらのう。わしもあの時筑前を拝領しておけば……」

秀秋の拙い指揮ぶりに立腹した秀吉が、「筑前を与えよう」と三成に漏らしたことを思い出した。

吉継が家康の示した条件を切り出すと、三成は顔を歪めた。

「わしが奉行衆から外れたら一体誰が秀頼公を支えるのだ」

三成は目を釣り上げた。

「まあそう怒るな。あのしたたかな家康のことだ。このまま睨み合いが続けば条件も緩めてこよう。もしも強引にお前の引退を押し勧めてきたら悔しいがそれを飲め。そうすればお主を殺すようなことはあるまい。この度は残念ながら家康の方が先手を打ってきて、こちらが後手に回った。引退してもお主の豊臣家を思う心は多くの者が知っている。家康を討つ機会を待て」

三成は納得しない。

「たとえわし一人でもこの伏見城を枕に抵抗してやる。ここでわれらの意地を見せねば家康は嵩になって豊臣家を乗っ取るぞ」

「そんなことはわかっておるわ。だがここでお主一人を死なす訳にはいかぬ。お主にはこの先豊臣家を背負って生きてもらわねばならぬ。時期を待て」

これ以上の説得は逆効果と思い、吉継は伏見城を出た。

吉継との話し合いが不調に終わったことを知った家康は、本多正信を三成のところへ遣った。

正信は小柄な老人で、武功はないが家康の側近で謀り事で家康を支えてきた男だ。三成と対面すると正信はしきりと目を擦る。老人は目が乾燥するらしい。

「吉継殿から七将の言い分を聞かれたと思うが……」

口は微笑っているが、目は鋭く三成を観察している。

「七将らの申し立てはそれがしにとって、誠に虫の良い話だと存ず。やつらは主君を家康公と思っておるようだ」

皮肉を込めて正信を見据えた。

「せっかく仲介の労をお取り頂き家康殿には感謝しておりますが、和睦はそう長くは続きますまい。今度七将らがこの伏見城に攻めて参ったなら、それがしは徹底抗戦して自害するつもりでござる」

「これはきついことを申される。ご自身は豊臣家に尽くされているつもりでも、他の諸将たちから見れば、『三成は豊臣家の獅子身中の虫だ』と悪口されておりますぞ」

正信はやんわりと反撃した。

（表情だけでなく心の底も暗い男だ。こんなやつを重宝している家康の腹も黒い筈だ。どうしてこんな人間味のない家康などに、人は吸い寄せられるのか）

周りの人間に気配りを忘れず、人を蕩（とろ）かすような秀吉の微笑が懐かしい。

「まあ強がりは勝手だが、そなたが粘る程諸将たちはそなたを憎むことをお忘れなく。よくよく熟考されよ」

正信は「よっこらしょ」とかけ声をかけると、座布団から立ち上がった。

正信は家康邸の表門を潜ると、まだ明かりが点っている書院の前で声をかけた。

「ご苦労だったのう。まあ部屋の中に入って話を聞かせてくれ」

家康は正信の渋い表情から不首尾に終わったことを知った。

「才子で口だけのやつかと思ったが、存外骨も硬そうだな」

家康は老人の正信を労り茶を勧め、爪を噛み始めた。

（困った時の癖だ）

正信は家康の心中を推し量った。

「こうなれば秀康をやろう。秀康なら三成とも親しい」

結城秀康は家康の二男で、家康上洛の前に秀吉のところへ人質として遣られた男だ。

秀吉に随分と可愛いがられ、三成も自分よりひと回り程若い秀康の面倒を見たので、秀康もよく三成に懐いていたのだ。

翌日、三成のところへ秀康がやってきた。

「正信の次はそなたか。わしも家康殿の眼鏡に叶ったのか千客万来だな」

（わしの扱いで家康も随分と手を焼いておるようだ）

思わず三成の頰が緩む。

「三成殿には父の仲介が意に沿わぬかも知れませぬが、それがしが参ったのは父は父なりに考慮してのことです。もし父の仲介を断られれば諸将たちと三成派の者たちの戦いで、豊臣家は二分する天下の乱となりましょう。そのようなことは泉下の殿下も喜ばれぬでしょう。元々の不和の種は三成殿と父との不仲が原因で、それを知る諸将たちが父を後盾にしてこのような争いとなったのです」

三成も家康の子と思えない秀康の心の込もった説得を黙って聞いている。

「父の申す条件は三成殿には厳しく聞こえましょうが、争いを避けて佐和山に蟄居されることが秀頼公への為めだと愚考します。もし諸将と争うようなことになれば、秀頼公にとってこれ以上の不忠はないでしょう。人一倍豊臣家を思う三成殿ならそれがしの申していることがおわかりになりましょう」

家康の意を受けての説得に違いないが、切々と訴える秀康の言葉は三成の心の底まで響いた。

輝元や景勝らの大老が手をこまねいて傍観している以上、もう三成には打つ手が残されていなかった。

だが秀康の説得を聞き終えた三成の胸には新たな闘争心が湧いてきた。

（佐和山へ戻ることは負けたことではない。一旦佐和山へ引き上げて、もう一度打倒家康の好機を待とう）

伏見城を発つ馬上の三成には秀康がぴったり駒を寄せる。

伏見からの山道には潜んでいる敵兵たちの気配が漂うが、秀康が同行しているのを目にすると手が出せないようだ。

醍醐の山が見えてきた。

（殿下はここで最期の花見をなされた）

上臈たちの艶やかな着物姿が今でも目に浮かぶ。

瀬田までくると、高野越中・大山伯耆・舞兵庫ら三千人の武装兵たちが前方からやってきた。

「ここまで見送ってもらって忝い。従者もこのように増えたので、もう護衛は要りませぬ。ここからお帰りあれ」

「父から、『佐和山までお供せよ』と申されております」と秀康は言い張る。

「それでは秀康殿に悪い。ここで別れよう。そうだこれを受け取って欲しい」

三成は帯刀していた刀を抜き取ると、秀康に手渡した。

「これは殿下からの拝領の正宗だ。わしが差すより豪傑の秀康殿に相応しい」

「これは見事な刀だ。本当にそれがしがもらってよろしいのか」

名刀に目のない秀康は受け取った正宗の手応えを測っていたが、刀を鞘から抜くと反りを確かめるように目の上に翳した。

関ヶ原

鏡のように白く光る琵琶湖が前方に映り始め、やがて見慣れた佐和山の姿が現われてくると、三成の心は急に緩んできた。

「よう無事で戻ってきた」

白いものが髪に混じる正継が、書院に三成を迎えた。

「奉行を引退させられたらしいが、大坂城のことは佐和山に居てもわかる。お前も働きづめだったので、しばらく休養するのもよかろう」

父の柔らかい口調に、三成は故郷に帰ってきたという実感が湧いてきた。

「七将にそれがしを襲わせたのも、すべて家康の仕組んだ罠です。諸大名らは殿下から受けた恩も忘れて家康に尾を振っています。大老も奉行衆もそれを阻むことはできませぬ。家康さえ倒せば豊臣家は大丈夫なのに……」

安堵感が満ちてくると、今度は悔しさが三成の心に溢れてきた。

「お前は殿下の膝元で権力という魔物を見てきた筈だ。力ある者に人が吸い寄せられるのはその魔物の力だ。人徳や理想だけでは世の中は動かぬ」

正継は秀吉の権力がいかに絶大であっても、その秀吉が死ねば次の実力者がその座を狙うのは当然だと悟す。

「これも権力に群がる者たちの姿を、外から眺めるのに良い機会だ。政権争いを外から静観しておれ」

「お帰りなさいませ」

奥に入った三成を、妻が喜びとも悲しみともつかぬ顔で出迎えた。

子供たちも三成の引退を聞いているのか、神妙な顔つきだ。

「少し見ぬ間に皆も大きくなったのう」

子供たち一人一人に微笑みながら、わざと明るい声を出した。

子供たちはいつもの父親の様子に安心したのか、微笑が戻った。

嫡男の重家だけは真剣な面持ちで父の顔色を窺っている。そんな嫡男に三成は声をかけた。

「重家にはわしの代わりに大坂城へ上り、秀頼公を守ってもらわねばならぬことになった。これはわしが佐和山に引き籠る条件なのだ。秀頼公のために大坂へ行ってくれるか」

三成はじっと重家の眸を見詰めた。

「喜んで参りましょう。それがしも石田家の嫡男でござる。父上のお役に立てて嬉しゅうござる」

大人っぽい口調で、にきび顔に微笑が広がった。

これを見ると三成の顔は歪んだ。

「わしの分まで秀頼公を頼むぞ」

これ以上言葉が続かなかった。

翌日、表門には三成や妻や弟妹たちをはじめ、正継や重臣たちが重家の見送りに集まった。

妻や子供たちの目には涙が浮かび、湿っぽい雰囲気が周囲に漂う。

「若殿は恵まれておられるわ。わしなど早くから両親がいなかったので、誰の見送りも受けたことなどない。実に羨ましい限りだ」

左近の一言で座は盛り上がった。

「笑って発ちなされ。何かあればわしが佐和山から駆けつけましょうに」

留守勝ちな三成に代わって、自らの孫のように武芸や手習いの面倒を見てきた左近の目が潤んでいる。

「鬼の目にも涙か」

左近の涙に気づいた正継がからかうと、「目にごみが入っただけでござるわ」と左近は大きく手を横に振った。

「大坂に着けばすぐに知らせの手紙を書こう」

重家がそんな左近を気遣う。

頷いた左近は、「若殿、微笑って発たれよ。それがしは若殿の笑顔が見とうござる」と声を詰まらせた。

「左近の武芸は天下一だが、涙もろいのも天下一だ」

重家は泣き笑いのような表情をした。

「それがしも若殿と一緒に大坂へ行きたいが、佐和山で殿をお守りしなければなりませぬ。若殿もしっかりと秀頼公を守って下され。これは男の約束ですぞ」

「わかった。これまで左近に教えてもらったことを忘れぬぞ。これからも父上をよろしくな」

（これまでまだ子供だとばかり思っていた重家が、わしのことを心配してくれておるわ）

三成は込み上げてくる涙を押さえた。

微笑を浮かべた重家は、表門に居並ぶ一同に深々と頭を下げると、数人の家臣たちに守られるように大坂に向けて旅立っていった。

「殿下があれ程家康を警戒していたのに、奉行衆たちはやつに伏見城を献上してしまったぞ。お主がいないとやつは好き放題しておる」

数日後人目を避けて佐和山城を訪れた行長は、増田ら奉行衆の腰抜けぶりを三成にぶつけた。

（いよいよ家康めは化けの皮を剥がしたか）

「輝元公や景勝公は反対しなかったのか」

「いや輝元公は立腹するどころか、家康と『お互いに助け合おう』と誓紙を交わしたらしい。輝元公が頼りにならぬのはお主が伏見城に籠った時と変わらぬわ。それに蜂須賀家政や長政らを訴えた軍監の福原や熊谷らは家康の命令で居城を取り上げられたらしい」

福原は三成の妹婿だ。

「家康は殿下の仕置きを壊し始めた。わしも大坂にいては身が危うい。島津の内乱のことも気になるし、夏には領国に戻るつもりだ。お主は身を潜めて家康を見張っておいてくれ。何かあれば連絡を頼む」

この年の三月九日に島津義弘の三男・忠恒が家老の伊集院忠棟（ただむね）を殺害したのだ。怒った嫡男の忠真（ただざね）は島津本家に叛旗を翻し、都城に本陣を構えて国境を封鎖した。家康が島津と伊集院との仲介を九州の諸大名に命じたのは、三成が伏見城に籠城していた時のことで、三成は島津家の成り行きを憂えたが、身動きがとれなかった。

「吉継も同じように、『家康に心を寄せる者たちが幅を利かし、次々と豊臣家を思う者が大坂を去る』と愚痴をこぼしていたわ。秀頼公のことを思うと心細い限りだ」

七月になると、輝元・秀家らが家康に帰国を勧められ大坂を後にすると、利長・景勝まで領国に帰っていった。

（利長は父・利家が定めた「秀頼公の傅役をして大坂に留まれ」という遺言まで破って帰国するのか。奉行たちは一体何をしているのだ。彼らを帰国させてしまえば家康の思う壺ではないか）

九月に入ると家康は、「重陽の佳節を祝うため、大坂城の秀頼公のもとに参上する」と言い出した。

（大坂へきた時も一度も秀頼公にお目通りしたこともないくせに、大坂城の様子を窺うためだ）

家康の動きを注視していると、思わぬ情報が佐和山に舞い込んできた。

「増田と長束が大坂にいる家康の元を訪れ、『土方雄久（ひじかたかつひさ）と大野治長（はるなが）の二人が家康の登城を狙って刺し殺す手筈がある。前田利長と浅野長政が首謀者だ』と告げた」というのだ。

（増田と長束は家康の密偵になり下がったか。やつが利長や長政を豊臣政権から引き離そうとするのに手を貸すとは。わしが奉行衆に留まっておれば……）

佐和山からは物事が客観的に見えるが、手を下せない焦燥感は募るばかりだ。

（土方雄久は前田利長の従兄で、長政の嫡男・幸長は利家の娘婿だ。また大野治長は

雄久とは親しい。家康めは大老を帰国させると、豊臣家に一番近い利長殿と長政殿とから手を付け始めたか）

三成の焦りを見透かしたように、吉継が佐和山城を訪れた。

「苛立って塞ぎ込んでおるかと思ったが、意外と元気そうで何よりだ。おもしろい土産話を持ってきたぞ」

吉継は腕が見えぬよう小袖を長くして顔を布で包んでいるが、声には張りがある。

「家康が大坂城に登城したぞ。やつは滑稽と思える程慎重だ。兵三千を大坂に集め、井伊・榊原といった屈強の者に取り巻かれて登城すると、秀頼・淀殿母子に拝謁をした。下城の仕方がやつらしいわ」

「どのようにしたのか」

三成が急かせる。

「下城する折に襲われるのを警戒し、表門を避けて台所へ抜けた。台所に置かれている大行燈を知っているだろう」

「二間四方もあるやつだな」

「そうだ。『兵たちに珍しい物を見せてやろう』と命じ、やつは三千人の兵を台所へ引き入れ、彼らに守られながら台所から下城してしまったのだ」

「やつらしいな」

二人は哄笑した。

だが大坂を訪れた家康は容易に伏見へ戻ろうとしなかった。

三成が気を揉んでいると、再び吉継が佐和山にやってきた。

「とうとう家康めは、『秀頼公の後見をする』と申して、北政所様を追い出し西の丸に入り込んでしまったぞ」

「殿下が一番嫌っておられたことではないか。今北政所様はどこにおられるのか」

三成は彼女の身の上を案じる。

「殿下が築かれた京都新城へ移られたようだ」

新城は関白となった秀吉が、禁裏の東南の地に築かせた屋敷だ。

「藤堂高虎が西の丸に本丸に負けぬような立派な天守閣を造っておるわ」

「あの胡麻擦り男め」

秀吉の死期が近いと知った高虎は、形振り構わず家康に急接近した男だ。

同じ近江出身の三成や吉継と気が合わないが、清正・正則らとも仲が悪い。

「浅野・大野・土方殿らの処分も決まったぞ」

「長政殿はどうした」

「長政殿の領地は子の幸長に許されたが、自身は武蔵の府中に流された」

「三奉行は抗議したのか」

「残念だが……」

吉継は眉を曇らせる。

「それに来年早々家康は、『やつらを唆せた張本人を討つ』と申して、前田家を攻める腹らしい」

「言いがかりも甚だしい。利長殿は家康の暗殺には関わっておらぬ筈だ」

三成は憤慨した。

「証拠など要らぬ。理不尽でも何でもよいのだ。要は前田家を潰したいだけだ。利家公は四大老の中でも秀頼公の後見を任される程の大物だった。その前田家を潰すことで、家康は自分の力を諸大名に見せつけたいのだ」

「滅茶苦茶だ。誰も家康に反対する者はおらぬのか」

三成は悔しさに口唇を歪ませた。

十月になると「加賀征伐」の噂が佐和山まで伝わってきた。

（いよいよ利長殿は家康と一戦されるか。家康が北陸へ兵を進ませた時、やつは秀頼公を手渡す。その時が好機だ。上杉・毛利・宇喜多を旗頭として、一気にやつを後方

から追撃し利長殿と挟み討ちにしてくれるわ）

城内で鬱屈していた三成は、久しぶりに血が滾る思いがした。

佐和山から使者が各方面に飛び、大坂の奉行たちや家康の動きを見張る。

「この頃殿は若返られたようだ。何やら生き生きとされている」

三成は喜怒哀楽を顔に出す。

左近は主人の顔色で彼の考えていることがすぐにわかる。

（もう少し家康のように腹黒いところがあってもよいのだが、その誠実さが殿のよいところだ）

「家康が北国街道を通り過ぎるのを待ち、利長公が北から、それがしが南から追い、やつを挟み込みましょう。殿はその隙に大坂城に入って秀頼公を後見し、諸大名に檄を飛ばして下され。家康に不満を抱いている大名は多いでしょう。やつらを味方に入れれば十分に勝機はござるわ」

三成と左近の戦略は時宜に叶ったように思われた。

だが利長の取った行動は二人の思惑からまったく離れたものだった。

「芳春院様と家老が大坂へ向かったようでござる」

偵察者は遠路駆け通しだったのか、肩で息をしている。

「何！　それでは戦わずに和睦したのか」

「そうらしいです」

三成は拍子抜けした。

（利家殿は命を張って秀頼公を守ろうとしたが、利長殿は母親を人質に出してまで前田家の保身に走るのか。やつは腰が抜けてしまったのか……）

利長の弱腰を知ると、家康は大坂へやってきた芳春院を江戸へやってしまった。

（芳春院の江戸送りは重大なことだ。やつは豊臣政権を動かしているのは自分であると天下に示そうとしているのだ）

煙たい三成を蟄居させ、大老を領地に帰した家康には遠慮する者がいない。

前田が家康に膝を屈したと知った三成は、西の雄である毛利に決起を促す。

だが家康は毛利にも手を打っていた。

実子に恵まれなかった輝元は元就の孫・秀元を養子にしていたが、ようやく嫡男を授かったとたん、秀元を分家させようとした。

分家問題は秀吉の頃に行われることになっていたが、秀吉の死でこのことはしばらく棚上げされていた。

毛利弱体化を狙う家康は、四月頃から大老としてこの問題に介入し始め、長門・周防（すおう）

吉敷（よしき）郡それに父の遺領であった安芸佐伯（あきさえき）郡を秀元に与えることを輝元に約束させた。

奉行衆も家康の独壇場になすすべもなかった。

「この頃の家康殿の行いは不審なことだらけだ。今春から家康殿は再び私婚を結び始めた。縁組で徒党を結び勢力を貯えようとしているのであろう」

一刻者の長束はため息をつく。

「家康殿は大坂城に移ったので伏見城を秀頼公に返されるはずだがそれもせず、大坂城では大老やわれら奉行衆にも一言の相談もなく、一人の判形（はんぎょう）で書状を出している。こんな独壇場のような振る舞いは殿下の生前でもなかったことだ」

増田は不満をぶつける。

「殿下恩顧の諸大名は家康殿を注意すべきなのに、かえって擦り寄っていく。わしはもう大坂にいるのが嫌になったわ。領国へ戻ろうと思う。増田殿はなお大坂に留まって嫌なことを目にしなければならぬが、殿下の恩を思い出してそれを慰めにして堪えて下され。わしはもう疲れたわ」

将来を悲観した長束は、大坂を去って水口（みなくち）に向かう。

「殿、島津の方はどうなっておりましょう」

秋が深まってくると佐和山の山麓の左近屋敷は紅葉に染まり、茶室にいると別天地のような気分になる。

茶釜から〝シュー〟という音が茶室の空気を震わす。

左近は亭主の三成の手元を見詰めている。

「忠真は太守の義久の説得にも耳を貸さず、宗家相手に一歩も引かぬ気らしい。義久も手を焼いているようだ。家康は九州の諸大名に手伝わせようと、行長にも援軍を要請したが、義久は他国の仲介を断ったようだ」

「島津の内乱はわれらにとって手痛いですな」

左近はもし家康との間に戦さが始まれば、三成と親しい島津家からの援軍が期待できなくなることを心配する。

「家康めは前田と浅野を籠絡し、毛利には秀元を分家させて力を削いだ。今度狙うのは上杉か宇喜多だ。わしが奉行職におれば……」

茶杓を持つ手が震えた。

「そう思い詰められますな。家康とて人の子。いつか隙を見せましょう。その時こそそれがしが命を張って殿の恩に報うつもりでござる」

八手のような大きな手を伸ばし、節くれ立った指で天目茶碗を掴むと、左近は旨そうに茶を啜った。

　翌年は雪の舞う寒い日が続き、佐和山の城や城下も白一色の世界が広がった。

　珍しく静かな正月だった。

　三成は茶室から外へ目をやると、まだ雪は降り続いている。

　座布団に座っていても、痺れるような寒さが足元から這い登ってくる。三成は茶釜から吹き出る蒸気に目をやった。

（島津家は庄内の乱に手を焼き、家康の仲介を拒めなくなったようだ。だが九州諸大名の纏め役が行長ではなく、何故寺沢なのだ。「唐入り」でキリシタン大名を取りしきった行長の腕前は家康も知っている筈だ。家康は九州での行長の力を削ぎ、島津へ恩を売ってわしから島津を引き離そうとしておるのだ。行長は心配ないが、島津は家康に靡くやも知れぬ）

　茶釜から湯を掬うと、天目茶碗に湯を注ぎ茶杓で掻き回す。

（宇喜多家の騒動はもう収まったのか。上席家老の長船綱直に、叛旗を翻した戸川達安や宇喜多詮家たちの怒りは静まったのか）

　三成は年末から起こった宇喜多家内の争いの行方を危惧した。

（殿下は秀次様が切腹されてから、大老の秀家公を長い間手元に留めて手放されなかった。主君が不在では国元は不安がり、問題が生じても若い主君では老臣たちを押さえ切れなかったのだろう）

「長船が殺された」という情報に続き、「反対派の戸川達安・宇喜多詮家らが詮家の高麗(こうらい)橋の屋敷に立て籠ったので、主君派の明石全登(あかしたけのり)は延原(のぶはら)土佐、浮田(うきた)太郎左衛門らを集めて彼らと対抗しようとした」と秀家からの使者が佐和山に駆け込んできた。

（宇喜多家は揺れ動いている。多分家康が裏で糸を引いているのだろう）

「わしが二派の仲介をする。豊臣家を思う秀家公の家臣たちが分かれて争うなど見ておれぬ」

佐和山にやってきた吉継は三成に訴えた。

「前田・浅野・毛利・島津の後は宇喜多か。家康は次々と大物を潰していく。宇喜多は豊臣を思う唯一の大名だ。これを黙って見過ごす訳にはいかぬ」

吉継は仲介を試みたが、達安・詮家らは強行な姿勢を崩さない。

（榊原殿に頼るか）

吉継は徳川家で親しくしている榊原康政を訪れ、仲介の労を頼んだ。

「貴殿は宇喜多家の両派を宥めて欲しい。それがしは秀家公に会ってわれらの仲介の委任を取りつけよう」

仲介工作は上手くいきそうだったが、康政の仲介を知った家康は康政を叱りつけ国元へ追い返してしまった。

困り切った吉継は三成に相談しようと佐和山へやってきた。

「達安や詮家らは、国政の不満を漏らし秀家公に直談判しかねぬ勢いだ」

「秀家公も家臣に突き上げられて辛いところだな」

三成の言葉にため息が混じる。

「お主もこの問題にあまり深入りしない方がよい。家康が裏で動いているのはわかっている。やつにあらぬ疑いを受ける前に身を引くのが賢明だ。後は奉行の増田に任しておけ」

「増田ではどうにもならぬが……」

「仕方があるまい。家康の力は増々大きくなろうが、機会を待つしかわれら小禄者にはどうにもできぬ。悲しいことだ」

三成は肩を落として帰路につく吉継を表門まで見送った。

結局家康が騒動に乗り出し、「達安・詮家は前田玄以に、花房（はなぶさ）志摩守と岡越前守は増田に、花房助兵衛（すけのひょうえ）は佐竹義宣に預ける」と決めた。

「主君に逆らう家臣をわしの判断で手討ちにもできぬのか……」

秀家は地団駄を踏んで悔しがったと噂された。

三成は茶室にいる。

陽光が差すと根雪が融け始め、屋根から落ちる音がする。茶色をした地面が現われ、所々に芽ぶいた草の緑色が目立つようになり、戸外の景色が明るくなった。

(家康の横暴ぶりには目に余るものがある。今度は昨年帰国した景勝に上洛を命じ、それを撥ね付けた景勝を討つために諸大名に檄を飛ばした。無理矢理に上杉に戦さをしかけて、誰が敵か味方かを謀ろうとしているのだ)

三成は大きく息を吸った。

(上杉は前田と違い謙信公以来の強国だ。家康の脅しに屈することはあるまい。家康は東上のために大坂を離れるだろう。その時が好機だ。秀家公はもちろん行長や毛利など、家康に不満を抱いている西国の諸大名たちは立ち上がるだろう。いよいよ佐和山で温めていた秘策を実行に移せるぞ)

三成の心は震えた。

「いよいよでござるな」

のっそりと茶室に入ってきた左近はちらりと三成を見た。

「いよいよだ。念を入れたい」

三成の目の色から決意が伝わってくる。

「殿はそれがしに、『会津へゆけ』と申されたいのですな」

「相変わらず察しがよいわ。景勝の決意の程を知りたい」

（殿の目はまるで子供のように輝いている。こんな殿の顔を見るのは久しぶりだ）

「景勝がどんな戦さを考えているのか、そなたの目で見てきて欲しい。噂では会津若松の北西にある神指原というところに新城を築いているそうだ」

「すぐに発って家康が大坂を出る前に戻ってこなければなりませぬな。これは忙しい旅になりそうだ」

左近は家康が大坂を発つ時、彼の暗殺を考えているが、口にすることは避けた。

その夜、左近は僧衣を身に絡って佐和山城の裏門から滑り出た。

後方から一人の男が影のように左近をつける。

岐阜を越え尾張に入ると、清須は正則の城下町だ。天守閣の甍が光っている。

そこから岡崎・吉田・浜松・掛川と足を早めた。

（殿下は関東の家康が箱根の坂を越させぬよう腹心の家臣を張りつかせたが、田中吉政・池田輝政・堀尾忠氏・山内一豊らは家康に骨抜きにされておる）

箱根の手前の沼津は中村一氏の城下で、そこから先は家康の領国だ。

小田原に足を踏み入れた左近は城下の質実な様子に驚いた。江戸に近づくと城下には町屋や侍屋敷が建ち並んでいるが、城は天守を欠き、堀は石垣ではなく土塁が積まれ、伏見・大坂城を見慣れた左近には田舎の粗末な城にしか映らない。

（やつの質素倹約ぶりは天下人を目指している証しだ）

急に家康が不気味に思われてきた。

常陸は佐竹領だ。佐竹領内を水戸から那珂川沿いに北上すると、上杉領に達する。

左近はさらに北上する。

いつの間にか尾行していた者はいなくなっていた。

白河城が近づいてくると今まで迫っていた山塊が急に遠のき、平地が開けてくる。

前方を見ると二人の馬に乗った男たちが左近の方へ近寄ってきた。

一人の胡麻塩頭の坊主姿の男が低頭した。

「千年坊と申す。後ろからついてきたが途中で左近殿を追い抜いてしまったらしい」

「そういえば佐和山からつけられていたようだが、そなただったのか」

「足が早いのが取り柄でござる」

千年坊は白い歯をこぼした。

「『もし家康が北上するようなら、左近殿はすぐに佐和山に戻り、わしがこの地に留まるように』と三成が申しますので、はるばるこの地まで参ったという訳で……」

千年坊は頭を掻いた。

「貴殿の噂は殿からも耳にしている。殿もお主を重宝されておるぞ」

「観音寺以来の古いつき合いでござる」

千年坊は笑うと愛嬌がある顔になる。

「左近殿か、お待ちしていた」

もう一人は大男だ。

「この地は革籠原と申すところで、白河城の前線となる。われらはこの地で家康を迎え討つつもりだ」

兼続は馬から降りると、地形を説明する。

「ここは白河城から一里程南にあり、白河の関への街道を塞いで、やつらをこの地へ誘導するようにわざと街道を曲げておる。主君は白河城の北に布陣され、佐竹義宣公はこの地より東の赤館に陣を構えられる。それがしは西の那須岳周辺に陣取りをする。家康が黒羽城から北上した時、景勝公が迂回して革籠原の南からやつを襲う手筈だ」

左近は家康が引くにも引けず躊躇している様子を思い浮かべた。

「左近殿はこの陣立てをどう思われるかな」

兼続は黙って聞いていた左近に顔を向けた。

「練りに練った陣立てだが、わが主君が早く決起し過ぎれば、家康は途中で向きを変えこの餌に食いつかぬ。そうかと言って餌を食ってしまってからわが殿が立ち上がっては遅過ぎる。その時機がむずかしいかと存ずるが……」

「さすがは左近殿だ。よく見ておられるわ。目の前に餌をぶらさげ虎を餌に飛びつかせるのは良き猟師の心得だ。ご心配無用。われらに虎の扱いをお任せ下され」

自信に満ちた悠々たる兼続の態度を見ていると、蜀の諸葛孔明とはこのような男だったのかと左近は思った。

「まずは主君にお会い下され。若松城で待ちかねております」

城下には越後から寺院が移されているが、質素な景勝は氏郷が作った城と城下町をそのまま使っている。

堂々とした七層の天守閣を仰ぎ見た左近は、書院に通された。

五つ程兼続より年上の景勝は、鼻の下に口髭を伸ばし眉は釣り上がり、相当気が荒そうな武将だ。

「遠路はるばるよく見えられた。噂では家康がこちらへやってくるとか。やつは天下をわがものにしようと思っているようだが、わしはそんな理不尽を通させるつもりはない。石田殿にはその旨しっかりと伝えて欲しい」

「有難うござる。その一言を聞き、会津まで足を運んだ甲斐がござったわ」

傍らにいる兼続は立ち上がると、北西の方を指差した。

「神指城はここから一里程先に築城させております。家康がここに攻め込むまでに完成を急がせており、毎日一万人もの人夫が昼夜兼行で働いています」

左近が窓に寄ると蟻のような人の群れが会津盆地の北に集まり、その喧騒がここまで響いてくる。

「この城も手狭になってきて、西の阿賀川と東の白河街道を押さえる地に城を移そうと思って作っておるのだ。家康が見納めになる城だ」

口の重い景勝が頰を緩めた。

「四、五日城下に留まり湯治されよ。旅の疲れには湯に入るのが一番効く」

景勝は上機嫌だ。

「そうもゆっくりとしてはおられませぬ。家康は独楽鼠（こまねずみ）のような男で目を離すとすぐに姿を消してしまいます。翌朝にはここを発つつもりです。千年坊を残していきますので、何かあれば連絡を下され」

「独楽鼠はよかったわ。それにしても上方衆は何と忙(せわ)しいことだ」

兼続は高名な左近の武辺話を聞きたかったが、諦めざるを得なかった。

三月の終わりには佐和山に着いたが昼夜を問わず駆け通したので、さすがの左近も崩れるように城門を潜った。

「老人には酷な役目だったな」

三成は土埃にまみれた左近を労る。

「景勝公の決心は固いと見ました。それに景勝公は三月十三日に謙信公の二十三回忌を行い、領内の城主たちを若松城に集め、謙信公の霊前で諸将たちに一致団結することを誓わせたようです。また前田利太(としたか)・車斯忠(つなただ)・上原泰綱(やすつな)・山上道及(やまがみどうきゅう)・岡野左内といった一騎当千の武士たちを雇い入れ、街道、城下は戦いに備えて慌しい様子でござる」

「景勝公は謙信公を信奉している男だ。家康など何程の物だと思っている筈だ。今度こそ好機到来だ。わしはこれから安国寺や行長らに書状を認める。そなたは屋敷へ戻って休め。老体には睡眠が一番の薬だ」

三成は左近を退がらせると文机に向かった。

数日後佐和山へ秀家からの使者がやってきて、秀家の言伝を述べた。

「家康殿が景勝公へ上洛を迫ったようでござる。わが殿は、『秀頼公が幼少なので、今上杉征伐などで大坂を留守にすると、秀頼公の後見役はどうなさるのか』と反対しております」

（家康は誰の言うことも聞くまい。いよいよやつは大坂を離れるか）

三成は身震いした。

「景勝公はやる気だな」

「引く気はないようです。家康殿の恫喝に兼続殿が返事をされ、その返書を見た家康殿は随分と立腹されたと聞きます」

「そうか。家康は激怒したか」

「はい、『五十七にもなってこんな無礼な手紙を見たことがない』と言われ、手紙を引き裂かれたとか……」

（兼続もなかなかやるな。だが上杉征伐へのきっかけが欲しかった家康は、大いに喜んだ筈だ。わざと怒った振りをしただけだ）

その後上杉攻めに執念を燃やす家康は動きが早かった。

増田・前田の二奉行と中老の生駒・中村・堀尾の三人が連署して、「上杉征伐の中止」を訴えるが、聞く耳を持たない。

佐竹・伊達・最上・前田らに上杉に備えるように指示すると、六月六日に西の丸で諸大名を集めて軍議を開き、十五日には彼らを引き連れて大坂城本丸で秀頼母子に対面した。

「爺めは秀頼公に逆う上杉景勝を懲らしめに会津へ参ります。上杉を降参させるなど半月もあれば十分でござる。留守中何かあれば増田・前田殿に申されよ。西の丸には佐野綱正を残しますので、何なりとご用をお命じ下され」

「若殿、家康殿に出陣のお言葉をかけてやりなされ」

上座から淀殿が八歳になった秀頼に声をかけた。

「江戸の爺、わしに代わって会津まで行くのか。ご苦労だな、爺はいくつになる」

人を疑うことのない澄んだ目だ。

「五十七になります、秀頼公のためなら、老体に鞭打っても励みまするぞ」

「そうか。長旅だが体をいとえよ。これはわしからの送り物じゃ。遠慮せずに受け取ってくれ」

目録には黄金二万両、米二万石、宝刀、茶器などが書かれている。

「これは有難いことでござる。大切に使わせて頂きます」

淀殿の冷たい目差しが光ったが、家康は低頭した。それに倣って諸大名たちも額を畳に擦りつけた。

（これで秀頼公のために上杉征伐をやるという大義が立ったわ）

家康は一騎当千の家臣らと、諸大名の兵五万を加えて東海道を下る。

伏見城を鳥居元忠に任せた家康は、大津城の京極高次のところへ寄り、「もし上方で異変が起これば、この大津城で食い止めよ」と命じた。

（いよいよ動き出したぞ）

茶室に籠って戦略を練っている三成の身体が興奮で震えた。

「それがしも関東へ出陣したい。もしお許しがなければ嫡男の重家を名代として従軍したい」

三成は家康の反応を確かめようとした。

「その方は引退したのだから、出陣するには及ばぬ。どうしてもと申すなら重家を連れていこう」

家康の返答は予想通りだった。

「やはり、やつはわしが挙兵するのを待っているようだ。そうでなければわしの出陣を許す筈だが」

「そのようでござるな。やつは敵・味方を見極めわれらを誘い出そうとしておるわ」

左近は家康が勝負をかけてきたと判断した。

「東は上杉、西はわしを含めやつに反感を持つ者が挙兵する。二方向からやつを押さえれば十分に勝機はある。待っていた甲斐があったわ」

三成は伊予にいる安国寺に使いを遣り、佐和山に呼び出した。

安国寺は毛利の使僧を務めていたが、秀吉から伊予六万石を与えられている大名で、毛利を動かすにはこの男が必要なのだ。

六十を越えてはいるが、肌はつやつやとして、剃り上げた坊主頭からは精気が立ち昇っている。

「いよいよ家康が動き出しましたな。三成殿は立たれるおつもりだな」

安国寺は三成の腹を読む。

「家康を料理するには毛利輝元公の力が欠かせませぬ。貴殿が取りなしてもらいたい」

「これは高くつきますぞ。何せ並ぶ者がいない程の実力を有する家康と敵対することになるからのう」

安国寺は毛利を高く売り込みたい。

「輝元公には大坂城に入って秀頼公の後見をお願いしたい。わが軍の総大将となってもらうつもりだ」

「この前の伏見城の時のようにはなりますまいな」

安国寺は七将に追われた三成が伏見城に籠った時のことを持ち出した。

「あの時は家康に大坂城の秀頼公を押さえられてしまい身動きができなかったが、今度は違う。やつは大坂を去るからな」

「それはそうだが、やつは秀頼公を手放してまで会津に出陣しようとしている。余程の自信があるのか、三成殿の力を見くびっておるのか……」

安国寺は皮肉っぽく口元を歪めた。

「やつは多分毛利は立たぬと思い、わしの力ではそんなに兵力は結集できぬと高を括(くく)っておるのだろう」

三成は苦笑した。

「加賀の前田は無理として、秀家公は大丈夫だろうな」

「秀家公は豊臣一筋のお方で家康嫌いで通っている。まずは心配は要りませぬ。島津・佐竹・小西は間違いなくわが陣に加わろう。後は輝元公を頭に九州の諸大名と四国の長宗我部らが味方すれば十分家康と対抗できよう」

「やつが率いている京より東の大名は説得しても無理だからのう。だが三成殿の申すように西側の大名を集めればおもしろいことになりそうだ」

安国寺は秀吉に従って毛利家を牽引していた頃を思い出した。

「わしが活躍していた頃は元就公をはじめ、吉川元春、小早川隆景公などまだ若かった。その毛利一族も当主の輝元公はもちろんだが、吉川広家、小早川秀秋公と若い世代となってしまった。隆景公が存命なら一族も一枚岩で家康に対抗できるのだが……」

（安国寺も老いたか。だがやつの影響力はまだある。きっと輝元を説き伏せてくれるだろう）

京を発ってからの家康の動きはのろい。まるで三成の挙兵を誘っているようだ。

江ノ島を見物したり、鎌倉宮に詣でたり、金沢八景を遊覧している。

「家康が江戸城に入った」との密偵の知らせを伝えるため、左近は茶室に向かった。

「やっと江戸に着いたか。やつが江戸を離れたらこちらも準備に移らねばならぬ。まず吉継を誘わねば」

「今日でしたな。大谷殿が重家様を同道するために垂井にこられるのは」

「何としても吉継をわが陣に入れねばならぬ。話せばやつならわしの思いをわかってくれる筈だ」

「大谷殿は殿が伏見城で籠城された時、親身になって説得工作に尽力されたお方。大谷殿なら豊臣家を思う殿の気持ちが伝わる筈です。よもや拒まれますまい」

左近は自家の保身に走る大名が多い中で、吉継だけは豊臣家の行き先を憂える一人だと信じている。

（それに殿にはない柔らかさがあり、諸大名からの受けもよい。このような人が殿の側にいれば、諸大名たちもわが陣に集まってくるだろう）

左近はずけずけと意見する三成に、敵が多いことを知っている。

「ぜひ佐和山にお招きあれ」

吉継は千人の兵を率いて垂井までやってきた。

「重家殿はどうした。まだ来られていないようだが……」

佐和山からの家臣の中に重家の姿が見えぬことに吉継は不審を抱いた。

「『ぜひに佐和山までお越し下されとのわが主人の言伝でござる」

三成の家臣は乞うように言う。

（まさか……）

「わしに佐和山に立ち寄れと申すのか」

吉継は首を傾げた。

佐和山城に向けられた目は、霧に包まれた世界を彷徨うだけだった。

（ひょっとしたら……）

一瞬吉継の頭に伏見城での思い詰めた三成の姿が浮かんだ。

「よし、わかった。さっそくこれから参ろう」

琵琶湖を吹き抜ける湿った風が吉継の輿を通り過ぎる。

「久しぶりだな吉継。よくきてくれた」

大手門まで出迎えた三成は、布で顔を包んだ吉継の手を力を込めて握りしめた。

「喉が乾いたであろう。茶を点てよう。話はそれからだ」

三成は手を引いて吉継を茶室に導く。

用意された茶釜からは〝シュー〟という音が茶室に響く。

「単刀直入に申そう。実は今が家康を討つ絶好の時だ。わしは立つことに決めた。味方してくれるな」

「本気か！　お主は殿下に仕えて何を見ていたのだ。信長公亡き後、殿下は上様のお子を守って織田政権を支えてきたか。実力ある者が天下を治めるのだ。これは今に始まったことではない。それに今挙兵すればお主を憎んで襲撃した清正たちは皆敵に回り、豊臣家は分裂するぞ。秀頼公のことを心配するなら挙兵などするな」

「わしが立たずとも家康は豊臣家を乗っ取ろうとするぞ。今こそやつを取り除く好機だ。やつさえ殺せば豊臣家は滅びぬ」

「……」

　吉継は三成の決意の強さに思わず口を噤んだ。

「共に立ってくれるな」

「……」

「わしを助けて欲しい」

「せっかくわしらが駆け回ってお主を助けた伏見城のことを忘れたのか。今や家康の力は動かしがたい。成りゆきを静観せぬば身を滅ぼすぞ」

「忠告は有難いが、わしはとっくに命を棄てておる。命など惜しくはないが、殿下が心を砕いてつくられた政権を家康が潰していくのを、みすみす指をくわえて見てはおれぬ。やつは上杉の後には秀頼公にも手を伸ばしてこよう」

　黙り込んでいる吉継に、三成は語気を強めた。

「今立たねば豊臣家は滅ぶぞ」

「そんな大事な話なら何故前もってわしに相談してくれなかったのだ。もっと早く計画を知らせてくれていたら、伏見や石部で家康を討つ機会があったのに……。家康を逃がしてしまった今となっては勝機は去ったわ」

　吉継は裏切られた気がした。

「少し頭を冷やせ。またくる」

（蟷螂の斧だ。二百五十万石の身代の家康と十九万石の三成とでは勝負にならぬ。だがやつの豊臣家への一途さはわかるが……）

垂井の宿で平塚為広を三成説得へ遣るが、三成の決心は揺るがない。

蟷螂が哀れになった吉継は、再び佐和山を訪れた。

「平塚からお主の決心の固いことを聞いた。一つお主に文句が言いたい。わしはお主の知己だと自負していた。だがこんな大事をまずわしに相談せずに、安国寺や兼続に図ったことにわしは腹が立つ」

怒りながら吉継の心は三成の方へ傾いてきた。

「まあわしの二万石という身代から考えてもやつらの後回しになるのはしかたがないが、朋友としてまず最初に知らせて欲しかったわ」

吉継の目に優しさが光る。

（承諾してくれたのか）

竹馬の友の表情は今も変わっていない。吉継の目が許していることを示していた。

「それともう一つ。今度はわしからの忠告だ。お主は気性が真っ直ぐと言えば聞こえがよいが、横柄者で通っている。家康は実力があるが慇懃で愛想がよいので諸大名の評判がよい。まずお主が総大将では人は集まらぬ。毛利輝元公か宇喜多秀家公を上に立てて、お主はその下について事を運べ。もう一つ、これは苦い忠告だ。お主は智恵才覚では他に並ぶ者はいないが、勇気という点では不足している、輝元・秀家公が同意しているとは言っても、お主が先陣を切って討ち死にする覚悟で事に臨まねば誰もお主についてこぬぞ」

「耳が痛い話だが知己こそならの諫言だ。喜んで受け入れよう。お主が味方してくれるのなら鬼に金棒だ。これから安国寺に使いを出し、三人して策を練ろう。まずは祝盃だ」

蟷螂のはしゃぎぶりに吉継は苦笑した。

数日後、安国寺が佐和山にきて、「輝元公を総大将として大坂城につれてくる」と請け負った。蟷螂の歓喜は頂点に達した。

「愛知川に関所を設け、東上する大名を大坂へ向かわす。

岐阜城主の織田秀信を味方につける。

兼続を通じて越後に一揆を起こさせる。

諸大名の妻子を人質にとる」

以上のことを三人で取り決めた。

数日後輝元は勇んで大坂へ遣ってくると、西の丸の留守を守っていた佐野を追い出し、自分が西の丸に入り、嫡男・秀就（ひでなり）を本丸に遣った。

「秀家公は輝元公を総大将にするのを了承なされ、われらの筋書き通り進んでいる」

吉継は大坂城の様子を佐和山の三成に伝えた。

「われらが挙兵する大義を起草した。目を通してくれ」

三成は充血した目を擦りながら書状を手渡した。

箇条書きの最初には、「内府（家康）ちがひの条々」と力強く書かれている。

「一、五大老・五奉行が誓詞をつくり、血判を押して連署してから、まだいくらも経たないのに、このうち二人（三成と浅野長政）を追い籠めた。

一、五大老の一人、前田利家が逝去したので、それにつけ込み利家の正妻（芳春院）を人質にして江戸に取り籠めた。

一、上杉景勝に何の罪もないのに、大老、奉行らの意見を無視して会津討伐に出かけた。

一、知行のことは現状維持の誓詞をかわしているのに、その約束を取り違え、秀頼様に何の忠節もない者どもに知行をあてがった。

一、伏見城には、大閤様が定められた留守番がいるのに、これを勝手に追い出し、私に人数を入れた。
一、五大老・五奉行の他は誓詞の交換をしないと大閤様に約束したのに、数多くの人々と誓詞のやりとりをした。
一、北政所は大坂城西の丸に座所なさるべきなのに、これを京都へ追い放った。
一、西の丸を占領した後、本丸のような天守閣を西の丸に造った。
一、諸将の妻子をえこひいきによって勝手に国元へ帰した。
等々
（これで家康が豊臣政権を裏切ったことが明らかになり、秀頼公を握ったわれらが正義だと諸大名は気づく筈だ。こういうことにかけては三成に敵う者はおるまい）

吉継は今さらながら三成の辣腕ぶりに瞠目した。

「これを諸大名のところへ送りつければ、東上している豊臣恩顧の者も家康から離反するだろう」

三成の目が自信に溢れている。

「内府ちがひの条々」の効果は抜群で、九州・四国・畿内の諸大名たちがぞくぞくと大坂に集まり、九万を越す大軍となった。

「これはいけるぞ。家康に不満を持つ者は思った以上だ。これで家康相手に堂々と渡りあえるぞ」

三成は目を輝かす。

「落ちつけ。秀家公や輝元公は、『打倒家康』で固まっているが、諸大名たちはこちらが有利と見たから集まってきたのだ。やつらの動向は旗色しだいだ。まだまだ気は抜けぬぞ」

「油断するな」と吉継は忠告する。

「家康は思わぬ成りゆきに戸惑っている筈だ」

三成はあくまで強気だ。

「明日大坂城で軍議を開くが、お主はもう少し佐和山におれ。あまり早く姿を見せると、挙兵の筋書きの張本人がわかってしまうからな。あくまで総大将は輝元公だぞ」

念を押す吉継の表情にも戦気が漲っている。

大坂城での軍議の中心は豊臣一族の秀家だ。

「総大将の輝元公と奉行の増田殿は大坂城で秀頼公を補佐して欲しい。それがしは奉行の長束・石田殿それに諸大名たちと美濃・尾張へ進出して家康の動きを探る。大谷殿は加賀の前田を牽制して下され。もし家康がわれらの動きに呼応して上杉と戦わずに西上してきた時は、輝元公は大坂城から出陣してそれがしと共に家康との決戦に備えて欲しい」

上座の輝元は顔を綻ばせて頷く。

「家康との一戦を前にして、できるだけ東進して西軍優位の状態で決戦に臨む」という三成と吉継の作戦は、秀家が諸大名に伝え、三成の奉行職復帰が叶った。

「まず伏見城を落とし、家康の出鼻をくじく」

千畳敷きの大広間の空気は、諸大名が発した気勢に震えた。

だが伏見城攻めは難行した。

秀吉が丹精を込めて作らせた伏見城は、防衛するのは易く攻撃するにはむずかしい堅固な城だ。

「鳥居元忠ら三千に対して味方は四万じゃ。何をもたついておるのだ。もうこれで八日も経つわ」

三成と左近は地団駄を踏む。

「いよいよ殿の出番ですぞ。佐和山から伏見へ出向き、戦さの弾みをつけねばなりませぬ」

暑さで汗が顔面に滴り落ちるが、三成の心は浮き立っていた。

伏見城の包囲軍には行長や島津義弘・安国寺をはじめ、吉川広家、毛利元康らが加わっていた。

　七将に追われこの城に逃げ込んだ苦い日々が思い出された。

「この城は長束のいた大蔵丸の東側の松の丸が攻め易い。何故そこを攻めぬのじゃ」

　三成は長束を見据えた。

　長束は恥じたように首を竦(すく)め、「わしの手勢の中に甲賀者がおり、やつの仲間が城内に潜んでおる。内応させて火を放させよう」と呟いた。

　その夜突然松の丸から出火し、包囲軍はそれを合図に乱入した。

　鳥居の家臣たちも手勢を率いて懸命に乱入する敵に切りかかるが、多勢に押され次々と討たれた。

　七月十五日から包囲されていた伏見城は、ついに落城した。

　秀家は敵の鳥居元忠、松平家忠、松平近正らの首を大坂へ送り、京橋に梟首(きゅうしゅ)させた。

　三成をはじめ、輝元、秀家、吉継、行長それに諸大名が西の丸に集まり、これからの方針を相談した。

「やつは江戸を出て上杉領へ向かっている。これでやつがどう動くかだ」

　三成が口火をきる。

「やつは上杉と佐竹を背後に回し去就に迷っておろう。三、四万の兵力では上杉や佐竹の城を打ち破ることはできまい。やつに従う諸大名たちにも伏見落城のことは伝わっておろう。まして彼らの人質はわれらが預かっている。もしやつが西上を決めて諸大名たちを連れてきても何も恐れることはない。尾張か三河辺りでやつの首を取ってやるだけだ」

三成の弁は冴える。

「家康は大老から外されたのだ。秀頼公を掲げるわれらが正軍でやつらは賊軍だ。やつに従う諸大名たちもわれらに味方する筈だ」

大広間の諸大名たちは大きく頷く。

「やつらが戻ってくるとしたら、中山道か、東海道を通って尾張まできて、そこから船で桑名に出るかだ。伊勢方面は毛利衆に任されよ」

輝元の鷹揚な声が上座から響く。

「大谷殿は加賀へ、わしは岐阜・大垣城を口説き、美濃・尾張まで出張ろう」

三成は佐和山で練った策を披露する。

「いずれにしても長期戦となろう」

諸大名たちは三成の策に頷く。

総大将は輝元だが、現地の大将は秀家で三成は秀家を支える役だ。

軍議が済むと諸大名たちは準備に忙しい。

吉継と行長が三成のところへ寄ってきた。

「お主は秀家公を立ててあまり前面に出過ぎるなよ」

吉継は釘を刺す。

「いよいよだな。武者震いがするわ」

行長はこの一戦に勝ち、商船を操り、九州の貿易を一手に扱う夢を膨らませる。


兼続は三成からの書状を景勝に手渡した。

「家康は江戸からこちらへ向かっておるようだが、さてこちらへ来るか、途中で西へ引き返すかだ。こちらからは仕掛けるという手があるが……」

景勝はいたずらっぽく笑った。

「後の先(ごせん)がよいでしょう。相手から手を出させてから攻める方が有利です。越後での一揆の段取りは済み準備は万端です。後は虎が餌に食いつくのを待つばかりでござる」

兼続の目は獲物を狙う猟師の目のように鋭く光る。

「佐竹はどうじゃ」

「義宣自身が棚倉(たなぐら)に布陣し、家臣たちは寺山、矢祭に陣を構え家康軍が北上するのを手ぐすねを引いて待っております」

「佐竹が離反することはないか」

「その心配はござるまい。義宣は背負いきれぬ程三成の恩を受けております」

「そうか、こちらの準備は上々だな。後は獲物がやってくるのを待つばかりか。一度白河城に戻ろう」

景勝と兼続は本陣のある長沼から南の白河城に入った。ここには重臣の安田能元(よしもと)と島津忠直ら六千が守っている。

そこから東の関山(せきさん)には市川房綱(ふさつな)と山浦景国の六千が控え、西の鶴生(つりふ)には本庄繁長・義勝父子が八千の兵を率いていた。

西方の那須の山々が連なる高原には、兼続の一万が家康軍の側面を突くように布陣しており、兼続が言うように準備はすでに済んでいる。

「これで革籠原に誘い込めば家康は袋の中の鼠だのう」

景勝は愉快そうに笑った。

「『戦さが始まる前には胸が高鳴る』とあの謙信公ですら申されました。わしらごときでは押さえようもないのは当たり前だ」

(無口の殿にしては珍しく饒舌だ。家康相手に気後れされていないわ)

小山で留まっている家康の元に「三成ら西軍が挙兵した」という知らせが入った。

「三成が佐和山から出陣することはわかっていたが、輝元がやつの誘いに乗るとは信じられぬ。それに大坂にはすでに九万もの兵が結集したらしい。『伏見城はやつらに包囲された』と元忠から知らせて参った」

家康はおどおどした表情で、本多正信に書状を渡した。

読み進む内に正信の手が震え始めた。

「『内府ちがひの条々』か。これは三成が考え出したものに違いない。これが諸大名の手に渡れば、やつらには西軍が正軍でわれらが賊軍と映りましょう。これは大変なことになったわ」

さすがの正信も頭を抱えた。

「諸大名たちに内緒でわが重臣たちを集めよ」

家康の顔も青ざめている。

彼らは本陣に足を踏み入れると異常な雰囲気を感じた。

家康は放心したように黙り込んでいるし、いつも自信たっぷりな正信は肩をすぼめて絵図面を眺めている。

「正信が何かくだらぬことを申しましたか」

井伊直政は家康に媚びる正信を皮肉った。

「そんなことではないわ。これを読め」

正信は直政に書状を渡した。

「これは……」

直政は絶句し、本多忠勝の手に書状を回した。

「輝元が大坂城へ入ったとは……」

書状は重臣たちの間を回る。

「どうなさるので……」

直政は家康に決断を迫る。

「これが諸大名に知れ渡るとやつらは動揺する。下手をすればわれらに離反してここが合戦場となるやも知れぬ」

正信が家康の危惧を口にした。

「……」

「諸大名の中にはもうすでに知っている者もいよう。こうなれば開き直るしかあるまい。こちらも腹を括り、諸大名を集め西軍挙兵のことを知らせるべきだ。どうするかはやつらの出方を見てから決めればよい」

忠勝は徳川家のあらゆる合戦に出陣し、修羅場を自分の判断で駆け抜けてきた。鋭い勘働きと胆が座った武将だ。

「わしも忠勝と同感だ」

朋友の榊原康政が忠勝の肩を持つ。

「それがよい」

重臣たちは次々と忠勝の考えに賛同した。

「もしですぞ。やつらがわれらに従うと誓った時はどうするのか」

分が悪くなった正信が周りを見渡す。

「お前ならどうする」

家康は人が悪い。このような場では自分の意見を吐かない。皆に意見を出させ、その中から一番よいと思われる案に乗る。

幼少期の人質時代から培われた性質は一生ついて回る。

「それがしなら諸大名の腹がわからぬ以上、諸大名たちを一旦その領地に帰すべきかと思う。彼らが戻るのを確かめてからわれら徳川家臣のみで箱根の険を守り、西軍を箱根で食い止めるのが上策かと存ず」

正信は慎重な男だ。

「それでは秀吉に滅ぼされた北条と同じではないか。そんな悠長なことをやっている暇はない。千載一遇のこの好機を物にしないでどうするというのだ。今は一刻を争う。このまま一挙に西上して三成ら西軍と雌雄を決するべきだ」

直政は若いが武将の勇ましさばかりでなく、苦労人らしく人の機微がわかる。

「三成を倒せば殿は天下人になられるぞ。諸大名の中には豊臣恩顧の者が多いが、やつらは秀吉の恩よりも自らの領地の方が大事だ。勝つ方に靡くのはいつの世も同じだ」

忠勝も直政と同感だ。

「よし、わしも決心した。明日諸大名に去就を問おう。やつらの同意を取りつけたら、すぐに大坂へ立つ」

重臣たちの毅然とした態度に、揺れる家康の心は治まった。

「直政はここに残れ。話したいことがある」

家康は直政に何か耳打ちすると、直政は黒田長政の陣に向かって歩いていった。

翌日の軍議は家康不在で進められた。「西軍挙兵」には諸大名たちから驚きの声が挙がったが、福島正則が床几から立ち上がった。

「大坂に残した妻子などに心を乱されるのは、男として見苦しい振る舞いだ。わしは家康殿に従い、西軍と戦う」

正則が誓詞を差し出すと、諸大名たちは次々と正則に続いた。

軍議は家康の危惧に反して呆気なく西上することに決した。

軍議の後は酒宴となる。

盃を手にして叫んでいるのは正則だ。

「三成や行長の首をこのように刻んでやる」

正則は羊羹を手で引きちぎると、それを口に放り込んだ。

直政の冷ややかな目が正則に向く。

（こんなやつが秀吉から重宝されていたのか。一代で成り上がった秀吉も苦労するな）

直政は返盃を繰り返している諸大名たちに哀れむような一瞥を投げつけた。

傍らにやってきた長政に促されて、直政は盃を空けた。

「貴殿のお蔭だ。礼を申す。豪傑の正則を御せるのはそなただけだ。これからもよろしく頼む」

長政は耳元で囁く直政に黙って低頭した。

「徳川軍が小山から南へ戻っておりますぞ。どうやら撤兵しているようでござる」

兼続は白河城にいる景勝に出陣を促すために使者をやった。

だが、「殿は首を振られませぬ」と使者は伝えてきた。

「そんな馬鹿な。この好機をみすみす見捨てるとは……」

使者の言が信じられぬ兼続は白河城へ馬を駆けさせた。

本丸では景勝が睨みつけるように、絵図面に向かっていた。

「殿、徳川軍が川に架けた舟橋を壊し、南に退いていきますぞ。すぐにやつらの後方を突きましょうぞ」

「……」

「どうなされた。殿、それがしが申しておることが聞こえておりますか」

いつもなら兼続に全幅の信頼を寄せている景勝は、兼続の意見に従う。

ようやく絵図面から目を離した景勝は兼続の方に向き直った。

「わしは家康を追わぬぞ」

兼続は耳を疑った。

「今何と仰(おお)せられた」

「家康とは戦わぬ」

「何故でござるか。今を置いて二度とこのような好機は来ませぬぞ」

「これを見い」

景勝は絵図面を兼続の方へ投げて寄こした。

兼続が見ると、会津領の白石と米沢から北の山形城に大きな丸が描かれている。

「白石が奪われそうだと伝令がきた。それに山形城にはぞくぞくと伊達の援軍が結集中だ。われらが家康の尻を追うと伊達が白石から、最上が山形からこちらへ向かってくる」

「われらが家康を追えば、佐竹を始め、家康に不満を持つ旧北条の家臣や関東の諸将も参陣しましょう」

「長引けばわが軍は北の伊達・最上と南の家康に挟まれてしまう。そうなれば佐竹もどう動くか怪しい」

「戦さには勢いというものがござる。今はわれらに追い風が吹いています。この勢いを失いますな。ご決断下され」

静かに景勝は首を横に振った。

こうと決めたら景勝は梃（てこ）でも動かない男だ。そのことは幼い頃から一緒に育ってきた兼続はよく知っている。

（殿は謙信公とは違う。謙信公なら自領を犠牲にしてでもこの好機を見逃されぬ）

謙信を見て育ってきた二人の夢は、謙信その人に近づくことだった。

（兄弟のように親しんできたが、為政者としての殿と、家老としてのそれがしにはおのずと立場が違ってきたのか）

「江南の良策求むる処無くんば
柴火煙中芋を煨くの香り」

という漢詩が兼続の頭に浮かんでくると、朋友三成の顔が歪んだ。


一方家康は、「上杉が追撃してきたら何としても鬼怒川の線で食い止めよ」と二男の秀康に言い置き、秀康を宇都宮へ配すると江戸へ引き籠ってしまった。

「殿、豊臣恩顧の者たちをどう致します。やつらは今にも三成に噛みつきそうな勢いですぞ」

正信の訴えを無視して、家康は文机に向かったままだ。

「やつらはわしに従い江戸まできたが、これからが難しい。何せわしは大老職をもぎ取られたただの一大名に過ぎぬのだからな」

声にはいつもの張りがない。

「『内府ちがひの条々』は三成の秘策ですわ。あれで殿は一躍悪人になられましたからなぁ」

正信は同情する。

「馬鹿め。そんなに呑気に構えている時ではないわ」

文机の側にはまだ墨が乾いていない書状が山と積まれている。

「お前がこの前申したように、やつらを箱根から引き離すのが一番良い。わしが江戸を発つのはやつらの動きを見定めてからだ。直政・忠勝を軍監として西上させよう。もし三成が秀頼公を担ぎ出せば大変なことになるからな」

秀頼が戦場に姿を見せた時、正則ら豊臣恩顧の諸将たちが自分たちに叛旗を翻すことを恐れた。

「秀頼を大坂城から出さぬようにしなければならぬ。正信、何か良い知恵はないか」

「秀頼の後見役は輝元でござるな。輝元が大坂城から出陣しなければよい訳ですな」

「簡単に申すな。輝元は西軍の総大将だぞ」

家康は祖父・元就と似ても似つかぬ鷹揚な輝元を思い出したのか、眉をしかめた。

「毛利とて当主が代替わりしてござる。隆景が亡くなって小早川家の当主はぼんくらの秀秋でござる。吉川家も武勇好みの広家で、毛利本家は頼りない輝元が舵取りをしております。付け入る隙は十分にあろうかと……」

家康は思わず膝を叩いた。

「確か広家は黒田長政の父・如水（じょすい）を敬（うやま）っておったのう。広家と長政は気が合っていたわ。小山でも長政は正則の説得に一肌脱いでくれた。毛利三家の切り崩しにもう一働きしてもらうか。さすがは正信じゃ。徳川家に知恵袋がいてくれてわしは安心だわ」

家康は諸将を江戸城の本丸に集めた。

「福島殿と池田殿の二隊は諸大名を率いて福島殿の清洲城に向かい、そこでわしの出馬を待って欲しい。直政と忠勝の二人によく相談するように。抜け駆けはならぬぞ」

諸大名たちが発つと、家康は長政を呼び戻した。

「何か忘れ物でも……」

「いや、大事な用件を言い忘れておった。実は毛利家のことだが……」

先まで言う必要はなかった。

「広家を通じて輝元殿が家康殿に忠誠を尽くすよう手を回しておりますれば、輝元殿が大坂城から出撃する心配は御無用かと……」

（正信が数日考え抜いた策を、長政めは何でもないような顔をして言いよったわ）

大きな目を見開いた家康は、まじまじと長政を見詰めた。

「そなたは父・如水譲りの才があるわ。わしの言いたいことはすべてお見通しだな」

「恐れ多いことでござる。浅才ながら家康殿のために十分励む所存でござる」

長政が低頭すると、凡庸な秀忠の顔が浮かんできた。

（こいつと如水とは敵に回せぬな）

「よろしく頼むぞ」

家康は長政の肩を軽く叩いた。

「殿、伏見城が落ちましたぞ」

正信が上方の情報を伝えても、家康は文机に向かって書状の山に埋もれたまま、返事もしない。

（上杉の動きを気にされておるのか）

「政宗が白石城を開城させ、兼続が米沢から山形城に向かった」という情報が伝わっていた。

（上杉の目は北の政宗と最上義光とに向かい、とても江戸に討ち入る余裕はないのに、殿は何を心配されておるのか。早く江戸を立たぬと清洲にいる諸大名たちが不審がる。そちらの方が心配だわ）

正信の危惧をよそに、家康は書状を認める手を休めない。

正信は転がっている書状を拾いちらっと覗いた。

増田や前田玄以・長束といった奉行衆にまで勧誘の手は伸びていた。

（わしも慎重な方だが、殿はその上を行くわ）

つくづくと丸まった家康の背中を眺めた。

（殿は清洲にいる連中が辛抱し切れぬまで江戸にいて、工作を続けられるつもりだ）

正信は家康に声をかけることを控えると、書院を立ち去った。


三成は佐竹や相婿（あいむこ）の真田昌幸に書状を認めると、八月八日には兵六千七百を率いて佐和山を発った。

一番手は左近と蒲生郷舎（さといえ）だ。

郷舎は左近と一、二を争う豪将で、本姓は横山喜内（きない）と言ったが、氏郷が亡くなると一万五千石で三成に召聘された男だ。

「やつは桑名か岐阜・大垣へやってくる。どちらにしてもそれまでに岐阜城と大垣城を押さえねばなるまい」

左近と郷舎は頷く。

大垣城主は伊藤盛正で彼の父・盛景は美濃舟岡城主だったが、秀吉に見出され小田原攻めの後、大垣城を与えられた。

　西軍が有利だと悟った盛正は大垣城を明け渡し、三成に続いて行長をはじめ高橋長行ら九州勢が入城した。

「岐阜と大垣城が最前線になるな」

　行長が広げられている絵図面を覗き込んだ。

「いよいよ家康と決戦するのか。やっとやつの息の根を止める時がやってきたわ」

　三成が行長の方に眼をやると、行長の顔には苦悩が広がっている。

「わしは『唐入り』の折には大村や有馬といったキリシタン大名を束ねていたが、今は寺沢にやつらを奪われてしまった。家康がそのように仕組んだのだ。お蔭でわしは手ぶらでここへやってきた。もっとキリシタン大名を集められると思ったのに……」

「何もそう悔やむことはない。お主が連れてきてくれた六千もの兵だけで十分だ。家康に一泡吹かせてやろう」

「済まぬ」

　行長はいつもの豪放さが影を潜め、額には深い皺が寄っている。

「いつものお主らしくないぞ、戦さはこれからだ。元気を出せ」

　行長は静かに頷く。

「毛利勢はどこにいる」

「やつらは桑名からやってくるかも知れぬ東軍を阻止するため、伊勢へ遣った」

行長は再び目を絵図面に移した。

「伊勢で骨があるのは安濃津（あのうつ）の富田信高と長島の正則の弟・正頼（まさより）ぐらいだ。だが毛利の大軍にかかればそうも時間はかからぬだろう。やつらが戻ってくるまでに岐阜城を奪って木曽川を最前線として、西上してくる家康を迎えることだ。ところでわが軍の総大将の秀家公はどこにいるのだ」

「伊勢へ加勢しておられる」

「何と言っても宇喜多軍と毛利秀元の軍勢がわが軍の頼みだ。ところで吉継の姿が見えぬようだが……」

「やつは加賀の前田の押さえで北陸へ行っている。金沢から大聖寺までやってきた利長を小松の丹羽長重（ながしげ）と北之庄の青木一矩（かずのり）らと助け合って金沢まで退かせた。やはり殿下の目に狂いはなかったわ」

「『吉継に百万の兵を指揮させてみたい』と殿下はよくおっしゃられたものだ。吉継も敦賀二万石ではなく正則や清正よりももっと大領を与えられてもよい男だ」

行長にいつもの豪胆さが蘇ってきた。

　八月十三日に輝政、正則ら諸大名が清洲城に入ったという知らせが大垣に届いた。だが清洲城には動きがなく、江戸の家康も不気味な沈黙を守っている。

「江戸の家康は上杉の動きを見定めておるのよ。よくよく慎重な男だ」

（まだしばらく江戸を離れまい）

　軍議の席に島津義弘が姿を見せたが、庄内の乱で国内が疲弊したのか、薩摩兵は千に満たない。

「いっそこちらから清洲に攻め込むか」

「いや相手に先に手を出させて、それを叩くべきだ。それに味方は各地に散らばっており、兵力が足らぬ」

　先制攻撃を主張する行長を、戦さ巧者の義弘が押さえた。

「岐阜城の秀信公は大丈夫なのか」

　行長は三法師と呼ばれた信長の孫・秀信の去就を危惧する。

「『美濃・尾張の二ヶ国を与える』との秀頼公のお墨付きで納得されている。家老の木造（こづくり）長政がおれば心配はいらぬ。もしやつらに攻撃されれば、やつらが木曽川の渡河に手間どる隙に大垣から後詰めしよう」

　三成はあくまで強気を崩さない。

だが三成の予想とは異なる事態が起こった。

八月二十三日、清洲に結集していた諸大名たち四万が岐阜城を攻めたのだ。

三成は焦った。

大半の兵は各地に散らばっており、周辺には行長、義弘ら二万の兵がいるだけだ。

三成は急使を義弘のところへ走らせ、大垣より一里程東にある墨俣（すのまた）の渡しに進軍することを請う。

自らは行長を誘って大垣と墨俣の間にある佐渡（さわたり）村まで二千の兵を率いて出陣した。

前線は木曽川から長良川まで西に退いたことになる。

岐阜城は敵に包囲されており、城攻めに加わらない長政・田中吉政隊が大垣に迫ってきた。

慌てた三成は岐阜城の後詰めどころではない。敵は大垣城を目指してきたのだ。

敵の進攻を阻むため、大垣城の東北にある長良川の合渡（ごうど）の渡しに舞兵庫・杉江勘兵衛を遣った。

その日は長良川は川霧に包まれ、舞らは川の西岸に陣取った。霧が晴れてくると思わぬところから敵は現われた。

霧に紛れて合渡の上流から舞や杉江の陣に北から攻め寄せてきたのだ。

激戦を制したのは敵で、舞たちは杉江らの死体を残して潰走した。

敗戦を知った三成は、佐渡村から退却しようとした。

「何を血迷われたのか。わが島津隊は墨俣におる。今三成殿が退却すればわが隊は死地に陥るではないか。もし退くならわが隊が撤兵してからにしてもらいたい」

義弘は数限りない戦さを経験しており、味方を置き去りにするなど考えもしない。

「敵は岐阜城を容易く手に入れ、合渡の渡し場での勝利に油断しておろう。味方の先兵が敗れただけだ。大垣城に残る新手を出して突けば、大勝しよう。うろたえず手配りなされよ」

義弘はこの地を死守する覚悟だ。

「ここで勝っても戦さの大局には関係はあるまい。一時退いて大垣城へ戻り、敵の出方を見るべきだ」

これを耳にすると義弘は舌打ちした。

「戦さは兵たちが大将に命を任せて一丸となってこそ力を発揮するものだ。大将の腰が引いてしまっていては、兵たちの士気も鈍る。大将が窮地に立ち留ってこそ兵たちは奮い立つのだ。ここは退くべきではない」

義弘の家臣たちが三成の馬の前に立つ。

「どうする」というように行長が三成を見た。

「いや、各地に散っている味方を大垣へ集めてから方針を決めよう。今は大垣へ退くべきだ」

「われら島津兵を死地に残して立ち去るとは卑怯ではないか」

怒った島津兵たちは三成の馬を押さえようとした時、馬の手綱を持つ男の手に杖の音が鳴った。

思わず男が手綱から手を放すと、三成はそのまま大垣城を目指して駆け去った。

義弘は追おうとする家臣たちを押さえた。

「戦さを知らぬ男よ」

目を怒らした義弘は、三成の後姿に呟いた。

「ちとやり過ぎたな。あれでは義弘殿はお主の采配に従わぬぞ。あの時やつの申す通り、島津隊を収容してから退くのが定石だ」

行長は西軍の足並みが乱れることを危惧する。

「いや大局を見失わぬことが大事だ。一時的な情に流されてはならぬ」

（三成は一度言い出せば耳を貸さぬ男だ。これ以上何を言っても無駄だ。早く秀家公か輝元公が大垣に来てくれなければ……）

その日の午後、三成からの急使の知らせを受け取った秀家が、一万七千の兵を連れて大垣へ戻ってきた。

「岐阜城が落ち、東軍のやつらが赤坂に陣を構えたと聞いたが、本当か」

三成と顔を合わすなり秀家は問う。今にも出陣しそうな勢いだ。

赤坂は大垣の西北一里程離れたところで、南北に杭瀬川が流れている。

長政・吉政隊はその赤坂に布陣している。

「正則や輝政らはまだ岐阜にいる。赤坂にいるのは長政らの一万足らずだ。こちらはわが兵を入れて三万は越えておる。やつらが赤坂に集結する前に、夜討ちをやろう」

「義弘殿と行長にも相談した上で……」

「馬鹿を申すな。夜討ちは秘密でやるから効果があるのだ。相談などしておれば夜討ちは敵にも漏れるわ。合力はいらぬ。わしの新手だけでやる」

秀家は決断を迫る。

「多分行長も義弘殿も賛成はするまい。一両日中には伊勢から毛利・吉川勢が戻り、輝元公も秀頼公を伴ってこちらへ参られましょう。それを待ちましょう」

「われら伊勢から七里駆けてきただけでも人馬とも疲れておる。まして赤坂の敵は合渡の戦いで精力を使い果たし、今夜は疲労困憊で立つこともできぬであろう。行長や義弘の合力はいらぬ。わしが先陣し、お主は後陣を務めればよい。必ず敵は逃げ惑うであろう」

秀家の目は必死だ。この一戦に賭ける決意が伝わってくる。

「いえ、正則や輝政らが到着していれば、敵は四万を越えておりましょう。こちらは秀家公とそれがしの兵を合わせて二万足らず。ここは輝元公の出陣を待つべきです」

「輝元公の到来を待っておれば、家康がやってこよう。やつらを叩く好機は今だ」

三成は首を振らない。

秀家は根負けした。

翌朝密偵からの報告で、岐阜方面から大軍が赤坂に集まってきていることが伝えられた。

（昨夜赤坂には、長政と吉政ら一万足らずの兵しかいなかったのか……）

三成は顔を歪めた。

その日家康は岐阜城が落ちたことを知った。

「長政は、『広家の説得で輝元は大坂を動かぬ』と申してきたぞ。これでわしもやっと江戸を発てるわ」

重しとなっていた毛利の存在が念頭から消えると、家康の顔から苦虫が去った。

「正信、正則らは大垣に迫っておるようだ。下手をすればわし抜きで三成と戦うやも知れぬ。それは拙いぞ」

家康の心配の種は尽きない。

「そうなれば豊臣家内のいざこざになってしまいますな」

「それでは上杉征伐をやろうとしたわしの立場が無くなるわ。だが三成めの、『内府ちがひの条々』でわしは戦いの大義をもぎ取られてしまったからのう」

拗ねたように家康は爪を噛み始めた。

「大義など絵に描いた餅に過ぎませぬ。やつら同士を戦わせ、殿はその果実を食えばよろしかろう」

「お前はいざとなると開き直るのが得意じゃのう」

「何せ三河一揆で鍛えられましたから。それより、宇都宮は秀康殿に任せて、秀忠殿を中山道から西上させられますか」

家康は頷いた。

「やつにはお前と康政をつければよかろう。途中の上田城には真田昌幸という曲者がいるが、お前がおれば心配無かろう。秀忠を頼むぞ。わしは箱根から東海道を行く。

赤坂で落ち合うようにしよう。正則らに単独で動かぬよう釘を刺しておく。戦場にわしがおらぬと果実を正則らに食い荒されてしまうからな」

家康は爪を噛むのを止めていた。

江戸の兵たちは準備に忙しくなってきた。

宇都宮へは使者が走り、八月二十四日に秀忠がおよそ四万の軍勢を連れて信濃へ向かうと、九月一日には、家康は三万の家臣を伴なって江戸を離れた。

一方三成は各地に散った諸大名に使者を飛ばした。

安濃津・松坂城を落とした毛利勢や、北陸からは吉継が大垣周辺まで戻ってきた。

吉継は絵図面を睨む。

「毛利秀元と吉川広家は大垣の西の南宮山に布陣した。わしは中山道と北陸街道とが交わる関ヶ原に陣取る。南の松尾山は今改修しており、ここに秀頼公と輝元公を迎えよう。さすれば東は大垣城と西は伊吹山と南宮山に挟まれた関ヶ原だ。わしと輝元公が関ヶ原の西の出口を閉じれば、お主は大垣から、南宮山の秀元・広家らは東の入口を塞ぐ。そうなればやつらは袋の中の鼠だ」

吉継の頭の中では東軍の慌てふためく姿が見えているようだ。

「秀秋はどうしている」

「やつは伏見城攻めには加わったが、その後は伊勢から引き返して近江の石部で病と称して引き籠り、今は高宮で動かずにいる。どうも家康に大坂城の情報を漏らしているという噂が立っている。やつはわれらに従うつもりかどうかわからぬ」

三成は秀秋の動向が気になる。

「やつは隆景殿から引き継いだ一万五千もの兵を有しているのだ。やつが敵に回れば痛いぞ」

吉継も秀秋の動きに不審を覚える。

「秀頼公が生まれておらねばやつが豊臣家の後継者となっていた筈だ。秀頼公には良い感情を抱いてはおらぬ。それに『唐入り』では殿下に叱られて名島から北之庄へやられた恨みもあろう。やつが敵に回ることも十分に考えられるぞ」

三成は秀秋の去就を迷う。

「もしもの時は佐和山城に呼び寄せて殺してしまおう」

「やつは警戒して動くまい。わしはやつには嫌われている。お主には良い感情を持っている筈だ。やつのことはお主に任そう」

吉継は関ヶ原へ戻ろうとした。

「それがしも関ヶ原へ同行致す。もし赤坂へ家康がやってくれば、東軍は大軍となろう。どういう戦さになるかわからぬが、大垣城に籠って諸大名たちの動勢を窺うか、相手の出方次第では関ヶ原まで退き、中山道・北国街道を固めて関ヶ原までやつらを誘き寄せ、南宮山から秀元・広家殿らがやつらの後方を突くような決戦もありうる」

左近は戦場を駆けているかのように目を細めた。

「いずれにしても南宮山の秀元・広家ら一万五千が鍵となるな。毛利は大丈夫だな」

吉継は念を押す。

「安国寺が請け負ってくれている。それに広家は如水殿を尊敬しているが、家康嫌いだ。毛利は心配ない。それに南宮山は絶好の大垣城への後詰めの地だ」

三成は胸を張って答えた。

左近と吉継は駒を並べて関ヶ原へ向かう。

中山道を西進すると北からは優美な姿をした伊吹山が迫り、南には南宮山が迫ってきた。

「ここが最終の陣地でござる。わしは中山道を、三成には北国街道を押さえてもらおう」

吉継が指差したのは伊吹山麓の笹尾山という北国街道を見降ろす小山だ。伊吹山とは峰続きである。

そこから南には丘のような小山が続き、標高三百メートル近い松尾山が最南端だ。

「確かにここから松尾山まで縦長に布陣すると、われらを討ち破らぬ限り京・大坂へは行けぬな」

左近は吉継の目のつけどころに感心した。

（やはり殿下のお目は正しかった。だが吉継殿がせめてわが殿や小西殿程の身代だったら……）

「脇坂らに命じて土塁や砦を築かせておる。不備があればわしか彼らに申されよ」

見ると笹尾山麓から南の松尾山にかけて空堀が掘られ、人の背丈の二倍程ある土塁が築かれている。

近在の百姓たちに混じり、上半身裸になった兵たちが忙しそうに働いている。

「これは恐れ入る。さっそくわが兵を呼び寄せ手伝わせよう」

南宮山や笹尾山それに松尾山からは堀切りや砦を造る槌音や兵たちの喧騒が響いている。

左近は陣営づくりに、大垣城と関ヶ原とを何度も往復した。

「殿、南宮山の秀元と広家殿の陣でござるが少し山の上過ぎております。それにあの山は険阻（けんそ）な上、湧き水もないような高い山でござる。あれはいざという時、すぐには山から降りられませぬぞ」

「左近は毛利の戦意が乏しいと申すか」

三成は眉を曇らせる。

再三の出馬要請にも大坂城の輝元は応じないのだ。

「そもそも南宮山の山麓には南宮大社があり、美濃の国府の南にあるので南宮大社と呼ばれておりますことをご存じか」

「存じておるが、その神社がどうかしたのか」

左近は苦笑した。

「何も神社の由緒のことを申し上げておるのではありませぬ。要は南宮山はその大社のご神体なのでござる。それに長宗我部が陣営としている栗原山も栗原九十九坊と申す山岳寺院があり、そんな山に布陣すること自体が問題だと申し上げておるのでござる」

「やつらは神域に逃げ込んでいると申すのか」

「その通りでござる。輝元公が出馬されぬのは最初から申し合わせていたのかも知れませぬぞ」

「それはそなたの考え過ぎじゃ」

三成は無理に笑おうとしたが口元が歪んだ。

翌日、心配になった三成は南宮大社から急な坂道を登り、山麓にある安国寺の陣を訪れた。

安国寺は三成に床几を勧め、茶を啜りながら扇子で風を送っている。

「毛利は大丈夫でござろうな」

三成はその韜晦（とうかい）したような安国寺の表情から彼の心境を盗み見しようとしたが、肉厚な顔からは何の反応も読み取れない。

「心配はござらぬ。われらは蜂須賀家政の阿波を押さえ、大友吉統を九州へ遣った。吉統には東軍へついた大名領を奮わせておる」

安国寺の額からは玉のような汗が顔面に伝わってくる。

（毛利は自領に近い西国のことのみに専念しており、輝元には家康を倒すつもりはあるのか……）

毛利不信が三成を不安に陥らせた。

（賢明な安国寺のことだ。家康が西軍の総大将の輝元を許さぬことぐらいは知っている筈だ）

　だが仮面のような表情からは安国寺の本心が読めなかった。

「輝元公の出馬はまだない。そなたから出馬を催促して欲しい。家康も江戸を発って
こちらへ向かっているらしい。一刻も早く松尾山に出迎えたい」

「わかった。すぐに連絡を取る」

　安国寺はいつもと変わらぬ表情で答えた。

　しかし依然として輝元がやってくる気配はなく、広家・秀元ら吉川・毛利勢は南宮
山に籠ったままだ。

　数日後、大垣城本丸にいた三成は絵図面を眺めていたが、城内に喧騒が起こった。

「何かあったのか」

　左近は赤坂方面を睨んでいる。

「金の扇の旌旗が赤坂に翻っております。いよいよ家康がやってきたようでござる」

　城兵たちの目に恐怖が浮かんでいる。

（これはいかぬわ。兵たちは動揺している）

　戦さ慣れした左近には兵たちの心理がわかる。

「兵たちを景気づけて参る」

　本丸を出た左近は杭瀬川付近に兵を伏せると残りの部隊を渡河させ、わざと敵を挑

発した。

これに乗じた敵が川を渡ってきたところを伏兵が横から現われ、敵兵は多くの死体を残して逃げた。

（鮮やかなものだ）

本丸にいる三成は、兵たちの目に自信が湧いてきたのを認めた。

日が暮れてくると伊吹降ろしが肌寒い。しかも雨が降り出した。

「今日、松尾山が小早川勢に占領されました」

吉継からの使者が大垣城へ駆け込んできた。

「何！　金吾（秀秋）があの地を押さえたと申すか。あの馬鹿は何を考えておるのだ」

三成は思わず扇を取り落とした。

急を聞きつけた秀家をはじめ、行長・義弘らが本丸に集まってきた。

「松尾山に金吾が入ったとなると、われらの戦略は根底から崩れてしまう。金吾の動向は不明だが、もしやつが家康側につくと大垣城は東と西から挟まれてしまう。これでは関ヶ原まで兵を退げて戦うしかあるまい」

「南宮山の毛利は動いたか」

吉継と行長は同時に叫んだ。

「もしやつらがわれらを襲えばその隙に家康がやってくるぞ」

秀家は大坂城から出馬しない輝元と南宮山に籠る毛利勢が腹を合わせていると疑う。

「やつらは旌旗をはっきりとさせず高見の見物をするつもりだ。赤坂から垂井までの中山道は敵の手中にある。われらは中山道を通らずに南宮山を迂回して牧田街道を通ろう」

三成は周囲の者たちに同意を求めた。

「闇を利用すれば赤坂の東軍にも、南宮山の毛利にも知れずに関ヶ原へ出られる」と三成は主張した。

「各々方は退くことばかりを申されるが、今が赤坂へ夜襲をかける好機でござる。家康も遠路から今日赤坂に着いたばかりで、兵たちも今夜は疲れてぐっすりと寝込んでいる筈だ。ここで勝って弾みをつければ、去就に迷っている毛利や小早川もわれらに味方するだろう」

何度も寡兵(かへい)で大軍を破ったことのある義弘の言は秀家や行長には魅力的に映る。

三成は迷った。

だが頭の中には大軍を駆って敵に対峙する秀吉の雄姿があった。

（堂々と戦いたい）

「この戦さは後世に語り継がれるような正義の戦さとなろう。関ヶ原では防衛陣地も整っている。泉下の殿下が見守る中で家康との一大決戦をやろう。それにわれらが関ヶ原へ行くことで、松尾山の金吾を監視し牽制できる」

「大義などで人は戦わぬし、戦さは勝たねば意味はない。勝者が自分の都合のよい歴史をつくるのですぞ。わが軍だけでも赤坂の家康の首を討ち取る」

義弘は朝鮮でも十倍の敵に大勝した豪将だ。

白熱していた軍議の席に一瞬静寂が漂った。

この時偵察隊が本丸へ走り込んできた。

「敵は大坂へ向かうとの噂が流れています」

軍議の場には再び大声が飛び交った。

「敵は大坂城の秀頼公を奪おうとしているのだ。秀頼公が敵の手中に入ればわれらは大義を失う」

三成は叫んだ。

「噂に惑わされてはならぬ。家康はわれらを城から誘い出そうとしているのだ。逆に今夜こそ家康の首を取る好機じゃ」

三成の耳には義弘の声が虚ろに響く。

「よし、関ヶ原まで退こう」

義弘は信じられぬというように口を閉じた。

これで軍議は決まった。

「福原をはじめ垣見、木村、相良、秋月、高橋らに城を任す。後の者は今すぐ城を発つ。松明は点けるな。敵にはまだ籠城していると見せかけるのだ」

激しく降る夜雨の中を諸将は松明も点けず、馬の口には枚を噛ませた。

牧田街道は関ヶ原への脇道で、道幅も狭く大軍は縦に細長く伸びる。

南宮山の東麓に布陣する栗原山の長宗我部の陣営の篝火の明かりが目印だ。

前方の闇にそれが揺れる様子は、螢が飛び交っているように映る。

三成隊を先頭に島津・小西・宇喜多隊が続く。

南宮山まで近づくと、三成は安国寺の陣所に寄ろうとした。

「毛利から家康のところへ漏らされれば危険です。殿は東軍を破ることだけに専念されよ。戦さが優勢になればやつらは山から降りましょう」

「輝元公は総大将だぞ。その代理の広家や秀元が動かぬとは。しかもわしらがやつらに遠慮しなければならぬとは……」

三成は鞭を折った。

「明日はわれらが勝つ。戦さに全力を注ぎましょうぞ」

左近は三成を励ます。

「そなたも大義ばかり振り回す主人を持って苦労するな」

三成は自虐的に呟いた。

「何を仰せられる。殿下の恩を忘れず、豊臣家のためにわが身を顧みない主人を誇らしく存じます」

「左近にそう言ってもらうだけでわしは嬉しいわ」

三成は目を瞬(しばたた)かせた。

「夜明けと共に決戦となりましょう。関ヶ原に着けば兵たちに握り飯を与え、十分に眠らせて英気を養わさせねばなりませぬ」

左近は雨を拭うような振りをして涙を隠した。

(明日は華々しく戦い、後世に殿の名を刻み込ませねばならぬ)

左近はぎゅっと兜(かぶと)の緒を締めた。

南宮山から毛利が、松尾山から小早川軍がこちらを襲ってこぬかと目を配りながら、西軍は黙々と行軍する。

前方の闇の中に篝火の明かりが薄暗く光り、松尾山の山容をうっすらと浮かび上がらせる。

三成は後続部隊を先に行かせると、山中村にある吉継の陣営に立ち寄った。

三成は頭からずぶ濡れだ。

「金吾が敵か味方か確かめてくる」

三成はそのまま松尾山に向かおうとした。

「止めておけ。わしが今さっき出向いてきたところだ。やつは病と称してどうしても出てこぬ。代わりに家老の平岡が出てきたが、どうも去就がはっきりせぬ」

吉継は舌打ちした。

「やつが味方するかどうかで明日の運命が決する。ここはどうしてもやつを味方に引き入れねばならぬ」

「行くな。もし金吾が敵ならお主を生かして帰さぬぞ」

「わしの命など惜しくはない。その時は後を頼む」

三成は単騎松尾山を駆け登った。

山中には煌々と篝火が灯り、兵たちには緊張した雰囲気が漂う。

（やる気だな）

三成は本陣に着くと平岡が出てきた。

平岡は一瞬驚いた表情をしたが、三成に床几を勧めた。

「金吾殿にお目にかかり直々に伝えたいのだが」

「生憎(あいにく)主君は伏せっております。用ならそれがしが承ろう」

三成は落胆した。

（やはり家康と通じておるのか）

自信が失望に変わる。

「それではしかたがない。わが方の願いを伝える。秀頼公成人までは金吾殿に関白を務めてもらいたい。それにこの戦さに勝った暁には旧領筑前に加えて上方二ヶ国を与えよう。ぜひわが方に御助力を承りたい」

「秀秋公は殿下の養子でもあった方でござる。何故家康などに合力しようか。ご安心あれ」

平岡は態度こそ慇懃だが、その表情からは本音が読めない。

（こやつも毛利同様日和見をきめ込むつもりか）

三成は強く口唇を噛んだ。

再び吉継の陣に戻った三成は秀秋の態度をなじった。

「心配するな。もしもの時はわしが秀秋に備えよう。わしがやつらを支えている間に、家康の首を取ってくれ」

　三成は力なく頷いた。

「毛利と小早川の態度がはっきりしないのはわしの力不足だ。お前を大変な目に合わせてしまった」

　三成は詫びた。

「何を言う。誰もが唯々諾々と家康のごり押しに従う中で、お主は堂々と家康に立ち向かい、不満を抱く大名たちを結集したのだ。それだけでも大した事だ。泉下の殿下も喜ばれておろう。勝敗は済むまでわからぬ。戦さがわれらに優利に進むなら、毛利と小早川はわが方につく。お互い明日は死に物狂いで戦おう。戦さが始まるまで少しは眠っておけ」

「わかった。殿下のためにもぜひ勝たねばならぬわ」

　秀家、行長、義弘の陣に立ち寄り、笹尾山に戻った三成は、左近に一切を任せた。陣の前方には土塁と空堀が松尾山の方まで伸びている。左近は土塁の外に二重の竹矢来を構え、兵たちをその内に布陣させた。

　蒲生郷舎は土塁に立ち、三成の陣営を見張る。

　雨中行軍した兵たちは陣営に着くと、握り飯を口にするや泥のように眠りこけた。

夜から降り出した雨は、空が白み始めると小降りになった。

法螺貝の音が響き渡ると、目を醒ました兵たちの動きが急に活発になる。

戦さの行方をあれこれ考えると、三成は一睡もできなかった。

おまけに昨夜雨中を動き回ったせいか、下痢気味で何度か便意を覚え山中の叢に駆け込んだ。

「少しは落ちつかれよ」

左近が窘（たしな）める。

雨が止むと霧が出てきて、関ヶ原を包み始めた。

「霧か。晴れるまでは動けぬな」

三成は偵察隊を放った。

霧は人馬とも白いベールの中へ包み込んでしまった。

やがて戻ってきた者は「敵が間近まで迫ってきている」と伝えた。

「家康は南宮山の毛利に備えてか後方に布陣し、正則ら東軍がわが方に向かって陣型を整えている様子でござる」

「南宮山の毛利は山を降りたか」

「いえ、山に籠ったままでござる」

偵察者は気の毒そうに答えた。

「そうか、ご苦労だった」

「やはり毛利は高見の見物を続ける腹だ」

三成は憎々し気に言い放った。

「もう毛利などに構われますな。目の前の敵を討ち破り、家康の首を取ることだけをお考え下され」

左近の目は闘志に溢れている。

霧が徐々に晴れてきた。

前方に目を凝らすと、極彩色の旌旗が風に靡き蟻のような兵の群れが狭い盆地に犇(ひし)めいている。

(まるで小田原攻めのようだ)

三成は石垣山城から眺めた小田原の光景を思い出し、傍らに秀吉がいるかのような錯覚を覚えた。

(泉下の殿下はこのわれらの仲間争いをどのような思いで眺められているだろうか)

一瞬悲しみにくれた秀吉の顔が脳裏に浮かんだが、三成は頭を振った。

前方には黒田長政の旌旗が望まれ、目を南に転じると、行長と秀家が布陣する天満山の前方には正則の旌旗があった。

山中村の吉継の陣へは藤堂や京極の軍が睨み合っている。

だが松尾山には動きはなく、静まり返っている。

正則の陣から鉄砲の音が聞こえたかと思うと、地鳴りのような怒濤の響きが関ヶ原を揺らせた。

人馬の喧騒と鉄砲の轟音が敵味方の陣営を襲った。

一直線に駆ける左近隊が前面の長政、加藤嘉明、田中吉政、細川忠興らの兵たちを討ち破り、敵を真っ二つに割って進み、反転すると敵は算を乱して逃げた。

笹尾山の丘から三成は縦横無尽に動き回る左近の働きぶりを眺めている。

(さすがは左近だ)

「左近だけに名を成さしめるな」

郷舎は兵たちに命じると、土橋から空堀を飛び越えて敵を追う。

たちまちの内に前面の敵を一町余り押し返した。

「郷舎は氏郷殿が自慢されただけのことはある」

東軍は笹尾山を目指して押し寄せるが、左近と郷舎隊に散らされて近寄れない。

正面からの鉄砲玉に混じって、北の丸山から斜めの銃声が盛んになってきた。

「あっ！」と叫んで左近が落馬した。

長政の鉄砲隊が放った一発が左近の胴の冑を貫通したのだ。

驚いた家臣たちが左近の周りに集まり、左近を抱き上げ馬に乗せると、三成の本陣まで運んできた。

「大丈夫か左近」

三成は思わず駆け寄った。

「この有様です。申し訳ござらぬ」

左近は肩で息をしている。

「何も申すな。傷に障る」

鎧を脱がすと下腹にどす黒い血がべっとりとついている。

「早く腹に晒を巻け。絶対に動かしてはならぬぞ」

(これは助からぬかも知れぬ)

左近が撃たれたと聞いた兵たちに動揺が走る。

「左近殿に代わってそれがしが先方を務めまする。ご免下され」

郷舎が馬に乗り敵陣へ向かうと、彼の家臣たちが続いた。

左近隊を押し返した長政隊は、再び郷舎隊の勢いに呑まれた。

「郷舎のやついやに張り切っておるわ」

笑おうとした左近は顔をしかめた。

「見ろ左近、敵は天満山と山中村の吉継の陣の土塁と空堀を攻めあぐねておるわ」

高台にある本陣からは戦場のすべてが見渡せる。

「さすがは吉継殿の造らせた土塁だ。郷舎の戦さぶりを見ておると、それがしが順慶殿に仕えていた頃を思い出すわ」

左近の頭の中には松永弾正を追い求め、大和盆地を駆け巡っていた頃の情景が浮かんでいた。

「見よ左近。家康めは南宮山の毛利が動かぬと知ってか、南宮山の先端まで陣を進めてきたぞ」

左近の目には旌旗が翻り、兵たちが動き回っている姿は映らず、闇の中を戦場の雄叫びや喧騒が近づいたり、遠ざかったりしていた。

それでも大きな目を三成に向けた。

「それがしは殿に仕え、楽しい夢を見せて頂きました。殿が殿下の懐刀となり、諸大名たちが殿の顔色を窺い、阿諛追従（あゆついしょう）している様を見た時、それがしが天下人となった気分でござった。もう何も思い残すことはござらぬ。それがしの手で家康の首を挙げられなかったことだけが心残りでござる」

「もう何も申すな」

真っ白の晒が鮮血に塗れ、青ざめた顔をした左近の胸が大きく波打っている。

「こんな頼りないわしによく仕えてくれた。礼を申すぞ」

三成の涙声が震えた。

「勝敗は時の運。殿は家康と堂々と戦われた。悔いは棄て、誇りを持たれよ。評価は後世の人がしてくれましょう」

苦しそうな左近の声が途切れたかと思うと、三成の腕が急に重くなった。

「左近、わしを残して死ぬな」

左近は子供が眠っているような安らかな顔をしていた。

「殿、秀秋が松尾山を下ってきましたぞ」

重臣の叫びに、土塁を守っていた兵たちの目が一斉に南に向いた時、一万五千もの人馬の群れが北の吉継の陣へ駆け降りていた。

「金吾め、殿下の恩を忘れたのか」

三成の叫び声と同時に、大谷隊の旌旗は小早川軍を迎え撃つように南に反転した。

大軍相手に大谷隊は四、五回小早川軍を押し返した。

（吉継が支えてくれている内に家康の首を討たねば）

気は逸るが、長政ら諸将の兵たちはここぞとばかり三成の陣に群がってくる。

「殿、脇坂たちが大谷隊を攻めておりますぞ」

「何！　脇坂が裏切ったと申すか」

山中村へ目を向けると、小早川の大軍を食い止めていた大谷隊は脇坂らに離反されれ、旌旗は北へと揺れ動き、それを契機に藤堂や京極隊が吉継の陣へ殺到している。

「吉継を助けねば……」

三成は郷舎を遣ろうとしたが、大軍の中に孤立した大谷隊は見る間に押し潰され、その勢いは天満山にも波及して、秀家、行長の陣も浮き足立っている。

動揺が広がったと見ると、勢いづいた東軍からは法螺貝の音が響き渡り、家康の本隊が加わってきた。

「あれを撃て！」

大砲が三成の本陣に据えられると、轟音が天に響いた。

前面の敵の群れは一瞬に消え失せ、もうもうと上がる土煙が立ち戦場には静寂が蘇った。

「景気よく花火を打ち上げて下され。それを肴にそれがしが家康の首を土産に持って帰りましょう。長らくお世話になり申した。忙しいですがこれでおいとま致す。御免」

　郷舎は一礼すると、秀次から仕官した者や氏郷から預った者たちが次々と出馬して行く。

　彼らを見送った後、南を振り返れば秀家と行長の旌旗は北や西に向かっている。

（終わったな）

　三成は床几に座ったまま、ぼんやりと戦場を眺めた。

「お前はわしのためによくやってくれた。お前が正則たちと仲違いしたのは、お互いを競わせて育てるというわしの方針が間違っていたのだ。それにつけ込んできた家康相手にお前は堂々と戦ってくれた。立派になったものだ」

　突然若かりし頃の秀吉が三成の目の前に現われ、彼をじっと見詰めていた。

「殿下は何故ここにおられるのか」

「お前に礼を申さねばならぬのでな」

　秀吉の口元に微笑が広がった。

「せっかく築かれた殿下の宝物を、それがしが潰してしまいました。申し訳ございませぬ」

　声はかすれ顔が歪んだ。

「そんな情けない顔をするな。お前らしくないわ。何事も未来永劫続くものはない。人もそうだ。限りあるからこそ人生はおもしろいのではないか。これでわしの世も一代限りで終わる。わしはお前が幕引きをしてくれたことに満足しておる」

三成は項垂れた。

「周りの者が何と申そうと気にするな。後世の者はお前がよくやったことを認めるだろう。もっと誇りを持て」

「殿下……」

三成が手を伸ばそうとすると、秀吉の姿は消えてしまった。

「殿、逃げて下され。敵が迫っております」

重臣の声ではっと我に返った時には喚声が近づいていた。

（大坂城には秀頼公がおられる。豊臣家の行く末を見守るのがわしの務めだ。ここで腹を切る訳にはゆかぬ。殿下は往生際の悪い弟子を家臣にもたれたものだ）

苦笑すると三成はゆっくりと床几から立ち上がった。